SWORD ART
abec
bee-pee
SWORD ART ONLINE

「尤吉歐，我會想辦法
擋住第一道攻擊，
到時候你就殺過去。」
桐人§
迷途闖進神祕「假想世界」的少年。
為了離開這裡，
正在尋找「系統控制台」。
「——我知道了。」
尤吉歐§
桐人在這個世界裡第一個遇見的居民。
和桐人一起成為「北聖托利亞帝立修劍
學院」的「上級修劍士」。

「我已經有兩年的時間沒有像這樣承受過『熾焰弓』的火焰了。原來如此，罪人啊，你們的確有和騎士艾爾多利耶·薩提汪一較長短的實力。」
迪索爾巴德·辛賽西斯·賽門
§
使用「熾焰弓」的整合騎士。

「再見了，年輕又愚蠢的罪人。
祕藏在天穿劍裡的光芒啊，現在就從枷鎖裡解放出來吧！
——Release recollection！」
—法那提歐・辛賽西斯・滋
使用「天穿劍」的
整合騎士副騎士長。

嗚喔喔喔喔！！

「修劍士桐人，再次請求與騎士愛麗絲
進行一場光明正大的劍術比試！」

「——好吧，就讓我用劍來試試看
你們的心究竟有多邪惡。」

——愛麗絲·辛賽西斯·薩提§使用「金木樨之劍」的
整合騎士。

中央聖堂

「央都聖托利亞」這座地底世界的「人界」最大都市就座落於人界中央。而「央都」的中央，也就是人界的中心位置上則有一座純白色的「中央聖堂」巨塔。高聳入雲的頂端幾乎讓人看不清楚，正方形的教會用地被高牆包圍，讓人根本無法窺看其內部。「中央聖堂」裡的「公理教會」是統治人界的最高組織，而組織當中又有名為「整合騎士」的武官，這些維護世界秩序的騎士，正是世界上所有修劍士所憧憬的天職。

中央聖堂總共有一百層，最上層有著最高司祭的房間。中間樓層則有修道士與司祭等，執行公理教會統治人界業務的行政人員居住在其中。另外三樓有武器保管庫，五十樓則有被稱為「靈光大迴廊」的設備。

「這雖然是遊戲，但可不是鬧著玩的。」

——「SAO刀劍神域」設計者・茅場晶彥——

SWORD ART ONLINE
Alicization Rising

REKI KAWAHARA

abec

bee-pee

012

第七章　兩名管理者　人界曆三八〇年五月

1

我，桐谷和人從VRMMO－RPG「Sword Art Online」裡登出的時間是二〇二四年十一月七日。

經過一段時間復健後，在十二月中旬時回到埼玉縣川越市自宅當中。雖然兩個月前就已經十六歲了，但以前的同班同學在參加高中學測時，我還在挑戰艾恩葛朗特第50層左右的迷宮，所以當然沒有學校可以念。

不知道該不該說是幸運——雖然只念了一半的課程，但國中還是很好心地發給我畢業證書，因此一般來說都會進補習班準備參加明年的學測才對。不過這時國家又提出了出乎人意料之外的救濟手段。

被囚禁在SAO裡頭，最後生還的玩家大約有六千人，其中有超過五百人以上的國高中生。這些學生在二〇二五年四月之後都可以就讀國家在東京都西東京市設立的免入學考、免學費的學校，而且畢業之後就能夠獲得參加大學學測的資格。

建築物是直接利用前年廢校而準備拆除的都立高中校舍。教師則主要是以契約講師的方式僱用退休的老師。在學校教育法上的分類屬於國立專科學校。

雖然過於優渥的保護措施反而讓我感到一絲不安，但我在和家人以及亞絲娜商量後便決定入學，而且也從來沒對這個決定感到後悔過。和同為機械電子工學科的朋友們設計、製作各種儀器真的非常有趣，而且每天都能和亞絲娜、莉茲貝特以及西莉卡見面。就算每週要強制接受一次心理治療，但依然可以說是相當充實的校園生活。

不過我又再次沒辦法從那間學校畢業了。

入學後經過了一年兩個月的二〇二六年六月。我又因為不知名的理由，意識突然被囚禁於異世界「Underworld」當中。在人界北邊的盧利特村附近森林醒過來的我，雖然拚命呼叫開發、營運這個世界的新興企業ＲＡＴＨ的員工，但卻得不到任何回答。

在無計可施的情況下，我為了到應該存在控制臺而能夠從這裡與外界聯絡的地方——便和在這個世界裡遇見的伙伴尤吉歐一起離開盧利特，朝著人界的中心央都聖托利亞，以及聳立在其中央的公理教會中央聖堂前進。

在花了地底世界時間整整一年後終於來到了聖托利亞，但還是無法直接進入中央聖堂。公理教會的門永遠是緊閉著，只有在每年春天舉行的「四帝國統一大會」裡獲得優勝的劍士才能通過大門。

因此目的雖然不同，但同樣以聖堂為目標的尤吉歐和我，為了獲得大會參賽資格而進入「帝立修劍學院」就讀。學院裡面全是修練劍技與魔法（正確來說是神聖術）這種現實世界絕對不存在的課程，而且又是我有生以來第一次的宿舍生活，不過在這種情況下我也還算是能夠適應……不對，甚至可以說享受修劍學院的生活。

但是入學後過了一年又一個月，也就是人界曆三八〇年五月時。

這次又發生了讓我得中斷學校生活的事件。因為兩名上級貴族出身的男人設下巧妙的陷阱，試圖玩弄我的「隨侍劍士」，名為羅妮耶的初等練士以及尤吉歐的隨侍劍士緹潔。目擊現場的尤吉歐突破了地底世界人民「無法違背法律」的絕對界限後拔出了劍。接著用盡全身力氣砍下上級貴族溫貝爾的左臂，這時終於趕到的我則是和上級貴族萊歐斯交手並且砍斷了他的雙手。

萊歐斯雖然身受重傷，但只要馬上止血並且以神聖術加以治療應該就不會喪命，但這時卻發生了奇怪的現象。被迫在人界最高法律「禁忌目錄」與自己的生命之間做出取捨的萊歐斯，忽然發出非人的聲音並且喪生……不對，應該說停止活動了。

我和尤吉歐因此被學院放逐，由公理教會派遣的「整合騎士」帶回中央聖堂並關在地下監牢裡。但第三次的「中途退學」並沒有讓我受到打擊，當馬上逃獄的我以及尤吉歐為了搜尋進入中央聖堂的入口而在內部的玫瑰園裡徘徊時，又開始和新出現的整合騎士戰鬥，最後是由——

一名自稱「卡迪娜爾」的不可思議少女救了拚命逃竄的我們。

卡迪娜爾居住於存在封閉空間裡的巨大圖書館，她讓在戰鬥當中掉進噴水池而渾身濕透的尤吉歐到浴室泡澡，然後在這段期間對我說出令人驚訝的事實。

她表示地底世界其實是內部時間長達四百五十年的文明模擬世界。

目前支配世界的公理教會最高司祭，過去曾是名為桂妮拉的美麗，但是與其他居民沒有什麼不同的少女。

熟悉如何使用神聖術，也就是系統指令的她，為了追求更強大的力量而發現了禁忌的咒文——能夠閱覽所有指令的「系統指令總表」。這也讓她從模擬世界裡的眾多樣本之一進化成管理者。

得到絕對支配權的桂妮拉目前應該在中央聖堂的最高層俯瞰整個世界吧。她的視線是不是也看見闖入神聖庭園的我和尤吉歐了呢……

我因為突然襲來的惡寒而開始發抖，這時坐在圓桌對面的卡迪娜爾則是對我投以參雜著苦笑的視線。她拿起桌上的茶杯喝了一小口茶，接著扶了扶小小的眼鏡。

「要害怕還太早囉。」

聽見她一臉平靜說出來的話之後，我才努力把寒氣趕跑並且回答：

「嗯……抱歉，請繼續吧。」

我拿起自己的杯子，喝了一口味道與現實世界裡的咖啡非常相似的茶。

卡迪娜爾把嬌小的身體靠在椅背上，然後用平穩的聲音再次開始說道：

「回溯到兩百七十年前……成功叫出系統指令總表的桂妮拉首先把自己的權限等級提升到最高，讓自己能夠直接干涉控制世界的Cardinal系統。接著更把僅屬於Cardinal的權限全部交付到自己身上。像是地形與建築物的操作、道具的生成，甚至包含人類在內的可動性單位的耐久力……也就是天命的操作等權限……」

「天命的……操作。也就是說把壽命的界限……」

我畏畏縮縮地問完後，年幼的賢者便一臉稀鬆平常地點了點頭。

「就是能夠突破壽命的界限。成為完全管理者的桂妮拉最先實行的，就是把自己高達八十歲，已經快要消滅的天命值完全恢復過來。接著是停止自然減少，再來是恢復容貌。取回十八、九歲那種耀眼美貌的桂妮拉，其歡喜的程度……我想依然年輕，而且身為男性的你應該難以想像才對……」

「嗯……我能理解那是女性的終極夢想之一。」

我以坦率的表情回答完後，卡迪娜爾便用鼻子哼了一聲。

「就連沒有人類感情的我，都對自己固定是這個外形感到相當感謝了。真要說的話，希望還能夠再成長個五、六歲左右……總之呢——滿足自己內心所有欲望的桂妮拉，其成就感已經是筆墨難以形容了。因為她獲得了能夠自由操縱廣大人界以及永保青春美麗的力量。她這時真的是欣喜若狂……甚至還因為過於高興而有點失去理智……」

卡迪娜爾在眼鏡深處的大眼睛瞬間瞇了起來。就像是在嘲笑——或者是憐憫人類的愚蠢。

「——如果她就此感到滿足也就好了。但是桂妮拉心裡有一個永遠無法填滿的無底洞。這個不知道滿足的人……甚至不允許出現跟自己擁有同樣權限的存在。」

「妳指的是……Cardinal系統本身嗎？」

「沒錯。她連沒有意識的程式都想要排除掉。但是……就算再怎麼擅長神聖術，桂妮拉也不過是完全沒有接觸過文明科學的地底世界居民。她當然不可能在一夜之間了解管理者等級的複雜指令體系。結果桂妮拉硬是試著要解讀提供給RATH技術人員參考的文獻……然後就犯下了錯誤。那是唯一但也相當巨大的錯誤。她想把Cardinal系統占為己有，於是編出了一長串神聖術並且加以詠唱。結果就是……」

少女隨著嘆氣般的呢喃聲表示：

「……桂妮拉把附在Cardinal系統裡的基本命令，變成無法覆蓋的行動原理烙印在自己的搖光上了。原本只是想奪走它的權限等級，但是卻把Cardinal和自己的靈魂融合在一起！」

「……妳……妳說什麼……？」

無法即時理解這究竟是什麼意思的我，只能呆呆這麼呢喃道：

「Cardinal的基本命令……具體來說是什麼呢……？」

「──『維持秩序』。這就是Cardinal系統存在的目的。你也曾經待在經由同一個系統控制的世界裡，所以應該能理解才對。Cardinal隨時在監視你們這些『玩家』的行動。只要一檢測出擾亂世界平衡的現象，馬上就會毫不留情地加以處理。」

「嗯……確實是這樣。雖然老是絞盡腦汁要找出Cardinal的漏洞，但每次剛才找到就又被修正了……」

我一邊回想起ＳＡＯ時期安全且高效率的養殖狩獵遭到完全封鎖的經驗，一邊低聲這麼說著。結果卡迪娜爾又露出了相當自傲的微笑。只有在露出這種表情時，原本像個賢者的她才會變成符合外表的天真無邪少女。

「那還用說嗎？不論聚集多少年輕的小鬼都沒辦法脫離它的掌控啦。但是……桂妮拉維持秩序的手段卻更為激烈。搖光，也就是靈魂裡被寫入命令的桂妮拉霎時昏倒，睡了一天一夜才醒過來。這個時候，她在任何方面來說都不再是人類了。不但不會老，也不用飲水進食……她唯一的欲望就只有讓自己支配的人界永遠保持現狀……」

「永遠……保持……」

我一面低聲重複了一遍，一邊開始想著。

不只是廣義上算是ＡＩ的Cardinal系統，應該所有ＶＲＭＭＯ的管理者都會希望遊戲世界永遠保持下去吧。所以才要調整貨幣、道具以及怪物出現率的平衡值來保持秩序。但就連擁有神明力量的管理者也有唯一無法控制的物體，那就是遊戲玩家。

所以這個地底世界應該也有相同的情況吧……？

這時卡迪娜爾就像看透我的思考般輕輕點了點頭，接著又繼續說道：

「過去這個世界的Cardinal系統控制的是動植物、地形、天候等物體與效果……也就是身為容器的世界。它完全不會干涉這裡的居民，也就是人工搖光的活動。但是……桂妮拉就不一樣了，她有了永遠固定居民生活型態的想法。」

「固定……也就是說每個人每天都重複過著同樣的生活，完全不從事任何新活動的意思嗎……？」

「嗯嗯……大致上是這樣沒錯。那我繼續說下去了……和Cardinal系統融合的桂妮拉首先把自己的名稱改為公理教會最高司祭，亞多米尼史特蕾達。」

一聽到這裡，我便再次插話說道：

「那……那傢伙也說過這個名字。就是那個整合騎士，艾爾多利耶．辛賽西斯……嗯……」

「薩提汪。」

「對對對。他好像說是受到最高司祭亞多米尼史特蕾達大人的召喚，由天界來到這個地方之類的。這樣啊……原來他指的就是桂妮拉嗎……不過她真是取了個很猛的名字。」

我當然知道「Administrator」這個英文單字本來就有「管理者」的意思，但我還是比較容易聯想到ＰＣ的系統管理員帳號。不知道桂妮拉是以哪個意思來取這個名字的就是了。

我的感想讓卡迪娜爾微微苦笑並且點了點頭。

「不用這個世界的神明名稱，也算是很符合她的個性……總之呢——桂妮拉成為名副其實的世界管理者之後，首先發布了一道敕令。她讓當時的四名大貴族當上皇帝，然後將人界分為東西南北四個帝國。桐人，你應該看過把央都聖托利亞分割成十字形的牆壁吧？」

聽見她的問題後，我便點了點頭。

我生活的修劍學院是在諾蘭卡魯斯北帝國的首都北聖托利亞的五區裡。從宿舍窗戶就隨時能看見那道比市街上任何建築物都要高的大理石圍牆。被稱為「不朽之壁」的牆對面就是其他帝國的首都，我一開始知道這件事時真是嚇了一大跳。

「那座牆可不是居民自己切割大理石，然後花費了許多年而堆建起來的喔。是桂妮拉……不對，亞多米尼史特蕾達她展現神威一瞬間讓其出現的。」

「……一……一瞬間就創出那道牆？那根本就超越神聖術的領域了啊……當時的聖托利亞

市民一定嚇破膽了吧……？」

「那是當然，不過這就是她的目的。她藉由展現Cardinal系統的力量，讓居民們對她懷有強烈的敬畏之心。她就靠著心理屏障以及『不朽之壁』的物理障礙來限制人民的移動與交流。另外公理教會也掌握了傳遞情報的通路來控制人心。她希望每個人都永遠是無知、質樸的教會忠實信眾……她生成的物理障壁還不只是那道愚蠢的不朽之壁──為了讓已經拓展到各地的墾荒人民居住區域受到限制，亞多米尼史特蕾達還設置了許多大型的地形物體。像是無法敲開的巨石、無法掩埋的沼澤、無法橫渡的激流、無法砍倒的大樹……」

「等……等等，妳說無法砍倒的大樹？」

「沒錯。她賦予超級巨大的杉樹幾乎等於無限的優先度與耐久度。」

我不禁想起那棵惡魔之樹──基家斯西達讓人想哭的硬度，然後在桌下悄悄地摩擦起自己的雙掌。

也就是說基家斯西達不是自然出現在盧利特村南方的森林，而是亞多米尼史特蕾達為了利用它恐怖的耐久度以及資源吸收力來限制村民的生活圈擴大，才會把它配置在那裡的人為障礙物囉？

這個世界裡還存在許多那樣的怪物嗎？然後有許多人為了將其排除而付出數百年根本得不到收穫的努力……

抬起臉之後，自稱卡迪娜爾的少女還是一樣用看透我內心所有想法的眼神注視著我。她嬌小的嘴唇動了起來，隨即有平靜的言語流出：

「……就這樣，在亞多米尼史特蕾達的絕對統治下，和平且無為的時代就這樣一直持續下去。二十年……三十年……然後人民便失去了進取之心，貴族沉浸在怠惰的生活當中，古代劍士們鍛鍊出來的劍技也墮落成跟表演一樣。我想這你應該很清楚了。四、五十年之後，亞多米尼史特蕾達低頭看著沉浸在一灘死水當中的人界並感到相當滿足……」

那大概就像看著生態系已經成形的水族缸而感到相當滿意吧。當我回想起小時候也曾不厭其煩地看著蟻窩觀察丘而陷入複雜的情緒裡時，同樣伏下視線而陷入某種沉思的卡迪娜爾忽然又用清晰的聲音說：

「但是，任何系統都不可能會有永遠的停滯。不知道什麼時候一定會有什麼事情發生……在桂妮拉成為亞多米尼史特蕾達的七十年後，她便感覺到自己的身體出現了變異。像除了睡眠時間之外也會有短時間失去意識，或者是無法回想起幾天前的事情，又或者是無法立刻想出記得非常清楚的系統指令，這對她來說是絕對無法輕忽的現象。亞多米尼史特蕾達隨即使用管理者指令來詳細檢查自己的搖光……而結果也讓她感到一陣戰慄。想不到保存記憶的空間容量竟然在不知不覺之間到達極限了。」

「極……極限？」

這出乎意料之外的發展讓我忍不住叫出了同樣的話。因為我還是第一次聽說記憶……也就是靈魂的資料容量有所謂的上限。

「這有什麼好驚訝的？仔細想想就會知道是理所當然的事。收納搖光的LightCube或生物的腦部都有尺寸限制，當然能夠記錄的量子位元也就有限度啦。」

卡迪娜爾一臉稀鬆平常地說道，而我則是舉起右手來要求她詳細地說明。

「等……等一下。那個……剛才妳話裡頭出現的『LightCube』，就是保存地底世界人民搖光的媒體對吧？」

「怎麼，你連這個都不知道啊？沒錯，LightCube是長寬高為五公分的正立方體，一個就能完全封住一位地底世界居民的搖光，而且不需要花費任何保存的資源。把這些東西聚集起來後，就能製造出長寬高達三公尺的『LightCube Cluster』。」

「呃……這個……把五公分聚集起來，然後變成三公尺……」

我雖然試著要用心算計算出LightCube的總數，但在用三百除以五時卡迪娜爾就順口說出了答案：

「總數以理論值來說是二十一萬六千個。但是Cluster中央存在著主記憶裝置『Main Visualizer』，所以數量應該比較少才對。」

「二十一萬……這就是地底世界的人口上限值嗎……」

「嗯。順帶一提目前還有相當多的空間，所以如果想和哪個女孩子生小孩也不用客氣，Cube還相當充足喲。」

「這樣啊……等等，我……我不想生小孩啦！」

我急忙用力搖著頭，但年幼的賢者卡迪娜爾瞪了我一眼後才又把話題拉回來。

「……但是呢，正如我剛才所說，一個LightCube的記憶容量有其極限。亞多米尼史特蕾達以桂妮拉的身分出生到當時已經過了一百五十年的漫長歲月。這段期間不斷累積內容的記憶水瓶已經開始滿出來，造成編碼、儲存以及回憶機能出現了障礙。」

這實在是個讓人發冷的話題。因為這也與我息息相關，在這個時間加速的世界裡，我已經累積了兩年以上的記憶了。就算現實世界裡只過了幾個月，或者幾天的時間，我「靈魂的壽命」也確實有所損耗。

「放心吧，你的搖光還有很多剩餘的空間。」

再次看出我心思的卡迪娜爾一邊苦笑一邊這麼表示。

「妳……妳這麼說好像我的腦袋空空一樣……」

「和我比起來，大概就像繪本與百科全書吧。」

卡迪娜爾以輕鬆的表情啜了一口茶，然後乾咳了一聲。

「——那我繼續囉。記憶容量到達界限這突如其來的事態，讓擁有絕大權力的亞多米尼史特蕾達也感到驚慌。因為沒想到竟然有跟名為天命的狀態數值不同，根本無法操作的壽命存在。但是那傢伙不是就這樣乖乖接受自己命運的女人。那傢伙就跟過去篡奪神明寶座時一樣，想出了惡魔般的解決方法……」

卡迪娜爾像是感到厭惡般繃起了臉，把杯子放回去後，隨即在桌上緊緊闔起如同洋蘭般嬌小的雙手。

「……當時……也就是據今兩百年前，有一名以公理教會修女見習生身分待在中央聖堂下層學習神聖術的十歲小女孩。她的名字……不對，我已經忘記她的名字了……她生長在聖托利亞的傢俱工匠家庭，隨機參數的變動讓她擁有比他人高出一點的系統權限。所以才被賦予修女的天職。她是一名有著棕色眼睛以及同顏色捲髮的瘦小女孩……」

我忍不住眨了眨雙眼，確認了一下對面卡迪娜爾的外貌。因為剛才的形容怎麼聽都是在說她自己。

「亞多米尼史特蕾達讓人把那名女孩子帶到聖堂最上層的臥室裡，然後對她露出宛如聖母般慈愛的微笑。那傢伙這麼說了──『妳今後將成為我的孩子。妳將會是引導世界的神之子。』……就某種意義上來說，她的話確實沒錯。因為這孩子將繼承她靈魂的情報。但這之間當然不存在任何的親情。亞多米尼史特蕾達她……只是想複製自己的思考領域與重要記憶，然後覆蓋在女孩子的搖光上。」

「什麼……」

我的背後不知道湧起第幾次的惡寒。靈魂的覆蓋——光是說出口就讓人感到恐怖的行為。我摩擦著曾幾何時已經滲出冷汗的手掌，然後催動已經僵硬的嘴巴。

「但……但是，如果可以進行如此複雜的搖光操作，那麼只要消除自己不需要的記憶不就好了嗎？」

「你會忽然就編輯極為重要的文件嗎？」

卡迪娜爾立刻這麼反問，我愣了一下後才搖了搖頭。

「不……不會，我會先備份。」

「對吧。亞多米尼史特蕾達無法忘記過去被寫入Cardinal系統的行動原理時，曾經昏迷一天一夜的經驗。直接操縱搖光就是有這樣的危險性。如果整理自己的記憶而讓重要檔案受到損毀的話……那傢伙因為擔心這一點，於是就訂出計畫要奪取女孩仍有許多記憶空間的靈魂，等到確認複製成功後，再放棄之前一直使用，已經損耗到極限的靈魂。這確實是相當周到與慎重的計畫……但這正是亞多米尼史特蕾達……不對，桂妮拉所犯下的第二個失敗。」

「失敗……？」

「沒錯。因為在她轉移到女孩子身上並且把舊身體處分掉的一瞬間……將會有兩名『擁有同等權限的神明』出現。經由縝密的計畫與精心準備的惡魔儀式……也就是能統合靈魂與記憶的『合成祕儀』，亞多米尼史特蕾達終於成功奪取了搖光。我……我一直在等待那一刻……等了整整有七十年之久！」

卡迪娜爾露出略顯激昂的表情並這麼大叫著，但不了解原因的我只能緊盯著她看。

「等……等一下。妳……現在和我說話的卡迪娜爾究竟是什麼人？」

「——你還不明白嗎？」

卡迪娜爾一邊推起眼鏡一邊低聲回答我的問題。

「桐人，你應該知道我的原始版本吧？你說說看Cardinal系統的特徵。」

「呃……這個嘛……」

我皺起眉頭，喚醒艾恩葛朗特時期的記憶。那套自動管理程式原本是茅場晶彥為了營運SAO這款死亡遊戲而開發出來的。也就是說——

「……不須經由人類修正與管理，而且能夠長期運作……？」

「沒錯，為了達成這個目的……」

「為了達成這個目地，它擁有兩組核心程式……當主要處理程序在控制平衡時，副處理程序便檢查主要處理程序的錯誤……」

當她說到這裡時，我便張開嘴巴，凝視這名有著捲髮的年幼少女。

其實我也很清楚Cardinal系統具有強力的修正錯誤機能。因為在攻略SAO時，成為我和亞絲娜女兒的ＡＩ「結衣」原本就是Cardinal的低階程式，當時認為結衣是異物的Cardinal無情地想把她刪除，而我則是拚命地想要保護自己的女兒。

具體來說，我只是從系統操縱臺介入ＳＡＯ程式空間，然後搜尋構成結衣的檔案，把它壓縮後賦予它物體屬性而已，但在Cardinal檢測出我介入系統並且切斷連線為止的數十秒當中能夠完成這些事情也算是奇蹟了。當時隔著全息圖鍵盤和我對峙的巨大壓力，正是Cardinal的錯誤修正程序……亦即現在坐在我面前的這名楚楚可憐的少女。

完全不知道我正帶著這種複雜的感慨，卡迪娜爾像是面對一名資質駑鈍的孩子般，一邊輕輕嘆了口氣一邊說：

「看來你終於注意到了——桂妮拉寫入自己靈魂裡的基本行動原理不是只有一個而已。它們分別是主要處理程序給予的命令『維持整個世界』，以及副處理程序給予的命令……『修正主要處理程序的錯誤』。」

「修正——錯誤？」

「當我還是沒有意識的程式時，我就只能不停檢驗主要處理程序吐出來的資料。但是……在得到桂妮拉的，也就是『隱藏意識』的人格之後，我就得在沒有冗長符號的幫助下判斷自己的行為了。以你們的話來說……就像是『多重人格』一樣。」

「現實世界裡也有多重人格只存在於虛構故事裡的意見喔。」

「哦，是這樣啊？但我卻相當了解那種情形喲。只有桂妮拉的意識稍有鬆懈時，我的思考處理程序才能浮上表面。然後就有了這樣的想法。這個名叫桂妮拉……不對，應該是亞多米尼史特蕾達的女人，竟然犯下了這麼嚴重的過錯。」

「算是……過錯嗎……？」

我忍不住這麼反問。因為如果維持整個世界是Cardinal主要處理程序的基本原理，那麼不論桂妮拉採取什麼激烈的手段，她所做的事情依然完全符合這個原理。

但是正面接受我視線的卡迪娜爾卻用嚴肅的聲音回答：

「那我問你。你過去在其他世界裡遇見的Cardinal系統，曾經主動去傷害過玩家嗎？」

「這……這倒是沒有。它雖然是玩家的終極敵人……但從未發生過任何不合理的直接攻擊。抱歉，是我錯了。」

我忍不住道歉之後，卡迪娜爾先是用鼻子短哼了一聲，然後才繼續說：

「但是那傢伙卻這麼做了。只要有人對她訂下的禁忌目錄抱持懷疑或是反抗的態度，她就會對其施予比死亡還要殘酷的刑罰……這件事情之後再詳細跟你說明。很少會從沉睡中甦醒的我，也就是Cardinal系統的副處理程序，做出了亞多米尼史特蕾達這個存在本身就是巨大錯誤的判斷，並且試著要把她刪除。具體來說就是試著要從塔的最高層往下跳三次、試著用刀子插入心臟兩次、試著用神聖術焚燒自己兩次。一個動作就讓天命歸零的話，就連最高司祭也逃不過死亡的命運。」

從可愛的少女口中說出如此慘烈的話來，讓我頓時不知道該如何回答。但卡迪娜爾卻連眉毛都沒動一下，馬上又用冷靜的口氣繼續說道：

「最後一次真的很可惜。我用了全術式當中擁有最大攻擊力的神聖術來攻擊自己，被從天而降的轟雷擊中之後，就連亞多米尼史特蕾達龐大的天命也僅剩下個位數。但這時候身體控制權卻又被主要處理程序奪走了……在那種情況下，任何傷害都無法奪走她的生命。她馬上用完全回復的術式把天命恢復過來。而且在這件事之後，連亞多米尼史特蕾達也認真把我……也就是潛意識下的副處理程序當成致命的危險。只有在搖光發生些許理論衝突時，我才能夠奪取支配權……簡單來說也就是產生精神動搖的時候。當那傢伙注意到這一點之後，便用了非常恐怖的手段來把我封印住。」

「非常恐怖……？」

「嗯。在出生然後被選為史提西亞的巫女之前，亞多米尼史特蕾達也只是人類的小孩子。她也具備看見花朵會覺得美麗，聽見歌曲會感到高興的情緒。當時相當發達的情緒回路，在她成為半人半神的絕對統治者時也還殘留在她靈魂深處。那傢伙判斷就是這樣的情緒讓自己在遭遇到突發事件時會產生些微動搖。於是那傢伙便使用LightCube當中能直接操縱搖光的管理者專用指令，親自把情緒回路封鎖住了。」

「妳說……把回路封鎖住了，那也就是破壞了一部分的靈魂囉？」

感到戰慄的我一這麼問，卡迪娜爾便繃著臉默默點了點頭。

「但……但是，這麼誇張的事情……聽起來好像比剛才複製搖光的行為還要危險耶……」

「她當然不可能馬上就操縱自己的靈魂。亞多米尼史特蕾達這個女人在這方面總是異常謹慎。我想你已經知道——這個世界的人民除了史提西亞之窗……也就是能力值視窗顯示出來的數值之外，還設定了許多看不見的參數吧？」

「嗯，隱約感覺到了……因為經常看見有人展現出與外表不符的筋力和敏捷性……」

這麼回答時，浮現在我腦海裡的正是我以隨侍劍士的身分跟隨了一年的索爾緹莉娜學姊。她的身體相當纖細，甚至可以說是瘦削，但兩個人用劍相抵時，我還是被她彈開了好幾次。

這個外表比學姊還要柔弱許多，但卻散發出無比威嚴的少女，聽見我說的話後便輕輕點了一下戴著帽子的頭。

「嗯。這些看不見的參數裡，存在名為『違反指數』的數值。這是分析每一個居民的言行舉止來將其遵守法規的程度數值化後的結果。應該是外界的觀察者為了容易觀測而設定的……亞多米尼史特蕾達馬上就發現到，可以利用這個違反指數參數來找出對自己訂定的禁忌目錄抱持懷疑態度的人。對那個傢伙來說，這種人就像是潛入無菌室的細菌一樣。她雖然很想盡快驅除他們，但那傢伙還是無法打破幼年時雙親禁止她殺人的命令。這時亞多米尼史特蕾達為了能不殺掉違反指數高的居民也能將他們變得無害，便用了相當恐怖的手段來處置他們……」

「那就是……妳剛才所說的，比殺掉他們還要殘酷的刑罰嗎？」

「沒錯。這些違反指數高的人，都被那傢伙拿來試驗直接操縱搖光的術式了。像是Light-Cube的什麼地方收藏了什麼樣的情報，要怎麼處理才能讓記憶、感情與思考消失……等等連外界的觀察者們都猶豫該不該進行的殘酷人體實驗。」

當我一聽見她像呢喃般說完最後一句話時，馬上感覺到上臂稍微起了雞皮疙瘩。

卡迪娜爾先是露出沉鬱的表情，然後又壓低聲音說道：

「……初期被她拿來做實驗的人幾乎都喪失了人格，變成只會呼吸的存在。亞多米尼史特蕾達凍結了他們的肉體與天命，然後儲藏在聖堂裡。那傢伙就藉由不斷進行這種不人道的實驗，提升了自己操縱搖光的技術。為了不讓我出現而有了封鎖自己情緒的想法時，也是拿被抓到塔裡的人做了充分的實驗後，才對自身下達了指令。這是那個傢伙一百歲時發生的事。」

「……結果成功了嗎？」

「可以說是成功了吧。雖然沒有捨棄全部的感情，但她成功封鎖了能造成突發性動搖的恐懼、驚訝、憤怒等感情。之後亞多米尼史特蕾達無論遭遇什麼事態都不會產生動搖了。簡直跟神……不對，簡直就跟機器一樣。她是只為了維持世界，讓其穩定並且停滯不前的意識……在那傢伙來到一百五十歲，搖光的容量到達極限，因此準備奪取可憐少女的靈魂這個瞬間之前，我就這樣被封鎖在她靈魂的角落，完全無法浮現到表面來。」

「但是……剛才聽妳這麼說，亞多米尼史特蕾達寫入傢俱行女兒的靈魂，應該是原版的完全複製吧？也就是說，複製版的感情也被封鎖了……這樣的話，妳那時候為什麼還能醒過來呢？」

我的問題讓卡迪娜爾露出在遠方游移的視線。她應該是在窺看長達兩百年的時間洪流吧。

不久之後，嬌小的嘴唇才流出極為細微的聲音。

「我腦袋裡的語彙……全都無法正確表現出那個瞬間的奇怪且令人戰慄的體驗。把傢俱行的女兒叫到聖堂頂端後，亞多米尼史特蕾達就藉由『合成祕儀』來進行靈魂的複製與覆蓋。而且也順利成功了。當時在女孩子體內的，確實是把無謂記憶刪除並且壓縮過的亞多米尼史特蕾達。不對，應該說是桂妮拉的人格。當初的預定是，確認成功之後，壽命已經到達盡頭的桂妮拉將主動刪除靈魂……但是……」

我注意到卡迪娜爾少女般健康紅潤的臉頰這時候已經失去血色，變得跟白紙一樣。雖然斷言自己沒有任何情緒，但現在的模樣直接就讓人覺得她應該相當恐懼。

「……但是，完成靈魂複製……兩個人在極近距離張開眼睛的瞬間……我便受到某種巨大的衝擊。那大概就是……出現兩個完全相同的人，這種原本絕不可能發生的事態所造成的忌諱感吧。我……不對，應該說我們凝視著對方，接著立刻感到壓倒性的敵意。似乎有種無論如何都無法允許眼前的靈魂存在的感覺……那可能只是超越感情的本能……不對，可能擁有知性的動物，靈魂深處都刻劃了這樣的第一原則吧。如果那種狀態一直持續下去，兩個人的靈魂都會因為無法承受衝擊而消滅。但是……不知道該不該說可惜，最後還是沒有出現這種情況。被複製到傢俱行女兒身體裡的搖光早一步崩壞，那個瞬間開始，副人格的我便掌握了支配權。我們兩個了解對方是存在於原桂妮拉肉體裡的亞多米尼史特蕾達，以及存在於傢俱行女兒肉體裡的Cardinal副處理程序。同一時間靈魂也停止崩壞並且穩定了下來。」

靈魂的崩壞。

卡迪娜爾所說的，讓我不由得想起兩天前傍晚所目擊的悽慘且不可思議的現象。

我和修劍學院的主席上級修劍士，萊歐斯．安提諾斯交手，然後用賽魯魯特流祕奧義「輪渦」將他的雙手砍了下來。雖然這在現實世界裡是足以致命的重大傷害，但在地底世界只要經過適當的處理就不至於會因此而喪生。我為了保持他的天命——也就是這個世界裡的ＨＰ值而準備綁住他雙手的傷口幫他止血。

但是萊歐斯卻早一步發出詭異的叫聲並且倒在地上喪生了。

這個時候，他的傷口依然不停流著血。也就是說天命的數值還沒有歸零，換言之萊歐斯他是死於天命全損以外的理由。

倒地之前的萊歐斯面臨了在自己的生命與禁忌目錄之間做出取捨的狀況。但是他卻無法做出選擇，思考更因此陷入無限輪迴狀態，最後靈魂可能是承受不住壓力而自動毀滅。

我想桂妮拉面對自己的複製品時所受到的衝擊，基本上應該跟那個時候差不多吧。我根本無法想像出現與自己擁有同樣記憶與思考方式的存在時，那種狀況究竟有多恐怖。

在盧利特村南方森林醒過來之後的幾天裡，我還無法確認自己是不是複製真正的桐谷和人後產生的人工搖光。在盧利特教會裡得到賽魯卡的協助，一邊認識擁有絕對性的禁忌目錄一邊確認自己還是能違法之前，我的心裡總是帶有一絲膽怯。

如果意識被丟在無限的黑暗當中，然後聽見自己再熟悉也不過的聲音這麼說道：

「你是我的複製，只要按下一個按鍵就能簡單刪除的實驗用複製品。」那個瞬間自己會感受到多麼巨大的衝擊、混亂以及恐懼呢……

「——怎麼樣，目前為止還能夠理解嗎？」

當我正用超過負荷的腦袋陷入沉思時，桌子另一側的卡迪娜爾已經像個老學究般這麼對我問道。於是我便抬起頭，眨了好幾次眼睛後才曖昧地點了點頭。

「嗯……還可以吧……」

「我說的事情終於要開始進入主題了，要是這樣就求饒，我會很困擾喲。」

「主題……這樣啊，說得也是。我都還沒聽說妳到底想要我做些什麼。」

「嗯。為了告訴你這些事，我從那一天起就等待了長達兩百年的時間……那麼，我剛才講到和亞多米尼史特蕾達分裂的地方對吧？」

卡迪娜爾一邊用雙手轉動空茶杯一邊這麼說道：

「——那一天，我終於獲得只屬於自己的肉體。正確來說，這副肉體應該是屬於那名可憐的修女見習生……但是當資料被覆蓋到LightCube上時，她的人格就完全消滅了。在那種殘酷的術式以及出乎意料的事故下誕生的我，凝視著眼前的亞多米尼史特蕾達〇．三秒左右後，終於開始應該有的行動。也就是用最高等級的神聖術來消滅那個傢伙。我是亞多米尼史特蕾達的完全複製，亦即擁有和她完全相同的系統登入權限。只要我先展開攻擊，就算之後變成用同等級術式互相攻擊對方，在周圍的空間資源枯竭之前我應該還是能讓那傢伙的天命歸零才對。第一道攻擊順利命中，接下來的發展就跟我預測的一模一樣。我們兩人在中央聖堂最上層這個舞台當中，上演了以轟雷、旋風、烈火以及冰刃互轟的激烈死鬥，當然我們的天命也因此而不斷減少。而且減少的速度幾乎相同……也就是說，率先擊中對方的我應該會獲得最後的勝利。」

我想像著那種神明大戰的景象並且開始發抖。我所知道的攻擊用神聖術，就只有在對上騎士艾爾多利耶時所使用的那種，讓素因變形並且發射出去的初步術式。它的攻擊力根本比不上用劍的一擊，大概就只能拿來牽制或是擾亂敵人，當然不可能讓人的天命全損……

「——咦？先等一下。妳剛才不是說過就算是亞多米尼史特蕾達也不能殺人。那麼這個限制應該也適用於妳這個複製品身上吧？那妳們為什麼還能互相攻擊呢？」

講到精彩處話頭就被打斷的卡迪娜爾有些不滿般噘起嘴唇，但還是點頭回答：

「唔……問得好。確實正如你所說，雖然亞多米尼史特蕾達不受禁忌目錄束縛，但還是無法打破桂妮拉幼年時期父母附加在她身上的禁止殺人原則。經過多年的思索，我還是無法了解我們人工搖光無法違背一切高階命令的根本原因……但這種現象也不像你所想的那麼絕對。」

「……怎麼說呢……？」

「比如說……」

卡迪娜爾把拿著茶杯的右手移動到桌子上。但不是準備放到茶托，而是它右側什麼東西都沒有的桌面——當杯底快要碰到桌巾時，她的手忽然就停住了。

「我沒辦法繼續把杯子往下放了。」

「啥？」

面對啞然的我，卡迪娜爾一邊繃起臉一邊這麼說明：

「因為我小時候，母親——當然是桂妮拉的——教過我『茶杯一定得放在茶托上』，而這種雞毛蒜皮的規則現在依然有效用。重大的禁忌只有殺人這一項，但除此之外總共還有十七件無聊的禁止事項。現在我的手臂已經沒辦法再往下降，硬是用力的話，右眼就會出現讓人不愉快的痛楚。」

「……右眼……出現痛楚……」

「但這和一般市民比起來已經有很大的差異了。他們根本不會浮現把茶杯放到桌巾上的想法。也就是說，他們連自己絕對無法違背許多規則的自覺都沒有。不過這樣子的確比較幸福……」

知道自己只是複製品的卡迪娜爾，這時露出不適合出現在無邪少女臉龐上的自嘲笑容，接著又把手臂移回水平位置。

「那麼……桐人啊。你看這像是茶杯嗎？」

「咦？」

我先是發出摸不著頭腦的聲音，接著又認真看著卡迪娜爾握在右手的空茶杯。

白色陶製的茶杯在勾勒出簡單線條的側面上，有著一個沒有任何花樣的把手。除了邊緣繪有一道深藍色線條之外，沒有任何圖案或符號。

「嗯……看起來是茶杯沒錯，而且剛才也裝了茶……」

「嗯，那這樣又如何？」

卡迪娜爾伸出左手的食指，輕輕敲了一下茶杯邊緣。

結果跟剛才一樣，茶杯底部馬上有液體湧出，並且飄起一縷白色的熱氣。但這次的香味卻有所不同。我忍不住就動起鼻子來。這種濃密的香味，怎麼聞都不是來自於紅茶——而是由奶油玉米濃湯所發出來的。

為了讓伸長脖子的我看見，卡迪娜爾稍微傾斜了杯子。結果裡頭果然裝滿了淡黃色的濃稠液體。而且甚至還貼心地放了烤焦的吐司塊。

「是……是玉米濃湯！謝謝，我正好肚子餓了……」

「笨蛋，我不是問你內容物。是在問你這個容器是什麼。」

「咦咦……？等等……這個是……」

杯子本身和剛才沒有什麼不同。硬要說的話，大概就是跟一般杯子比起來有點太過於簡單，而且太大又太厚了吧。

「啊～……湯杯？」

畏畏縮縮地回答完後，卡迪娜爾隨即笑著點了點頭。

「嗯，這東西現在已經變成湯杯了。因為裡面裝著湯嘛。」

當我正說不出話來時，卡迪娜爾已經毫不猶豫地咚一聲把杯子放到桌巾上了。

「什麼……！」

「看吧。附加在我們人工搖光上的禁忌，在某種意義上來說其實相當曖昧。只要主觀的認識有所變化，很容易就能覆蓋過去了。」

「…………」

雖然已經驚訝到說不出話來，但腦海裡還是浮現兩天前的一個畫面。

那個時候，當我衝入寢室的瞬間，萊歐斯正毫不容情地對蹲在地上的尤吉歐揮下長劍。如果我沒有用自己的劍把它擋住，萊歐斯的劍就已經一擊砍下尤吉歐的腦袋了。

不用說也知道，殺人是地底世界最大的禁忌。但是那個瞬間對萊歐斯來說，尤吉歐已經不是跟自己一樣的人類，而是違反禁忌目錄的大罪人了。他就靠著這樣的認識，輕鬆地跳過了刻劃在靈魂上的禁忌。

在我默默陷入沉思時，對面的椅背又因為被人靠上而發出細微的聲音。一看之下，原來是卡迪娜爾再次拿起茶杯變成的湯杯，然後將其放到嘴唇上。數十分鐘前吃下的肉包與三明治早已變成我的天命數值，空無一物的胃部再次緊縮了起來。

「……我也可以來一杯嗎？」

「你真的很愛吃耶，把杯子拿過來吧。」

卡迪娜爾像是受不了般搖了搖頭，但還是伸出左手來彈了一下我推過去的杯子邊緣。然後空杯子立刻充滿了香味四溢的奶油黃液體。

我急忙把杯子拉回來，吹散熱氣後便啜了一口濃湯，懷念的濃稠口感在嘴裡擴散開來時，我忍不住就閉上了眼睛。雖然地底世界裡也有味道相似的湯，但我已經兩年沒喝過如此道地的奶油玉米濃湯了。

喝了兩三口並滿足地呼出一口氣後，像是在等我這麼做的卡迪娜爾才又繼續說道：

「看到了嗎？就像我剛才用杯子表演的那樣，只要改變想法就能夠輕鬆突破束縛我們的禁忌。我們……我和亞多米尼史特蕾達在開始戰鬥時就不認為對方是人類了。對我來說那傢伙是危害世界的缺陷系統，對那傢伙來說我是非得刪除不可的麻煩病毒……我們毫不猶豫地要終止對方的天命。在使用最高等級的術式互轟之下，終於來到再兩三次攻擊就能消除亞多米尼史特蕾達，不然至少也能跟她同歸於盡的狀況。」

可能是浮現當時懊悔的心情了吧，只見卡迪娜爾緊緊咬住了小小的嘴唇。

「但是……但是，那個陰險的女人在最後一刻發現了我和她之間的決定性差異。」

「決定性差異……？但妳和亞多米尼史特蕾達只有外表不同……系統登入權限和知道的神聖術也完全相同不是嗎？」

「沒錯。在只用神聖術進行攻擊的這段時間，先發制人的我將獲得最後勝利已經是相當清楚的事情了。因此……那傢伙便捨棄了神聖術。她把房間裡堆積如山的高優先度物體轉變成武器，同時也把我們戰鬥的整個空間指定為禁止使用系統指令的地點。」

「這……這麼做的話，不就也沒辦法解除禁制了嗎？」

「嗯，沒離開那個空間就不行。當那傢伙開始詠唱創造武器的指令時，我已經注意到她的企圖了。但是我卻無計可施。指令一旦被封印，就連我也沒辦法解除……在沒辦法的情況下，我也只能創造武器，希望藉由物理屬性的傷害來給予那傢伙致命的一擊。」

卡迪娜爾說到這裡便停了下來，從桌子前面站起身子並且舉起手杖。由於她默默地把手杖伸過來，感到驚訝的我也只能伸出右手。接過手杖的瞬間，右臂立刻感覺到一股與那種細長外表完全相反的龐大重量，我急忙用左手一起握住它，才總算能把它放到桌面上。發出沉重聲音並躺在桌面的手杖，明顯有著和我的黑劍以及尤吉歐的藍薔薇之劍同等或者以上的優先度。

「原來如此……不只是神聖術行使權限，連武器裝備權限也是神明等級嗎？」

我一邊摸著右手腕一邊這麼說道，而卡迪娜爾則像是要表示「那還用說嗎」一般聳了聳肩。

「亞多米尼史特蕾達不只複製了記憶與思考，連權限與天命值也全部複製了。那傢伙生成的劍和我生成的手杖在性能上也是不分上下。我認為就算得捨棄神聖術而進行物理戰鬥，最後獲勝的人依然會是我。但是我用手杖擺出戰鬥姿勢後，才終於了解亞多米尼史特蕾達真正的企圖，也就是注意到我和那傢伙之間決定性的差異……」

「所以到底是什麼差異啊？」

「其實很簡單啊，你看我這副肉體。」

卡迪娜爾用右手拉開厚重的長袍，露出穿著白色襯衫與黑色燈籠褲，以及白色過膝襪的身體。那纖細少女的體態可以說和老賢者般的口氣形成強烈的對比。

不知道為什麼，感覺好像看見了不該看的東西，於是我反射性地伏下視線並且這麼問道：

「那副身體……究竟有什麼關係……？」

卡迪娜爾迅速把長袍拉好，然後不耐煩地低聲回答：

「真是的，你這傢伙太遲鈍了吧。你想想看自己忽然被丟進這副肉體時會怎麼樣。視線的高度與手臂的長度完全不一樣喲。這樣你還能跟往常一樣拿劍戰鬥嗎？」

「……啊……」

「我在那之前，一直都是在亞多米尼史特蕾達……也就是桂妮拉那個以女人來說算相當高的身體裡。在用神聖術互相攻擊時還沒有注意到……但擺出手杖，準備接受敵人的攻擊時，我才發現自己已經陷入了完全的絕境裡。」

聽她這麼說，我才發現這其實是再簡單也不過的道理了。現實世界裡的許多ＶＲＭＭＯ當中，如果選擇和自己身材相差太多的角色，就必須花上好一段時間才能習慣接近物理戰鬥時的距離感。

「……順帶一提，現在的妳和亞多米尼史特蕾達的身高差了多少……？」

「至少有五十公分吧。我到現在都還記得，那傢伙從高處往下看著我時，臉上露出燦爛笑容的表情。之後轉變型態的戰鬥又重新開始，但經過兩三次武器互擊之後，我只能承認自己已經落敗的命運……」

「然……然後……怎麼樣了呢？」

既然能在這裡和我對話，就表示她一定想辦法脫離了那種困境，但我還是忍不住吞了一大口口水。

「亞多米尼史特蕾達雖然確定了自己的優勢，但那傢伙還是犯下了唯一的錯誤。如果她在行使禁止使用系統指令前就先封鎖房間的出口，我就真的只能坐以待斃了。沒有人類感情的我——」

卡迪娜爾說到這裡時，臉上其實出現非常悔恨的表情，但我還是沒有多說些什麼。

「——馬上就做出得撤退才行的判斷，也立刻以脫兔般的速度往門口衝去。每當亞多米尼史特蕾達從後方揮下來的劍掠過背部，我的天命就會因此減少……」

「那……那真的很恐怖耶……」

「別以為自己不會遇到同樣的狀況。這兩年兩個月來，你不知道對多少女性流口水了。」

「我……我才沒有哩。」

這突如其來的攻擊讓我忍不住擦了擦嘴角，然後皺著眉頭說：

「等……等一下。這兩年兩個月來……妳不會一直都在看著我吧……？」

「那還用說嗎？雖然不過是兩百年裡的兩年兩個月，但也算是還挺長的喲。」

「什麼…………」

我頓時說不出任何話來。也就是說眼前的年幼賢者其實監視著我的各種言行舉止嗎？雖然我自認為沒有做什麼見不得人的事，但也沒有完全清白的自信。不過現在已經沒有時間去檢驗過去兩年多的記憶了……我這麼告訴自己，然後硬把思緒拉回來。

「好……好吧，先別管這件事了。那……妳是怎麼從亞多米尼史特蕾達手下逃走的呢？」

「哼。逃出聖堂最上層的寢室後——我的術式行使權限就恢復了，但狀況還是沒有改變。就算想用神聖術反擊，她只要再把走廊指定成禁止空間就可以了。這樣只不過是使得逃走手段從奔跑變成飛行而已。所以我必須逃進一個她無法攻擊的地方來重整態勢。」

「這麼說是沒錯……但所謂人如其名，亞多米尼史特蕾達她是這個世界的偉大管理者對吧？還有什麼地方是她不能去的嗎？」

「那傢伙確實是名為管理者的神，但還不算是真正的萬能。這個世界還是存在兩個她無法自由控管的地方。」

「兩個地方……？」

「一個是盡頭山脈的另一邊……就是人界居民稱為暗之國的黑暗領域，另一個就是我們目前所在的大圖書館。這個圖書館原本是自知記憶力有限的亞多米尼史特蕾達創造出來當成外部記憶裝置的空間，裡面收藏了全部的系統指令以及關於地底世界的龐大資料。所以那傢伙才會有防止除了自己之外的任何人進入這裡的想法。所以這個地方雖然在聖堂內部，但是空間上卻沒有相連。唯一只有一扇門能到這個地方，而且只有那個傢伙……不對，只有那個傢伙和我知道把門叫出來的指令。」

「哦哦……」

我再次環視了一下這個配置了多層通道、階梯以及書架的大圖書館。不過它圓筒型的牆壁看起來是由非常普通的煉瓦所構成──

「那麼，那面牆壁的後面是……」

「什麼都沒有。牆壁本身就沒有辦法破壞，就算能破壞，外面也只是一片虛無的世界。」

雖然很想想像跳到那裡面去會發生什麼事，但我還是輕輕搖了搖頭來切換自己的思緒。

「──妳說的唯一一扇門，就是剛才讓我們從玫瑰園來到這裡的那一扇嗎？」

「錯了，那扇門是我很久之後才創出來的。在兩百年前，那扇巨大的雙開門是在最下層的中央。我一邊拚命逃離亞多米尼史特蕾達的追殺，一邊詠唱著叫出那扇門的術式。當時就連我也唸錯了兩次。好不容易完成指令，衝進出現在通道上的門裡後，我便立刻把門關上並且上鎖。」

「妳說上鎖……但妳和最高司祭的權限等級相同，對方不是應該可以從外面打開嗎？」

「是啊。但很幸運的是，從圖書館內部只要把鑰匙往右旋轉九十度就能夠上鎖，但外側要開鎖就得唸上一長串術式。我就這樣隔著一扇門聽著亞多米尼史特蕾達用充滿冰冷殺意的聲音唸著開鎖術式，然後也開口詠唱新的術式。我的術式完成時，眼前的鑰匙剛好也開始往左邊旋轉……」

可能是當時的記憶又甦醒了吧，只見卡迪娜爾用雙臂輕輕抱住自己。明明是兩百年前發生的事，但光是想像當時的情景就讓我也感到背後一陣發冷。一口氣喝光還剩下一點的玉米濃湯，並且喘了口氣後我才繼續問道：

「妳那時候詠唱的……是破壞那扇門的術式嗎？」

「沒錯。我把唯一能連繫聖堂與大圖書館的那扇門炸得粉碎了。那個瞬間起，這裡就跟外界完全隔絕，我也終於逃離了亞多米尼史特蕾達的追殺……」

「……最高司祭為什麼不再重做一扇門呢……？」

「剛才也說過了吧？亞多米尼史特蕾達是先生成包含大門在內的大圖書館，然後再切斷它和聖堂的連結。這整個空間會不停在未使用的領域裡隨機變換系統上的座標數值。只要沒辦法正確預測數值，就不可能從外部進行干涉。」

「原來如此……中央聖堂的座標是固定的，所以妳可以從這裡創造通往外面的通路。」

「沒錯。不過創造出來的門只要一打開就會馬上被亞多米尼史特蕾達的使魔發現，所以無法重複使用。就像剛才在玫瑰園裡讓你和尤吉歐通過的那扇門一樣。」

「那……那真是對不起了……」

我乖乖低頭道歉之後，幼年賢者便輕輕笑了一聲，然後把視線往圖書館的圓形屋頂看去。她眼鏡深處的雙眼瞇了起來，以感觸良多的聲音呢喃著：

「……我和亞多米尼史特蕾達這個必須修正的錯誤所進行的戰鬥，事實上是我輸了。我狼狽地逃進這個地方……之後的兩百年，我只能不停地進行觀察與思索……」

「……兩百年……」

——我嘴裡試著這麼低聲呢喃著，但是對現實世界裡只過了十七年半，就算加上地底世界加速的兩年，也還是活不到二十年的我來說，實在無法有任何的真實感。大概就只有龐大時間洪流的印象而已。

眼前的少女已經活了這麼一段幾近無限的時間。在這個沒有任何人，甚至連一隻老鼠都沒有的大圖書館裡，只有不會說話的書本包圍著她。我想「孤獨」這兩個字應該不足以形容她的情況，這根本是完全的與世隔絕。如果我處於同樣的狀況，應該撐不到兩百年吧。就算知道將會招來毀滅，我一定還是會主動打開通往外界的門。

不對，等一下。在那之前——

「卡迪娜爾……妳剛才不是說過搖光的壽命大概只有一百五十年嗎？就是因為將近極限了，亞多米尼史特蕾達才會想複製自己的搖光……那妳們分裂之後，妳是怎麼度過這兩百年的時間呢？」

「也難怪你會有這樣的疑問。」

花了一段時間把湯喝完並且把空杯子放回桌上後，卡迪娜爾才點頭說道：

「雖然說我的搖光經由亞多米尼史特蕾達選擇過複製的部分，但是也沒有那麼多空間來保持更長時間的記憶。於是逃進大圖書館確保了自身安全的我，首先就得面對整理自己記憶的工作。」

「整……整理……？」

「沒錯。就是剛才跟你提過的，沒有備份就直接編輯檔案。如果操縱當中出現任何事故，我在LightCube裡的意識就會溶化在光線當中吧。」

「那……那麼……也就是說，就算妳被幽禁在這座圖書館裡，還是擁有權限可以操縱在現實世界某處的LightCube Cluster對吧？這樣的話，只要不理自己的搖光，然後登入亞多米尼史特蕾達的搖光，接著發動能把她靈魂轟飛的攻擊不就好了……？」

「當然對方也能這麼做。但很可惜——或許應該說很幸運的是，這個世界裡要行使改變對象狀態這種類型的神聖術，原則上一定要直接接觸對象單位或者物體，不然最少也得看見對方才行。大概就跟『射程距離』的概念一樣吧。所以亞多米尼史特蕾達才會特別把傢俱行的女兒帶到聖堂最上層，就跟要把你和尤吉歐帶到教會的理由是一樣的。」

聽到這裡，我便感到一陣寒意。如果我們有勇無謀的逃獄沒有成功的話，在審問的時候究竟會發生什麼事情呢。

「——也就是說，把自己隔離在這座圖書館裡的我，就算擁有再高的權限也沒辦法攻擊亞多米尼史特蕾達的搖光，同時也能免於受到那傢伙的攻擊。」

卡迪娜爾完全不知道我的恐懼，只是伏下眼鏡下的長睫毛然後繼續說道：

「整理自己的靈魂……其實是一件相當恐怖的事情。因為一個指令就能讓剛才還能再生的鮮明記憶消失地無影無蹤。但我非得這麼做不可。在那樣的狀況下，很容易就能預測出得經過相當漫長的時間才能抹消亞多米尼史特蕾達。到了最後——我刪除了自己所有桂妮拉時期，以及成為亞多米尼史特蕾達之後百分之九十七的記憶……」

「什麼……那……那幾乎是全部了嘛！」

「是啊。剛才說給你聽的那一大段桂妮拉的故事，其實也不是我的親身經歷，而是消去前寫在書上的知識。我已經想不出親生父母親的臉孔。每天晚上睡的床有什麼樣的溫度，喜歡吃香甜烤麵包的味道也都忘記了……我不是說過自己沒有一絲人類的情緒嗎？所以現在的我已經失去大部分記憶與感情，只是遵從烙印在靈魂裡的『停止瘋狂的主要處理程序』這個命令來行動的程式。我就是這樣的存在。」

「…………」

卡迪娜爾雖然微微低頭並且露出微笑，但是臉上卻有一種難以言表的深沉寂寞。雖然很想表示妳不是程式，應該和我以及其他人一樣都帶有感情，但是卻怎麼樣都無法說出口。

卡迪娜爾抬起頭來，瞄了一眼保持沉默的我之後，她先是再次微笑了一下，然後才又開口說話：

「……選擇記憶並加以消去的結果，讓我的搖光得以確保相當充足的剩餘空間。藉此獲得漫長時間的我，為了挽回狼狽逃走的面子，便開始策劃要給亞多米尼史特蕾達一點顏色瞧瞧——當初也曾想過再次趁那傢伙不注意而直接和她展開戰鬥。外部雖然沒辦法打開通往這座圖書館的通道，但正如你剛才所說的，從這裡可以通到外面去。雖然設置後門的指令也有『射程距離』，但如果是中央聖堂中段樓層附近的話，我還是能夠隨意設置後門。因為那傢伙很少會走到高塔的下層，所以只要在這邊開扇門就有可能進行奇襲。而且我竟然很快就習慣操縱這副身體了。」

「……原來如此。如果先發制人的成功率相當高的話，那的確是有一試的價值……但這算是很大的賭注吧？因為亞多米尼史特蕾達很可能會有所戒備……」

當對方意識到自己很可能會發動奇襲時，通常行動就很難成功了。我在ＳＡＯ時期也數次伏擊犯罪者玩家或者被他們伏擊，但遇上覺得這附近可能有人會埋伏而提高警戒的傢伙時，偷襲幾乎都發揮不了作用。聽見我指出問題點後，卡迪娜爾也露出憤恨的表情並點了點頭。

「桂妮拉在成為最高司祭之前就擅長於看穿其他人的弱點。就跟她在分裂不久後的戰鬥裡注意到我體格上的弱點一樣，在進入新局面時，她也能迅速發覺她和我之間的優勢與劣勢，然後馬上展開對策。」

「優勢嗎……但基本上妳和亞多米尼史特蕾達在攻擊和防禦的能力上都是完全相同吧？還有……該怎麼說呢，思考能力應該也一樣吧。」

「雖然很不喜歡你這種說法，但確實如此。」

她用鼻子冷哼了一聲後才繼續說：

「我和那傢伙個人的戰鬥能力確實是差不多。不過那也僅限於一對一的戰鬥。」

「一對一……啊啊——是這麼回事嗎？」

「就是這樣。我是無人能依靠的隱者，但對方卻是公理教會這個巨大組織的支配者……那我繼續說下去了。製造出我這個麻煩，讓自己陷入瀕死的絕境後，亞多米尼史特蕾達便對複製自己搖光的危險性有了強烈的認識。但是邏輯閘因為滿出來的記憶而快崩壞的情況依然沒有改變，所以一定要採取某種措施，但她不像我一樣狠下心來進行高危險性的直接編輯記憶。於是她在沒辦法的情況下只好選擇了折衷方案。她只刪除了最近才發生的，就算進行操縱也沒什麼危險性的淺層記憶來確保最低限度的空間，還有就是極力減少記錄新的情報。」

「妳說減少……但記憶這種東西是每天都會自動累積下來的吧？」

「那要看你的生活方式。多看、多做、多想的人情報自然會增加，但如果一整天都躺在自己房間有頂篷的床上，然後一直閉起眼睛的話又怎麼樣呢？」

「嗚咿……我絕對辦不到。一整天都不斷揮劍還好多了。」

「不用說我也很清楚你那靜不下來的個性。」

我完全無法反駁。如果卡迪娜爾不知道為了什麼原因而一直監視著我的行動，那麼她應該早就知道只要一有空我就會瞞著尤吉歐到處閒晃的事情。

賢者馬上拉回露出微笑的嘴角，然後繼續說道：

「……但是亞多米尼史特蕾達和你不同，她沒有無聊或是閒得發慌等感情。如果需要的話，她可以好幾天，甚至好幾個禮拜都一直躺在床上。她就在半夢半醒的朦朧當中，沉浸在成為世界支配者的甜美記憶裡……」

「但她是公理教會最偉大的人吧？這樣應該還是會有相關的職務、演說等非做不可的事情不是嗎？」

「當然還是有。年初的大聖節一定得接受四個皇帝的拜謁，然後也得定期到聖堂中下層確認世界的管理狀況。每次做這些事情時，她都會因為害怕我發動奇襲而保持警戒。最後亞多米尼史特蕾達終於採取新的對策。她找了一批忠實且強力的手下來執行自己大部分的職務，同時也擔任護衛工作……」

「這就是只有獨自一人的妳沒有，但是支配巨大組織的她卻擁有的優勢嗎？但是……這樣不會反而增加不安的要素嗎？妳和她有同樣的戰鬥力，如果找來那麼多能和妳對抗的護衛，到時連他們都因為某種原因而想反叛時，不就連亞多米尼史特蕾達也沒辦法壓制他們了嗎？」

我的疑問只讓卡迪娜爾輕輕聳了聳肩，然後又重複了一遍剛才的話：

「不是說過絕對忠實了嗎？」

「確實這個世界的居民都無法違背高階命令，但妳不是也說過這不是絕對的嗎？如果這些護衛因為什麼差錯而把最高司祭當成暗之國的爪牙……」

「那個女人當然也知道有這種可能性。因為她已經把許多違反指數高的人拿來當成研究材料了。所以她知道盲從不一定代表忠誠……不對，就算護衛真心對她宣示忠誠，那個女人也不會相信吧。因為她是被自己的複製品背叛的女人啊。」

說到這裡，卡迪娜爾便笑了起來。

「如果要給他們足以和我對抗的權限與裝備，那就必須保證無論發生什麼事情他們都不會背叛。那應該怎麼做才好呢？答案其實很簡單，只要把搖光變成那樣就可以了。」

「……妳……妳說什麼？」

「她早已完成能做到這種事情的複雜指令，也就是『合成祕儀』喲。」

「嗯……就是靈魂與記憶的統合對吧？」

「嗯，而且她也有許多擁有強韌靈魂的高品質個體。被那傢伙抓住後拿來做實驗並且凍結保存的高違反指數人民，每一個都擁有相當高的能力。應該說……正因為智力體力高於常人，才會對禁忌目錄與公理教會抱持懷疑吧……初期被捕的人裡面，有一名被稱為天才劍士，但是卻不願受教會的支配而與伙伴一起流浪到邊境，然後自己開拓出村莊的豪傑。那名劍士因為想跨越阻擋在人界與黑暗領域之間的『盡頭山脈』，所以被教會給抓走了，而亞多米尼史特蕾達就選他做為第一名忠實的護衛。」

當我感覺到好像在哪裡聽過這件事，但是卻又想不起來時，卡迪娜爾已經繼續說道：

「那名劍士的記憶已經因為實驗而損毀了大半，但這對亞多米尼史特蕾達來說反而方便。因為抓走他之前的記憶反而會造成阻礙。那傢伙就是利用名為『敬神模組（Piety module）』的物體來強迫對方向自己奉獻絕對的忠誠……那東西的外表是像這樣的紫色三角水晶柱……」

卡迪娜爾一邊說一邊用小小的雙手比出十公分左右的空隙。

當我在腦袋裡描繪出那件物體時，全身的寒毛馬上豎了起來。因為我幾個小時前才看過那樣東西。

「……合成祕儀會把那根三角柱從額頭中央埋進對象者的腦袋裡。接著被奪走記憶的靈魂就會和創造出來的記憶與行動原則合而為一，然後完成新的人格。那個人就會成為對教會與亞多米尼史特蕾達完全忠誠，只為了維持人界現狀而行動的超戰士……亞多米尼史特蕾達因為希望這些儀式成功後醒過來的人能夠糾正世界的所有紛亂並且保持其整合性，便以統合萬物讓其收歸教會支配的意思將他們取名為整合騎士（Integrator）。要想爬上聖堂，那名最古老的整合騎士就有可能會阻擋在你和尤吉歐面前。你還是先記住他的名字比較好。」

卡迪娜爾凝視著我的臉，以沉重的口氣繼續說道：

「貝爾庫利・統合體・第一號……這就是那名騎士的姓名。」

「……等……等一下，這太誇張了吧。」

在卡迪娜爾閉上嘴唇之前，我已經開始用力搖頭了。

貝爾庫利。

尤吉歐曾經用充滿憧憬的表情告訴過我一名傳說中的豪傑，他的名字就是貝爾庫利。那名豪傑是盧利特村的初代開拓者，不但探索了盡頭山脈，還想從守護人間界的白龍那裡奪走「藍薔薇之劍」。

不過尤吉歐好像也不知道貝爾庫利晚年的事蹟。原本以為他應該就繼續在盧利特村生活，然後度過餘生——想不到竟然是被亞多米尼史特蕾達抓走，並且改造成最初的整合騎士了。

「那……那個……卡迪娜爾，妳應該也知道剛才我和尤吉歐兩個人聯手對上艾爾多利耶・辛賽西斯・薩提汪……應該是第三十一名整合騎士並且陷入苦戰吧？但現在忽然說可能要和第一名騎士戰鬥，我們怎麼可能打得贏啊。」

但是賢者只是聳了聳肩便把我的抗議帶過了。

「聽見貝爾庫利就開始害怕還太早了。正如你所說的，現在總共有三十一名整合騎士。」

還有三十個比艾爾多利耶還要強的對手。由於不想面對這過於殘酷的現實，於是我便開口說道：

「有這麼多人我怎麼都沒看見啊。來到央都之後，我也只有在晚上看過一次整合騎士乘著飛龍飛過夜空而已。」

「那是當然，因為整合騎士的主要任務是防衛盡頭山脈。大概只有出現違反禁忌目錄的大罪人時才會來到街上，但這種事情可能十年都不會發生一次喲。平常別說是一般市民了，就連貴族、皇族都沒機會看見整合騎士。或許應該說……他們是被故意隔絕起來的吧……」

「這樣啊……啊，那就是說三十名騎士大部分都在盡頭山脈那邊囉？」

帶著些微的期待這麼問完後，卡迪娜爾馬上搖頭並且回答：

「不能說大部分。現在聖堂內部至少有十二、三名覺醒的騎士。你和尤吉歐如果想達成各自的目的，就一定得突破他們的包圍然後到達聖堂的最高層。」

「說是一定……但真的很困難啊……」

我一邊從椅子上往下滑一邊深深嘆了口氣。

以ＲＰＧ的方式來表現的話，此刻的心情大概就像裝備與等級完全不足就衝進最後的迷宮裡一樣吧。我確實是為了到達聖堂的最上層和現實世界裡的某人通訊而大老遠來到央都，但老實說和整合騎士之間的戰力差距真的讓人感到絕望。

我緊閉著嘴，把視線移到自己胸前。多虧有卡迪娜爾給我們的魔法肉包，現在整合騎士艾爾多利耶的「武裝完全支配術」所造成的傷口已經完全痊癒了，但受傷的地方還是殘留著刺痛的感覺殘渣。

如果今後出現的騎士都比艾爾多利耶還強，那光靠正攻法想爬到頂層的可能性可以說相當低……當我想到這裡時，忽然又再次想起在玫瑰園裡的戰鬥將近尾聲時發生的奇異事件。

被尤吉歐告知自己母親姓名的整合騎士忽然顯得相當痛苦，然後整個人跪到地上。接著便忽然有透明三角柱伴隨著紫色光芒從幾乎失去意識的他的額頭浮出——那應該就是卡迪娜爾所說的「敬神模組（Piety module）」，也就是竄改整合騎士們的自我與記憶，把他們變成最高司祭忠實僕人的道具吧。

但是它似乎不像卡迪娜爾所說的那樣擁有絕對的效力。艾爾多利耶光是聽見母親的名字，就快要從模組的強制力裡獲得解放了……至少我當時看起來是這樣。如果同樣的現象也會發生在其他騎士身上，就表示除了和他們正面交鋒之外也有其他的方法，而且尤吉歐「把整合騎士愛麗絲變回本來的愛麗絲」的熱切願望似乎也有實現的可能性了。

陷入沉思的我，耳朵忽然聽見卡迪娜爾冷靜的聲音。

「我要說的話馬上就結束了，可以繼續下去嗎？」

「……啊……嗯，請繼續吧。」

「嗯。那麼——在亞多米尼史特蕾達成功創造出包含貝爾庫利在內的幾名整合騎士後，我發動奇襲的成功率也就大為降低了。雖然比不上亞多米尼史特蕾達，但騎士們的攻擊力、防禦力都相當高，連我也沒辦法立刻消滅他們。我也因此而做出必須和那個傢伙長期抗戰的覺悟……」

卡迪娜爾漫長的故事似乎終於接近尾聲了。我重新在椅子上坐好，把意識集中在賢者充滿威嚴的聲音上。

「既然狀況有所改變，我也知道自己需要協力者。但是——很難找到願意和這個世界的支配者戰鬥的人。那個人首先必須擁有違背禁忌目錄的高違反指數，而且還要有跟整合騎士不相上下的直接戰鬥能力和神聖術行使權限。於是我便冒著危險，盡可能在遠方設置後門，對生息在周圍的鳥類以及昆蟲施加『感覺共有』以及其他的術式，然後讓牠們到整個世界去……」

「喔喔……那就是妳的耳目嗎？難道說，監視我的也是這些生物……？」

「嗯。」

卡迪娜爾咧嘴一笑，接著又伸出右手。她把手掌面向上方，手指像是在叫某個人般不停動著。結果——

「嗚哇！」

忽然有某種小小的東西從我的瀏海裡跳出來，然後無聲地落在卡迪娜爾手掌上。仔細一看之下，原來是隻不到小指前端大小的黑蜘蛛。牠迅速轉過身軀，用並排在頭部前方的四隻深紅單眼往上看著我，接著又抬起右前腳來向我打招呼……至少我看起來是如此。

「牠叫作夏洛特。從你和尤吉歐離開盧利特村開始，牠就一直待在你的瀏海、口袋或者房間角落觀察你們兩個的言行舉止。不過除了看之外……好像偶爾也會有別的行動。」

卡迪娜爾一這麼說，蜘蛛便縮起八隻腳，露出輕輕聳肩般的動作。

那種可愛的模樣讓我忽然想起一件事。當我們從乘坐飛龍的整合騎士手底下逃走時，可能就是這個傢伙一直拉著我瀏海的一根頭髮來告訴我該往哪裡逃吧。不對，不只是那個時候。從盧利特村出發之後，不論是在薩卡利亞參加劍術大會並且成為衛兵，還是進入央都的修劍學院就讀，我都在面臨重大場面時有過好幾次同樣的感覺。

「……這麼說來，那種抽痛的感覺不是我的靈感，而是頭髮真的被拉了嗎……」

當我一邊呆呆地這麼呢喃著，一邊回想起各種場面時，最後忽然又浮現一個最重要的記憶。我忍不住探出身子，對著靜靜待在卡迪娜爾手掌上那隻不足五釐米的黑蜘蛛呢喃道：

「對……對了，那個時候……就是我栽培的賽菲利雅花苞全部被砍斷的時候，該不會就是妳鼓勵我的吧……？妳當時說要相信賽菲利雅的生命力，以及周圍花朵的願望……」

殘留在記憶裡頭的是有些成熟的女性聲音。這麼說來，眼前的黑蜘蛛可能正如牠夏洛特這個名字所顯示的一樣擁有女性人格，不過這真的有可能嗎——非人的蟲子竟然也擁有搖光。

就在我因為各種疑問而一個頭兩個大時，夏洛特並沒有回答什麼，只是一直用鮮紅的眼睛凝視著我，但忽然間就從卡迪娜爾的手掌上跳下來並且快速跑過桌面，最後跳到附近的書架上然後消失無蹤。

目送小小使魔離開的卡迪娜爾這時又用平穩的聲音低聲說道：

「夏洛特是我施加術式然後派遣到人界各地的最古老監視用單位。牠漫長的任務現在終於結束了。因為凍結了牠天命的自然減少，所以牠其實已經工作了兩百年以上……」

「……監視單位……」

我低聲說完後又看了一下夏洛特闖進去的書架。牠的任務應該只是觀察我和尤吉歐而已。但是離開盧利特村之後的兩年裡，夏洛特已經藉由拉扯瀏海以及輕聲給予建議救了我好幾次。某方面來說，牠對我來說其實是比尤吉歐還要親近的同行者，只是我一直沒注意到而已。

——多謝了。

我在心裡向牠道謝並且對著書架低下頭來。

接著又把視線移回卡迪娜爾身上，考慮了一下之後才問道：

「也就是說……被關在這座大圖書館的妳，兩百多年來就利用這些使魔作為耳目，尋找能夠幫助妳的協力者嗎……」

「嗯。因為在這裡無法直接參照人類的違反指數參數。所以只要聽見什麼奇異的謠言我就會讓監視單位移動到該處，然後讓其觀察造成謠言的人類……我就是一直進行這種單調的搜索。而且不只一次眼睜睜看著覺得合適的人選被整合騎士帶走。就連沒有感情的我，都因此而深深理解失望與忍耐這兩個名詞的意義了。老實說……這十年左右，我幾乎覺得差不多該了解放棄這兩個字的意思了。」

卡迪娜爾嬌小的嘴唇露出帶有兩百年重量的微笑。

「當我坐在這裡觀望整個世界的這段期間，亞多米尼史特蕾達已經為了獲得能成為整合騎士的強者而建立起更加積極的制度。這就是你和尤吉歐的目標『四帝國統一大會』的真正目的。」

「……也就是說，在那場大會裡獲得優勝的劍士不是能獲得被任命為整合騎士的榮譽，而是……」

「被強迫變成整合騎士。成為騎士之前的記憶會被封印起來，然後成為盲目遵從最高司祭的最強人偶。只要家裡有人成為整合騎士，就能獲得讓人難以置信的高額獎金與上級爵士的地位，所以就算再也見不到兒子或女兒，貴族和富商也還是拚命讓自己的小孩學習劍法。而騎士本人則會被指派到不可能與家族有所接觸的領地，讓他們與過去變得毫無瓜葛。」

「……妳剛才說的『被隔離』……」

「嗯，指的就是這種制度啊——三十一名整合騎士裡，有一半是犯下禁忌而被帶走的人，另一半則是大會的優勝者。痛擊你們的艾爾多利耶．辛賽西斯．薩提汪就是其中之一。」

「原來如此……是這樣的策略啊……」

我隨著沉重的嘆息這麼低聲說道。

我擔任隨侍的索爾緹莉娜學姊，以及尤吉歐服侍的哥魯哥羅索學長今年沒有在大會裡獲勝反而可以說是幸運嗎？如果索爾緹莉娜學姊贏過艾爾多利耶，然後在統一大會獲得優勝，那麼在玫瑰園裡等待我們的失憶整合騎士就會是她了。

而且不只是這樣而已。如果沒有發生萊歐斯與溫貝爾的事件，而我和尤吉歐也按照當初的計畫被選為學院代表，最後順利贏得明年的大會的話——又或者我們沒辦法逃出地下監牢而被拉去審問的話……屬於天然搖光的我也就算了，尤吉歐很有可能會成為第三十二名整合騎士。如果是這樣，那就真的是偷雞不著蝕把米了。

這時卡迪娜爾又用平穩的聲音對開始發抖的我說：

「——就這樣，亞多米尼史特蕾達在兩百多年之間不斷鞏固守備，而我也愈來愈失望。連我都開始有為什麼要做這種事情的想法了……」

她深褐色的眼睛凝視著大圖書館挑高的天花板。接著又像是在冰冷圓形屋頂上看見溫暖陽光的幻影般眨了好幾次雙眼。

「……透過監視單位們的眼睛看見的世界相當美麗而且充滿亮光。孩子們高興地在草原上奔跑，女孩子們因為談戀愛而羞紅臉頰，母親們對抱在懷中的嬰孩露出慈愛的笑容。如果這副身體的主人，也就是傢俱行的女兒能夠順利長大的話，那麼她應該也能得到這一切才對。在不知道整個世界構造的情況下平凡度過一生，到了六、七十年後，即將臨終的她也能在家人的看護下回想自己幸福的一生……」

卡迪娜爾伏下視線，發出呢喃般的聲音，感覺她的身體似乎稍微搖晃了起來，不過這可能只是我的錯覺吧。

「……我怨恨自己的靈魂核心被烙印了『必須糾正主要處理程序的錯誤』這樣的行動原理，也認定自己是行將就木的老太婆。只是所有生命光輝都已消逝，只能靜靜等待天命歸零那個瞬間來到的枯朽老樹。結果很不可思議的，講話的口氣也在不知不覺間變得老氣橫秋。我每天就只能藉由派遣到世界各地的使魔的耳朵來聽人類生活。但這段期間我也不斷考慮，為什麼創造這個世界的外界神明們完全不管亞多米尼史特蕾達的專橫……創世神史提西亞、陽神索魯斯和地神提拉利亞只是公理教會為了支配而偽造出來的神明，不過我已經從系統指令一覽表裡看見許多次真正神明『RATH』的名稱了。我知道RATH是神明們的集合體……Cardinal是他們所製作出來的，沒有靈魂的模擬神明。還有我和亞多米尼史特蕾達被烙印了這個系統的兩條行動原理。但知道愈多這些世界的祕密，卻反而出現更多疑問。」

「等……等一下。」

跟不上發展過於快速的內容，我只能插嘴這麼表示。

「也就是說……妳光靠推測就知道這個地方只是ＲＡＴＨ製造出來的模擬世界，還有原本的Cardinal是擁有正副兩道處理程序的程式嗎？」

「這沒什麼好驚訝的。有兩百年的時間和內藏在Cardinal系統裡的資料庫，誰都可以做出這樣的結論。」

「資料庫……原來如此。妳那不像地底世界居民的語彙就是從那裡學來的嗎？」

「連剛才你喝的玉米濃湯的味道也是一樣。不過我對許多用語的理解應該和你有很大的差異……但是接下來的推測應該沒有問題才對。以神明的創造物來說，地底世界實在有太多缺陷，而亞多米尼史特蕾達的醜惡支配體制之所以能一直維持下去……唯一就只有一個原因。那就是真正的神明ＲＡＴＨ不希望這個世界的人民過著幸福的生活。應該說完全相反……他們是為了用巨大的鉗子慢慢箝制人民，然後觀察他們如何掙扎才會讓這個世界存在。你應該也知道——近年來人界的邊境地帶因為傳染病以及危險動物的跋扈、農作物欠收而增加了許多無法過完天命就死亡的人類。這是連亞多米尼史特蕾達都無法改變的『負荷參數』增加所引起的現象。」

「負荷……參數？話說回來，妳之前好像也說過什麼負荷實驗之類的話對吧？」

「嗯。嚴格來說，現在負荷也每天都在增加……根據資料庫裡記載，負荷實驗最終階段會出現的試煉可不是疾病能比得上的喲。」

「到底……會發生什麼事情……？」

「夾住人界這顆雞蛋的鉗子終於要壓破蛋殼了，你應該也知道人界外面有什麼吧。」

「黑暗領域……？」

「沒錯。那個黑暗世界就是要給予人民終極痛苦的裝置。剛才也說過，被稱為暗之怪物的哥布林、半獸人以及其他種族，全都是跟人類一樣搖光裡被烙印了殺戮與強取豪奪行動原理的存在。他們的組織是純粹用力量優劣來決定階級高低，而且現在已經建立起雖然相當原始但非常強大的軍隊。總數雖然只有人界人口的一半左右，但每個個體的戰鬥能力都遠超過人類。這支恐怖的集團，每天都在期待著入侵他們稱之為『伊武姆』的人界人的領土，好藉此來滿足自己暴虐的欲望。我想這是不久之後就會發生的事。」

「軍隊……」

這可不是開玩笑的。兩年前，和我在盡頭山脈的洞窟裡進行死鬥的哥布林隊長是無庸置疑的強者。光是想到有成千上萬的那種傢伙將會進攻過來，我就快要嚇破膽了。我一邊不停地搖頭，一邊用沙啞的聲音說：

「……人界裡雖然有許多衛兵和騎士……但根本一點勝算都沒有。這個世界的劍術已經變得跟表演一樣，老實說完全不堪一擊……」

結果卡迪娜爾也馬上點頭並且回答：

「我想也是。按照ＲＡＴＨ原本的計畫……現在人界應該也已經組成足以和黑暗領域對抗的強力軍隊了。持續和規模雖小但是不斷入侵的哥布林們戰鬥而得以提升武具和神聖術的行使權限，然後也能創造出實用的劍法與集團戰術。但是正如你所知，現狀和計畫根本差了十萬八千里。劍士們完全沒有實戰經驗，只是一味地追求劍招的美觀，而身為軍隊指揮官的上級貴族也只想過奢侈的生活。這一切全是亞多米尼史特蕾達以及她所創造的整合騎士所造成的。」

「……究竟是怎麼回事？」

「整合騎士因為擁有最高等級的權限與神器等級的武裝，所以實力的確相當驚人。甚至只靠八個人就能守護盡頭山脈，輕鬆地把入侵的哥布林集團消滅殆盡。但是——原本應該和哥布林戰鬥的一般人民也因此而過了數百年完全沒有戰鬥經驗的生活。人民完全不知道將會來臨的威脅，只沉浸在名為安寧的一灘死水當中……」

「……亞多米尼史特蕾達知道負荷實驗的最終階段最近就要開始了嗎？」

「應該知道吧。但是那傢伙認為光靠自己和三十名整合騎士就能順利解決掉暗之軍隊。連當那一刻來臨時將成為重要戰力的東西南北四隻守護龍，都因為自己無法操縱的理由就被她殺掉了。你的伙伴聽見了一定會覺得很傷心，其實殘酷殺害白龍的人，就是在童話裡和牠有過一段有趣爭執的，被改造成整合騎士的貝爾庫利啊。」

「……這件事還是不要讓他知道比較好。」

我一邊嘆息一邊低聲這麼說道。想起在盡頭山脈地底看見的骨頭山後，我暫時閉上眼睛，過了一陣子才又抬起頭來問道：

「那實際上又怎麼樣呢？如果暗之軍隊攻過來，亞多米尼史特蕾達和整合騎士能夠對抗他們嗎？」

「不可能。」

卡迪娜爾馬上說出否定的答案。

「整合騎士確實是長年征戰沙場的強者，但數量實在相差太大了。另外亞多米尼史特蕾達操縱的神聖術雖然擁有天災般的威力，但正如我剛才說過的，要使用術式就必須自己也處身於敵人的射程範圍內。暗之軍隊每個人的實力雖然都跟亞多米尼史特蕾達差距甚多，但他們會使用神聖術……不對，或許應該說暗黑術吧，總之他們能使用系統指令的人可以說多如繁星。就算一記轟雷可以燒焦數百名術士，但下一個瞬間她也會被千隻火焰箭貫穿吧。雖然因為有龐大的天命而不一定會因此喪生，但至少可以知道她一定會逃回這座塔裡來。」

「等……等一下。這也就是說……不論我和妳有沒有打倒亞多米尼史特蕾達，這個世界將來的命運還是不會有任何改變嗎？就算妳奪回Cardinal系統的所有權限，也沒辦法擊退暗之軍隊吧？」

聽見我茫然的發言後，卡迪娜爾便深深點了點頭。

「沒錯。事到如今，連我也沒有阻止黑暗領域侵略人界的方法了。」

「……這也就表示……只要刪除發生錯誤的主要處理程序，也就是亞多米尼史特蕾達，卡迪娜爾妳就不管這個世界的死活了……妳的意思是這樣嗎……？」

我用沙啞的聲音畏畏縮縮地問道。

這時卡迪娜爾閉起嘴巴，她小小圓眼鏡深處的雙眼投射出某種哀戚的感情，並且一直盯著我看。

「……或許是吧。」

她終於發出來的聲音已經細微到快要被周圍油燈燃燒的聲音掩蓋過去。

「沒錯……如果只看會造成許多靈魂消滅這樣的結果，我的目標或許和就這樣任由事情發展下去沒有什麼不同……但是……如果我和你就這樣坐在這裡什麼都不做，不久之後……雖然不知道是一年還是兩年後，暗之軍隊一定會入侵人界來燒殺擄掠，造成許多居民的死亡。屆時將會出現我們所知道的任何言語都無法形容的……極其悲慘與殘酷的地獄——不過呢……就算我能恢復所有權限，然後編出一擊就能燒盡所有暗之怪物的指令，我也不會使用它。因為他們並不是自願成為怪物的。我說過考慮了數百年也沒能想出答案吧。你聽好了……如果亞多米尼史特蕾達這名支配者沒有出現，這個世界也按照原本的計畫來發展，屆時建立起強力軍隊的人類們也一定會反過來攻進黑暗領域，然後極盡暴虐之能事來殺戮那個國家的居民！」

卡迪娜爾平靜的聲音就像是猛烈的鞭子一樣抽打著我的耳朵。

「不論哪一種發展，這個世界都會邁向血流成河的結局。因為這就是神明RATH的真正意圖。我……我無法承認這樣的神明，也無論如何都無法接受這樣的結局。因此……知道無法躲避負荷實驗最終階段到來的我，便做出了唯一的結論。那就是想盡辦法在那一刻來臨之前排除亞多米尼史特蕾達，恢復我身為Cardinal系統的權限……然後把地底世界和黑暗領域全部歸零。」

「全部……歸零……？」

我機械式地重複了一遍，然後才瞪大了雙眼。

「這是什麼意思……？」

「就是字面上的意思啊。把保存在LightCube Cluster這個靈魂搖籃裡頭的，不論是人界還是暗之國人民的搖光都刪除掉。」

當卡迪娜爾這麼說時，她稚嫩的臉上帶著下了堅定決心與覺悟的表情，而我則是好一段時間說不出話來。過了一陣子後，我才終於能夠具體想像出少女所指出的最終解決手段是什麼樣的情形。

「也就是……如果沒辦法迴避有許多人痛苦死去的結局，那倒不如在那之前把他們全都安樂死的意思囉……？」

「安樂死……？不對——這個用語不正確喔。」

可能是搜尋了內藏在系統內的資料庫吧，只見卡迪娜爾眨了一下眼睛後才搖了搖頭。

「你擁有和LightCube不同的紀錄媒體，所以對於你這種高階世界的人類來說可能是難以置信的現象，但這個世界裡只要簡單的操縱就能消除人民的靈魂了。他們不會有任何知覺，甚至連燭火搖曳般的抵抗都不會有就消失了……不過這依然是殺人的行為就是了……」

這應該是卡迪娜爾經過長時間考慮後所做出來的結論吧，當她這麼說時，我甚至能從她的聲音裡感覺到沉重的自暴自棄與無力的感覺。

「當然，真要說的話，還是有讓這個世界永遠逃離ＲＡＴＨ的掌控，然後發展出自己的歷史這種最棒的結局。只要花上數百年的時間，甚至有可能讓人界與黑暗領域和平地融合在一起。但是……你應該最清楚從神明ＲＡＴＨ的手中獨立根本只是痴人說夢吧？」

卡迪娜爾突然提出的問題讓我咬緊嘴唇並且陷入沉思。

我不知道地底世界在現實世界裡的實體，也就是巨大的LightCube Cluster存在於日本的什麼地方。但是Cluster和它的相關機器當然都得消耗大量的電力，所以從這方面來看就能知道完全獨立是不可能實現的夢想。

說得更現實一點，ＲＡＴＨ營運地底世界並不是在做慈善事業。菊岡誠二郎的身分其實是自衛官，而我推測ＲＡＴＨ的設立應該和他有很深的關係。如果這種推測正確的話，就表示這次的實驗應該有國防相關的具體目的才對。就算卡迪娜爾恢復全部權限，然後打開與外部連絡的管道要求讓地底世界獨立，ＲＡＴＨ也一定不會接受她的要求。

沒錯——現在想起來，就算我之後到達中央聖堂最上層，然後和菊岡取得連絡並且讓他和尤吉歐對話，也沒辦法保證他會答應我維持地底世界現狀的要求。對ＲＡＴＨ來說，所有的人工搖光都只是實驗對象，何況現在的地底世界本身也只是他們所做的數種嘗試裡的一種而已。

結果人工搖光們如果想要獲得真正的自由與獨立，可能就只有一種手段——那就是直接挑戰現實世界的人類。

愈想愈感到不安的我，只能強迫停止自己的思緒。我抬起臉來看著卡迪娜爾，然後強行讓僵硬的脖子上下移動。

「……沒錯，的確不可能。這個世界太過於依靠外界的人類與能源了，所以很難獨立。」

「嗯……要比喻的話，大概就是被丟進水桶當中，只能默默等待被丟進鍋裡油炸的魚群吧……能做的大概就只有跳到水桶外自殺了。」

雖然聽見卡迪娜爾放棄掙扎的話聲，但我實在沒辦法就這樣點頭同意她的看法。

「但是……我實在沒辦法看得那麼開……跟痛苦地死去比起來，在沒有任何感覺的情況下瞬間消失還比較好，妳想出來的這種答案或許是正確的。但我和這個世界的人民已經有太深厚的關係，所以實在無法接受這種觀點。」

腦海裡不斷浮現盧利特村和聖托利亞與我有深交的人以及他們的笑容。雖然不願意看見他們遭到黑暗領域的軍隊殘酷地殺害，但也沒辦法就這樣協助卡迪娜爾。把所有人的靈魂刪掉真的是唯一的最佳手段了嗎？

我無法接受突來的現實，只能緊咬住嘴唇，這時卡迪娜爾又用平穩的聲音對我搭話道：

「桐人啊，如果你協助我取回所有權限，那麼在消滅地底世界之前，我就實現你一部分的願望吧。只要你指定想解救的人，我就不消除那些人的搖光，會把他們凍結並且保留下來。接下來就等你回到外部世界後，找到容納他們靈魂的LightCube就可以了。我大概可以保留十個人左右。對你來說雖然不算最佳，但也算是次佳的選擇了。」

「…………！」

這意想不到的發言讓我猛吸了一口氣。

真的能辦到這種事嗎？

如果保持LightCube的情報不需要電力，那麼只要把它從Cluster裡抽出來並加以妥善保存，內部的搖光就不論過多久都不會劣化才對。雖然可能得花上一段時間，但等到ＳＴＬ技術普及化之後才將他們「解凍」的話，再次相遇也就不是什麼不可能的事了。

不過現在的問題是，自己真的能從位於ＲＡＴＨ研究設施中樞的LightCube Cluster裡偷出複數的Cube嗎？根據卡迪娜爾所說，Cube是長寬高各五公分的立方體，這樣口袋裡應該藏不了幾個才對。就算使用附近的容器，裝十個左右確實就是極限了。

也就是說，如果我答應這個提案，就非得選擇想要解救的靈魂不可。

這可不是在整理家庭用遊戲機的遊戲存檔啊。從最原始的意義來看，人工搖光們和我同樣是人類。我必須從無法避免的死亡當中，選出能夠獲救的十個人。而且只是因為他們跟我的交情比較好。我真的有資格與權利做出這樣的事情嗎？

「我……我實在……」

「辦不到」這三個字遲遲無法從我嘴裡說出來，我只能一直凝視著卡迪娜爾那看透所有事情般的雙眼。結果最後才擠出極為狼狽的求饒發言：

「——說起來，妳為什麼會選擇我做為對抗亞多米尼史特蕾達的協力者呢？話先說在前面，我在這個世界裡沒有任何的優勢。神聖術或是劍法比我厲害的人有一大堆。對了……就拿尤吉歐來說好了。現在那傢伙要是認真跟我交手，我可能就贏不了他了。」

卡迪娜爾耐著性子聽完我這種消極抗辯之後，才像是要表示「真受不了你」般搖了搖頭。她接著又在桌上的杯子裡注滿咖啡爾茶——看起來是這樣但也有可能是真的咖啡——並且啜了一口。

「……我是在二十年前才了解無法迴避負荷實驗階段，也就是黑暗領域的侵略。之後我便比之前更加拚命尋找能夠成為我手中長劍的人……」

她再次開始終於來到最終章的漫長物語，我也只能把喪氣話吞回肚子裡，專心聽她繼續說下去。

「……但就算找來再厲害的劍法或是神聖術的達人，要靠近亞多米尼史特蕾達本人的話，除了必須突破整合騎士的護衛之外，還必須克服一項非常大的障礙。」

「……還……還有什麼障礙……？」

「嗯。在尋人的同時，我也想了數十種解決這個問題的辦法，但每一種的可行性都不高……當我左思右想時，時間也不停地過去，等回過神來才發現已經進入負荷實驗的事前階段，黑暗領域早就時常派出先遣部隊來威脅盡頭山脈了，甚至讓配置那邊的八名整合騎士根本排除不完。事到如今——當我開始檢討放棄藉由戰鬥來恢復權限，然後犧牲自己來說服亞多米尼史特蕾達的可能性時……我派出去的使魔忽然察覺到北方邊境的人民之間流傳著幾乎不可能發生的話題。」

「不可能發生的話題……？」

「至少桂妮拉變成亞多米尼史特蕾達之後，就從來沒發生過這種現象了。那個女人為了防止人類擴大居住範圍而在世界各地設置了防礙物體……其中之一，就是能夠吸收廣大範圍的空間資源，而且擁有極高優先度與耐久度的巨樹。傳聞有兩名年輕人竟然把那棵巨樹砍倒了。」

「…………好像在哪聽過這件事耶……」

「我馬上移動配置在諾蘭卡魯斯北域的使魔，也就是夏洛特，讓牠去尋找那兩個年輕人。終於找到他們時，那兩個人剛好要離開村子。於是我便讓夏洛特先潛入其中一名看來粗枝大葉的年輕人頭上，然後開始探索他們是如何排除那幾乎無法破壞的物體……」

雖然很想就粗枝大葉這一點提出反駁，但實際上夏洛特在我頭上待了兩年以上我都沒有察覺，所以根本說不出任何話來。於是我只能繃著臉，催促卡迪娜爾繼續說下去。

「我馬上就知道他們成功的理由。因為亞麻色頭髮的年輕人，手裡的長劍是世界上沒有幾把的神器。雖然已經被殺掉很久了，但那是只有世界的守護龍承認的勇者才能獲得的武器之一……但知道這一點之後，我馬上又有了新的疑問。那就是為什麼這樣的年輕人會有這麼高的物體控制權限呢？很久沒有這種興奮感覺的我，接下來便日夜都豎起耳朵聽他們兩個人的對話。雖然幾乎都是不值一提的閒聊……」

「抱……抱歉喔。」

「好了，靜靜地聽下去。不久之後——在通往央都路上的旅館裡，我終於知道了那個理由。令人驚訝的是，那兩個傢伙竟然說靠他們兩個人就擊退了黑暗領域的大規模先遣偵察部隊。如果他們說的是真的，那麼原本應該分配給數十個人的龐大權限上升點數，就等於是被這兩個人獨占了。於是我便得知他們為什麼能夠獲得足以裝備神器的權限……但這時新出現的問題又讓我倍受煎熬。問題就是——這兩個年輕人明明出生在沒什麼像樣衛兵隊的邊境，為什麼還能夠擊退擁有壓倒性戰力的黑暗領域哥布林戰士呢？」

「話先說在前面，有九成是靠虛張聲勢喔。」

原本打算斥責再次打斷話頭的我，但卡迪娜爾似乎又改變了想法，於是她便閉起嘴巴並且緩緩點了點頭。

「嗯……沒錯，我想應該是用上那種手段才能得到這樣的結果吧。但這個問題就花了我不少的時間才解開。因為黑髮的小子……也就是桐人你，應該是配合伙伴尤吉歐來改變自己的言行舉止吧。但是看到你把剩下來的食物餵給沒有飼養的動物，也就是野狗時，我便受到閃電般的衝擊，同時也了解你完全不受到禁忌目錄的束縛……」

「……我做了那種事嗎……」

「還做了好幾次呢。要是被別人看見可就不得了了。從那之後——我便透過夏洛特的眼睛仔細地分析你的發言和行動。連你們兩個人到達央都，進入北聖托利亞修劍學院就讀後也一樣。開始觀察後過了一年左右……我終於得到了唯一的解答。那就是你並非在這個世界裡出生，靈魂被囚禁在LightCube裡的人，而是來自於外部……也就是真正的創世神ＲＡＴＨ存在的世界……」

「——那我讓妳失望了吧。不但沒有應該要有的管理者權限，也沒有和ＲＡＴＨ聯絡的方法……甚至連外界現在是什麼情形都不知道……」

當我帶著很不好意思的心情這麼表示時，卡迪娜爾便一邊輕笑一邊搖晃著右手的食指。

「這些事情我一開始就知道了。如果你擁有高過亞多米尼史特蕾達的系統權限，那根本沒必要連受了重傷都只用劍打倒哥布林。我也無法得知你為什麼會以現在的狀態出現在地底世界。我推測大概是某種事故造成的結果……不然就是限制記憶、知識以及權利後來這裡收集資料。不過如果是後者的話，你付出的代價也實在太大了，這實在讓人有點難以置信。」

「……嗯，說的一點都沒錯。如果真是這樣，連我也會懷疑自己是不是瘋了。」

我一邊回想起左肩被哥布林隊長的刀砍過時的痛楚，一邊低聲這麼說道。

「但是對我來說，你依然是我夢寐以求的最大希望。我剛才也說過，在與亞多米尼史特蕾達戰鬥時得面臨另一項重大障礙，而你正好是能夠克服這種障礙的存在。」

「到底是什麼障礙呢？」

「——在實行合成祕儀時，必須詠唱一長串的指令與調整龐大的參數。包含準備階段在內，大概需要三天的時間。」

再度出現的突兀話題，讓我只能露出驚訝的表情。但是卡迪娜爾卻像是沒發現般繼續動著嘴唇說道：

「也就是說，一般戰鬥當中根本不用考慮到會出現直接連結到LightCube的神聖術。換言之，在戰鬥時就沒有靈魂被奪取，然後被洗腦成為整合騎士的危險性。但是——如果亞多米尼史特蕾達放棄奪取我選擇的戰士，只專注於把他的靈魂轟飛呢……？不用經過嚴密的參數調整，指令應該就會縮短許多了。說不定在那個人和護衛戰鬥的期間，亞多米尼史特蕾達就能夠完成詠唱。如果是對天命的攻擊，就能夠用裝備或神聖術加以抵抗。但如果是直接對搖光發動攻擊，就沒辦法進行任何防禦了。想到有這種可能性後，我便陷入相當長一段時間的苦思。」

「……對靈魂的攻擊……那太恐怖了吧……」

「嗯。再厲害的戰士，只要記憶被撕裂就沒辦法戰鬥了……因此桐人，你是唯一能夠抵擋這種攻擊的人。就連亞多米尼史特蕾達，應該也沒辦法對把你的靈魂移動到地底世界的外部神器『ＳＴＬ』出手才對，因為根本不存在這種指令。現在知道我一直等待著你的理由了嗎？知道我為什麼設置了最大數量的後門，一直等待你在統一大會裡獲勝……或是以違反禁忌目錄的罪人身分踏進公理教會的用地，在被拖到審判現場前就先把你拉到大圖書館裡來了嗎……？」

終於把自己極為漫長的物語講到現在這個時間點，臉頰微紅的卡迪娜爾深深嘆了口氣。

「……這樣啊，原來是這個原因嗎……」

就算事情發展到這樣的地步，我依然不清楚自己潛行到地底世界來的理由。應該說，我就是為了知道這個理由才會以來到世界中心，這個唯一可能存在與ＲＲＡＴＨ聯絡手段的公理教會為目標。

但是聽完這個活過漫長時間的少女如此堅決的發言後，我便不由得感覺自己來到這裡是某種引導之下的結果。雖然不知道和亞多米尼史特蕾達的戰鬥會有什麼樣的結局，但我至少應該和卡迪娜爾一起盡最大的努力，就算只有十個人也要讓他們逃到現實世界裡，這就是老天爺的意思嗎——？

不對，老實說在把一切推給命運之前，我就已經沒辦法拒絕眼前這名兩百年來只是一直等待著這個瞬間的少女了。少女雖然說了好幾次自己是沒有感情的程式，但聽了這麼長一段故事之後，我覺得這並不是真的。卡迪娜爾應該也跟我一樣是有喜怒哀樂等感情的人類。就算她被唯一的願望——修正世界這個命令給束縛住了也是一樣。

「怎麼樣呢，桐人？我不會強迫你……如果你無法贊同我把這個世界歸零的計畫，那我就會用後門把你和尤吉歐送到你希望的位置。不過這樣你們在排除萬難打倒亞多米尼史特蕾達，達成各自的目的之後，就還得和我戰鬥了……要是真變成這樣，那也只能說是命了……」

卡迪娜爾低聲說完後，臉上便露出把我們帶到這座圖書館後最符合她年齡的清澈笑容。

我沉默了好一陣子，然後才回答她的問題：

「卡迪娜爾……妳說自己的靈魂是桂妮拉的複製品對吧……？」

「嗯，確實是這樣沒錯。」

「那麼……妳應該也流有貴族的純血。應該也擁有只追求自己的利益與欲望的基因才對……那妳為什麼沒有丟下這一切然後逃走呢？逃到邊境某個連亞多米尼史特蕾達都追蹤不到的小村莊裡，以一個平凡女孩子的身分談戀愛並且結婚生子……最後在幸福當中死去，這些事妳應該辦得到才對吧？那不是妳的願望嗎？這兩百年來……妳體內的血液應該會命令妳遵從這種願望吧。妳為什麼要違抗這種命令，獨自一個人在這裡等了兩百年呢……？」

「真是個愚蠢的傢伙。」

卡迪娜爾露出滿臉笑容。

「我不是說過了嗎？我的靈魂被烙印了Cardinal副處理程序的存在理由，所以對我來說，排除亞多米尼史特蕾達與世界的正常化就是唯一的利益與願望。但是現在的我，只能把一切變成完全的虛無才能實現讓世界正常化的願望了。所以——所以我——」

由於卡迪娜爾忽然不再說下去，我便開始凝視她的眼鏡深處。她瞪大的深褐色眼睛似乎無法壓抑某種感情，所以產生相當大的動搖。她不久後便張開嘴巴，用幾乎快聽不見的細微聲音表示：

「……不對……我錯了……我……我也有一個唯一的欲望……那是這兩百年來，我無論如何都想知道的事情……」

卡迪娜爾先合起眼簾，然後又抬了起來，接著便一直盯著我看。她很難得像是在猶豫些什麼般咬緊嘴唇，雙手互握一陣子之後才突然從椅子上站起身子

「喂，桐人，你也站起來。」

「啥……？」

於是我也按照指示站了起來。卡迪娜爾這時整個人往後仰來抬頭看著直立而露出疑惑表情的我。我雖然不算高，但跟看起來只有十歲左右的少女比起來還是有一段差距。

卡迪娜爾繃起臉來看了一下周圍，然後把右腳放到剛才坐的椅子上，接著整個人站了上去。她回過頭來，像是要確認視線高度是不是跟我差不多般點了點頭。

「這樣就可以了。喂，桐人，過來這裡。」

「……？」

到現在都還無法理解狀況的我移動了幾步，站到卡迪娜爾面前。

「再前面一點。」

「咦咦？」

「別囉哩囉嗦的。」

心裡一邊想著究竟是怎麼回事的我一邊慢慢往前靠近。當她說這樣就可以了時，我們兩個人的瀏海已經快碰在一起了。老實說這時我已是冷汗直流，而卡迪娜爾則是瞄了一下我的眼睛，然後便迅速移開視線並且繼續做出命令：

「張開雙臂。」

「…………這樣嗎？」

「伸到前面來圍個圈。」

「…………」

該不會按照她所說的去做的瞬間，就被手杖痛扁一頓吧——我一邊這麼擔心，一邊慢慢移動雙手，繞過卡迪娜爾的身體後在離她背部相當遠的地方讓左右手的手指碰在一起。

就這樣經過了幾秒鐘尷尬的沉默後，卡迪娜爾便很可愛地嘖了一聲。

「哼，麻煩的傢伙。」

當我想說究竟要我怎麼樣時——

卡迪娜爾推開長袍的雙手也畏畏縮縮地繞到我背後，然後我便感覺有微小的力道透過上衣傳了過來。碰到我額頭的巨大帽子發出聲音後掉到桌面上，栗色的捲髮也跟著輕撫我的左臉頰。肩膀和胸口隨即感到輕微的重量與溫暖的熱量。

「…………」

承受更加尷尬的沉默好一陣子後，我便打算開口詢問變成這種情況的理由。但是卡迪娜爾幾不成聲的聲音卻快一步輕輕地震動了大圖書館的空氣。

「這樣啊……原來這就是……」

她深深吐出一口氣後才又繼續說——

「……這就是人類嗎？」

我瞬間屏住了呼吸。

卡迪娜爾在長達兩百年的孤獨當中不斷進行各種思索，如果說真有什麼是她最後想知道的事情，那一定就是和其他人接觸的感覺了吧。

人類這個名詞是根據人與人之間的關係發展出來的。既然身為人，就一定得和其他人交談、攜手並且感受靈魂的接觸。

但是這名少女卻在不會說話的書本包圍下，獨自度過了長達兩百年的時間。

這時我終於在某種程度的真實感下，實際感受到卡迪娜爾活過的時間。於是我便同時動起左右手，確實地把少女的背部拉了過來。

「……好溫暖……」

這道沙啞的聲音，與卡迪娜爾之前發出的聲音帶有某種決定性的差異。

我同時也感覺有顆微小，但確實有其溫度的小水滴緩緩在我臉頰上移動。

「……終於……得到回報了……看來我的兩百年並沒有錯……」

小水滴一滴、一滴地流下然後消失不見。

「光是知道這種溫度……我就滿足了……感覺自己受到充分的回報了……」

保持這樣的姿勢不知道過了多久的時間，當感覺到空氣輕微流動時，我的臂彎裡就沒有任何人在了。

從椅子上下來的卡迪娜爾拿起翻倒在桌面上的帽子，拍了幾下後便戴回自己頭上。她一邊推起圓眼鏡一邊轉過來的臉上，已經取回賢者才會散發出來的超然氣息。

「你要在那裡呆站到什麼時候。」

「……變化太大了吧……」

我對於這讓人覺得剛才的眼淚難道只是幻覺的發言提出抗議，然後直接坐到桌子角落。當我雙手抱胸並呼出長長的一口氣時，卡迪娜爾就在一旁默默地等待，接著才隨口提出最後的問題：

「——你做出結論了嗎？究竟接不接受我的提案呢？」

「…………」

很可惜的是，我沒有當場在這裡做出回答的決斷力。

理論上來說，選出十名想救的人，然後藉助卡迪娜爾的力量讓他們逃到現實世界已經是最棒的結果了吧——因為現在的我實在想不出比這更好的代替方案了。

但這只是我想不到，並不代表它就不存在。我希望是這樣。所以我便抬起臉來從正面凝視著卡迪娜爾並且說道：

「……好吧。我接受妳的提案。不過……」

我一個字一個字清晰地說出接下來的話：

「不過我不會放棄思考。接下來即使要和整合騎士以及亞多米尼史特蕾達戰鬥，我也還是會繼續搜尋迴避負荷實驗階段的悲劇，以及讓世界在保持和平的狀態下持續下去的辦法。」

「唉，怎麼有這麼樂天的傢伙。不過我早知道你會這樣了。」

「因為……我也不希望妳消失啊。如果要我選十個人的話，妳一定也會是其中一個。」

一瞬間瞪大的眼睛馬上被苦笑的感情覆蓋，接著卡迪娜爾便用誇張的動作搖了搖頭。

「……想不到你除了樂天之外，還相當愚蠢。如果我也跟著離開，那要由誰來結束這個世界呢？」

「所以……我才會說雖然了解狀況，但不會放棄掙扎啊。」

像是受不了我這近乎藉口的發言般搖了搖頭之後，賢者才轉過了身子。長袍翻轉時捲起了一陣微風，而乘著這陣風傳過來的平靜聲音裡，帶著剎那間的接觸還是無法掩蓋的兩百年孤寂。

「你總有一天也會知道放棄時的痛苦……到時候就不是盡力而無法成功……而是得接受自己應該無法成功的推測……那麼——我們回去吧。你的伙伴差不多要看完歷史書籍了。讓我們和尤吉歐一起討論今後具體的行動計畫吧。」

用手杖敲了一下地面的卡迪娜爾沒有看向我，直接就朝著之前走過來的方向前進。

2

正如卡迪娜爾所預測的，我們回到歷史書籍的迴廊上時，坐在樓梯中段的尤吉歐剛好把膝蓋上的厚重書本闔起來。

像是從幾百年的歷史探訪中醒過來的他正用茫然的視線看著周圍時，我已經走過去對他搭話道：

「久等了，抱歉丟下你一個人在這裡。」

結果尤吉歐的背部不知道為什麼震動了一下，他接著又用力眨了幾次眼睛，然後才終於看向我。

「啊……啊啊，桐人。過了多久了……？」

「咦？呃……」

我急忙看了一下四周，結果發現不要說時鐘了，這裡連扇窗子都沒有。這時旁邊的卡迪娜爾稍微乾咳了一聲，然後才代替我回答：

「大概兩個小時左右，太陽已經完全升起了——看完人界漫長的歷史後有什麼想法呢？」

「嗯……怎麼說呢……」

尤吉歐聽見對方的問題後，像是在思考該怎麼回答般咬了好幾次嘴唇，然後才用吞吞吐吐的口氣低聲說道：

「……這本書裡寫的事情，真的全都發生過嗎？感覺……好像在看一連串精心設計出來的童話故事一樣……因為幾乎每一個情節都是某處發生了什麼樣的問題，然後整合騎士便到該地去把問題解決，從此之後禁忌目錄裡就又加了哪幾條項目之類的……」

「這也沒辦法，史實就是這樣。公理教會原本就是個一直在防止有任何漏網之魚出現的組織。」

卡迪娜爾恨恨丟出來的台詞讓尤吉歐瞪大了眼睛。也難怪他會這樣，因為這應該是他第一次遇見如此直接批評教會的人，而且對方又只是個年輕的小女孩——當然只是外表而已。

「那……那個，請問妳是……？」

「啊~她叫作卡迪娜爾。呃……在被現在的最高司祭亞多米尼史特蕾達放逐之前，她是另一名最高司祭。」

我說完籠統的介紹後，尤吉歐喉嚨深處便發出奇怪的聲音並且不停後退。

「等等，不用害怕啦。她願意協助我們和整合騎士戰鬥喔。」

「協……協助……？」

「是啊。這個人也有打倒亞多米尼史特蕾達重新當上最高司祭的目的。所以……應該算是共同戰線吧。」

這極為簡略的說明絕對不是在說謊，但我實在沒辦法說出等卡迪娜爾取回權限後，就得面臨全地底世界人民都會被刪除的結局。雖然總有一天得和尤吉歐談這件事，不過我真的不知道該怎麼起頭才好。

我這名毫無心機的伙伴馬上就用深信不疑的眼神凝視著卡迪娜爾，然後露出有些惶恐的微笑。

「這樣啊……那真是太好了。既然曾經是最高司祭，那麼妳知道愛麗絲……整合騎士的愛麗絲．辛賽西斯．薩提和盧利特村的愛麗絲．滋貝魯庫是不是同一個人嗎？如果是的話……妳知道讓愛麗絲恢復的方法嗎……？」

聽見尤吉歐吞吞吐吐的問題後，卡迪娜爾稍微伏下了睫毛。

「抱歉……我在這個地方能獲得的情報極為有限。基本上我只知道不算多的使魔們所見聞的事情。如果是聖堂內部或者聖托利亞中心部發生的事情也就算了，但邊境地域的事件實在不清楚……我知道誕生了一名叫作愛麗絲的整合騎士，不過到現在還是不清楚她的出身……」

聽到這裡，尤吉歐便微微垂下了肩膀，但卡迪娜爾接下來說的話又讓他猛烈吸了口氣。

「——不過，整合騎士都是由『合成祕儀』這個神聖術誕生……不對，應該說創造出來的。我可以告訴你解除這個祕儀的方法。」

卡迪娜爾依序看著我和尤吉歐的臉，然後用威嚴的聲音說：

「只要除去插入他們靈魂當中的『敬神模組』就可以了。」

「敬神……模組……？」

尤吉歐吞吞吐吐地重複了一遍第一次聽見的單字，不對，應該說神聖語。而我則是在旁邊補充說明道：

「模組呢，就是表示零件的神聖語。在玫瑰園裡和整合騎士艾爾多利耶戰鬥時，你不是也看見了嗎？中途那個傢伙突然變得很奇怪……」

「是啊……從額頭裡跑出來紫色的棒狀水晶……」

「嗯，就是那個東西。」

舉起右手手杖的卡迪娜爾用它的前端在空中畫出了一條橫線，然後又比出把線從中切斷的動作。

「敬神模組是為了阻礙記憶的連結而插進額頭裡的。它能夠封印整合騎士的過去，同時強迫他們絕對效忠於公理教會與最高司祭。但是——這種強制又複雜的術式安定度都不高。只要從外部刺激模組周邊的記憶並讓它活性化，術式就有可能如你們所見的那樣遭到解除。」

「也就是說……只要刺激整合騎士過去的記憶就能解開術式囉？」

我順勢這麼提問，但卡迪娜爾卻沒有點頭同意。

「不……這樣還不夠。還有另一個絕對需要的東西。」

「是……是什麼東西？」

尤吉歐這時已經探出身體。

「就是模組插入前存在於該處的記憶。也就是對整合騎士來說最重要的記憶碎片。那大致上都是最愛的人的回憶。你們還記得是什麼話讓和你們對戰的整合騎士產生強烈反應嗎？」

當我挖掘著過去的記憶時，尤吉歐已經回答：

「記得，那是他母親的姓名。聽見那個名字之後，水晶就幾乎快掉出來了。」

「這麼說來，應該就是那個了……艾爾多利耶被取走關於母親的記憶，然後把模組埋進那裡。說起來呢，對亞多米尼史特蕾達來說，整合騎士過去的回憶原本就是累贅了，但記憶和能力是緊密結合在一起的。把記憶全部消除的話，騎士的強項……也就是劍術的祕奧義或神聖術的術式也都會消失。所以她才只是阻斷記憶的連結而已。我為了延續生命而刪除了大量的記憶，同時也喪失了許多那段期間得到的知識與能力……」

卡迪娜爾短短呼出一口氣，然後繼續說道：

「……我再說一次，所有整合騎士最重要的記憶碎片都被亞多米尼史特蕾達奪走了。不把它拿回來的話，就算能除去敬神模組（Piety module），記憶也無法重新連結。甚至有可能讓記憶產生重大的損傷。」

「記憶的碎片……那……那麼……如果亞多米尼史特蕾達已經把從騎士那裡奪走的碎片破壞掉了呢……？」

我畏畏縮縮地問完後，卡迪娜爾便用複雜的表情緩緩搖了搖頭。

「我不認為她會這麼做……亞多米尼史特蕾達是個相當謹慎的女人，所以不會破壞可能還有用的東西。她一定是把它們……保存在自己位於中央聖堂最上層的寢室裡了……」

聖堂最上層——當我聽到這個名詞時，一部分記憶便受到了刺激，但在準確抓住那種感覺之前，它就又消失無蹤了。於是我只能帶著奇妙的焦躁感低聲說道：

「這也就是說……要讓整合騎士恢復原狀，就需要被奪走的記憶碎片，而要拿到記憶碎片，就得突破騎士們的防守，到達亞多米尼史特蕾達所在的最上層嗎……」

「整合騎士可不是好應付的對手，你最好不要有只打敗而不殺掉他們的想法。」

卡迪娜爾瞪了我一眼並且這麼表示：

「我能幫忙你們的，就只有給予你們和整合騎士對等的裝備而已。再來就要靠你們自己拚命和他們戰鬥了。」

「咦……妳不和我們一起去嗎？」

我原本以為從此就有能夠無限施展治癒魔法的強力後衛，一聽見她這麼說忍不住就如此反問道。但是卡迪娜爾馬上冷漠地搖了搖頭。

「如果我離開大圖書館，亞多米尼史特蕾達立刻就會察覺到，這樣就會變成得面對聖堂內所有整合騎士與那傢伙本身的總力戰了。如果你們有同時對上十名整合騎士也能獲勝的自信，那我是可以跟你們一起去，怎麼樣啊？」

在卡迪娜爾壞心眼的詢問下，我和尤吉歐只能急忙用力搖頭。

「——現在亞多米尼史特蕾達應該還沒放棄抓住你們，然後改造成整合騎士的計畫。只有你們兩個人出去的話，她應該只會派出少數的整合騎士來準備生擒你們。你們只能依序突破這些騎士，然後衝上聖堂頂層了。」

「唔……」

如果要跟數量占優勢的敵人對戰，那麼就算把我們自己當成誘餌也必須把敵人分隔開來。但就算這麼做，還是得面對世界最強的整合騎士。剛才光是艾爾多利耶一個人就已經讓我們陷入苦戰，如果來兩名整合騎士的話，總覺得我們就只能舉手投降了。

這時我已經陷入沉默，而兩眼露出煩惱光芒的尤吉歐則是代替我說道：

「——了解了。需要戰鬥的話我們就會戰鬥，如果一定得殺掉他們……那也只能這麼做了。我們原本就是有了這樣的決心才會逃獄……但是，如果愛麗絲出現的話呢……？我沒辦法和愛麗絲戰鬥，我就是為了奪回她才來這裡的啊。」

「嗯……說得也是。尤吉歐啊，我能夠理解你的目的。好吧——如果整合騎士愛麗絲阻擋在你面前，那你就用這個吧。」

卡迪娜爾這麼說完後，便從穿著黑色長袍的懷裡拿出兩把很小的短劍。

它們有著只是把十字架前端削尖般的簡單造型，稱得上裝飾的大概就只有穿過柄頭小小孔洞的纖細鍊子而已吧。卡迪娜爾把閃爍著鮮豔紅銅色亮光的短劍分別遞給我和尤吉歐。原本想用指尖捏起纖細的劍柄，但意想不到的重量卻讓我差點把它掉到地上。明明全長不到二十公分，但拿起來的手感卻和修劍學院的制式劍沒有什麼不同。

「這是……？一擊必殺的兵器之類的嗎？」

我把手指穿進鍊子裡，然後一邊看著吊在眼前的短劍一邊這麼問道，結果卡迪娜爾又冷冷地搖了搖頭。

「你們看短劍的外表，應該就知道它本身幾乎沒有攻擊力。我人雖然在這座大圖書館裡，但只要有人被它刺中，那個人和我之間就會出現一條絕對無法切斷的通路。也就是說，我用任何神聖術都能擊中那個人。因為這兩把劍原本是我的一部分。尤吉歐啊——你就躲過整合騎士愛麗絲的攻擊，然後用這把劍隨便刺中她身體的任何一處吧。這樣她的天命也幾乎不會減少。而在那個瞬間，我就會施術讓愛麗絲陷入深沉的睡眠當中……直到你們取回她的記憶，準備好解除合成祕儀為止。」

「深沉的……睡眠……」

尤吉歐以半信半疑的表情凝視著手掌上的紅銅色短劍。即使是比拆信刀還要細的武器，他對於用這個來傷害愛麗絲還是會感到抗拒吧。

這時我輕輕拍了拍伙伴的背後並且說：

「尤吉歐，我們就相信這個人吧。如果要和愛麗絲交手並把她打昏的話，我們雙方一定都會受到不小的傷害。跟那比起來，被這種短劍刺中，幾乎就跟被沼澤馬蠅刺中沒有兩樣嘛。」

「……不過那種小蟲不會刺人喔。」

心情可能已經恢復了吧，只見尤吉歐跟在學院時一樣糾正我隨口說出的發言，然後才又面對卡迪娜爾。

「我明白了。如果無法說服愛麗絲，那麼我就會使用這把短劍。」

他緊握掌中的短劍，像是要說服自己般用力點著頭。這時我也鬆了口氣，再次看著吊在右手上的十字短劍。

「……卡迪娜爾，妳剛才說這把劍是妳的一部分對吧？那是什麼意思？」

我的問題讓卡迪娜爾輕輕聳了聳肩。

「雖然我和亞多米尼史特蕾達可以生成任何物體，但還是沒辦法無中生有。」

「哦……？」

「存在於世界的資源有限啊。從你們砍倒的基家斯西達附近無法耕作就能知道這一點了吧?同樣的,如果我要生成擁有某種優先度的物體,就必須犧牲跟它同等的存在。過去我在跟亞多米尼史特蕾達戰鬥的時候,那傢伙叫出劍來,而我則是創造出手杖——那個瞬間,寢室內就消失了一大批貴重的寶物呢,呵呵……」

卡迪娜爾用右手的手杖敲了一下地面,然後像是有點高興般露出了微笑。

「——不過正如你們所見,這座大圖書館是閉鎖的空間。就算要製作高優先度的武器,也沒有能當成變換對象的物體。無數的書籍說貴重當然是很貴重,但那是指書的內容……雖然也想過要用這根手杖,但和亞多米尼史特蕾達戰鬥時還得用上它,那麼能夠成為代償的,當然就只有我的身體了。我的身體很有價值喔,因為是整個世界裡擁有最高權限的人嘛。」

「身……」

「身體……?」

我和尤吉歐反射性地從上到下注意著卡迪娜爾纖細的身軀。雖然馬上覺得沒禮貌而移開視線,但也確認過她的四肢相當健全了。我把想說的話吞回去好幾次,最後才畏畏縮縮地問道:

「……那……那麼……也就是說,妳切斷了身體的一部分並把它變換成物體,然後才再生那個部位嗎……?」

「笨蛋,那樣不就沒有付出任何代償了嗎?我用的是這個。」

卡迪娜爾側過頭部，然後用指尖輕彈了一下綁在纖細後頸兩側的短短栗色捲髮。

「喔……喔喔……原來如此，是頭髮嗎……」

「一把短劍的代償是一條我留了兩百年的辮子。如果你們更早一點來的話，就能在剪斷前讓你們看一下了。」

雖然是用開玩笑的口氣，但眼睛裡稍微露出一點悲傷的神色，這就是卡迪娜爾果然還是擁有一部分少女之心的最佳證明吧。

但是些許的感傷馬上就被賢者般的態度掩蓋過去了。

「——基於上述的理由，讓你們手裡的小小短劍擁有足以貫穿整合騎士鎧甲的銳利度與硬度。而且因為它們就某種意義上來說依然是我身體的一部分，所以能夠穿越包圍大圖書館的虛無空間來建立一條通路……原本是我準備拿來對付亞多米尼史特蕾達而生成的。桐人，你必須閃過那傢伙的猛攻，然後用它刺中那傢伙的身體。另一把本來是預備用的，不過只要一次成功就沒問題了。」

「嗚……我還真是責任重大……」

我再次看了一下吊在右手上的短劍，然後才終於注意到，它深沉的棕色光輝和卡迪娜爾帽子邊緣露出來的捲髮顏色完全相同。

尤吉歐聽了參雜著神聖語的說明後雖然還是感到有些困惑，但應該已經了解它的貴重性。

這時他又畏畏縮縮地開口說道：

「那……那個……將只有兩把的短劍其中一把拿來救愛麗絲真的可以嗎……？」

「沒關係。反正最後還是……」

卡迪娜爾說到這裡就不再繼續說下去，但她看著我的眼睛似乎已經完全看透我的內心了。

沒錯。反正最後為了要讓包含尤吉歐與愛麗絲等十個人的搖光逃到現實世界，還是得藉助卡迪娜爾的力量來解除愛麗絲的洗腦狀態。不過還是等奪回愛麗絲之後，再跟尤吉歐說明這些事情比較好吧。如果是跟自己最重視的人一起，尤吉歐可能就會同意脫離這個世界。不對，應該說無論如何都要讓他跟我走才行。

雖然對於不知不覺間就以卡迪娜爾的世界消滅計畫為前提的自己感到相當羞恥，但我還是緊握手裡纖細的鍊子。沒錯……可能真的得讓地底世界消滅了。但就算是這樣，我也希望能夠把卡迪娜爾算在那十個人當中。即使這樣會變成在欺騙她，我也不打算改變自己的想法。

我像是要從卡迪娜爾能洞悉一切的眼睛下逃開般，側身拉開衣服的胸口，然後把鍊子套過頭部，讓短劍掛在胸前。讓尤吉歐也這麼做之後，我便向卡迪娜爾詢問剛才的說明中讓我有點在意的地方。

「話說回來……如果生成物體時需要付出某種代價，那麼我們來這裡時妳生出來的那堆食物和飲料又是從哪來的呢？」

卡迪娜爾輕輕聳了聳肩，然後笑著這麼回答：

「哎呀，不用擔心。不過是消失了兩三本無聊的法學書籍而已。」

最喜歡歷史的尤吉歐這時雙手依然握著脖子上的鍊子，只聽見他喉嚨深處忽然發出奇怪的聲音。

「嗯？怎麼了，還想吃嗎？還真是食欲旺盛耶。」

當卡迪娜爾舉起手杖準備要揮動時，尤吉歐急忙搖動雙手與頭部阻止了她。

「不……不用了，我已經很飽了！還……還是請妳繼續說下去吧！」

「不用跟我客氣啊。」

笑著這麼說道的卡迪娜爾真的讓人覺得她是故意要戲弄尤吉歐，這時她終於放下手杖，乾咳了一聲後才改變口氣說：

「——雖然順序有些變動，但正如我剛才所說的，這兩把短劍正是我們的王牌。尤吉歐的對象是愛麗絲，而桐人則是亞多米尼史特蕾達，你們各自以用這把劍刺中她們的身體為最優先目標。只要能夠提升成功率，不論是偷襲、裝死或者任何手段都沒關係。我認為你們唯一贏過整合騎士的，就是耍小手段……不對，應該說知道該怎麼打實戰。」

在看起來有些無法苟同的尤吉歐開口說話前，我便搶先一步回應：「說的一點都沒錯。」

「如果可以的話，我也想光靠小手段來達成目標……但可惜的是對方占有地利之便。所以還是得有正面進行戰鬥的準備。所以呢，卡迪娜爾。妳剛才說了『給予你們和整合騎士對等的裝備』，應該就是會給我們一堆神器級武器與鎧甲吧？」

即使在這種緊迫的狀況之下，深深烙印在我身上的攻略組之魂還是對「入手最強武器事件」產生了敏感的反應。當內心充滿期待的我等著卡迪娜爾的回答時，這名賢者又露出今天不知道已經是第幾次的無奈表情，然後講出不知道是第幾次的冷漠回答：

「大笨蛋，你有沒有在聽人說話啊？再說一遍，要生成高階物體──」

「──對喔……就需要同等級的物體作為代償對吧……」

「別露出小朋友把點心掉到地上時的表情！這樣會讓我對自己選擇你們的決定產生懷疑。說起來呢，你應該很清楚武器這種東西不是一拿到的瞬間就能得心應手的吧。就算我拿出再強力的神器給你，還是敵不過整合騎士們用了數十年，早已像自己身體一部分的心愛武器。」

想起艾爾多利耶那條像是銀蛇般自由在空中蠕動的長鞭後，我也只能點頭同意她的看法。在SAO時期，獲得稀有武器後馬上拿來用在實戰上的確是一種大忌。

這時候別說是點心掉在地上了，感覺好像整盤聖誕蛋糕都被翻過來的我只能沮喪地垂下肩膀，結果卡迪娜爾又用無奈參雜著憐憫的表情繼續說道：

「說起來呢，就算我不拿出來給你們，你和尤吉歐不是都有相當強力的愛劍了嗎？」

「咦！」

這次換成尤吉歐表現出整個人被彈起來一樣的反應。

「可以幫忙拿回我的藍薔薇之劍……還有桐人的黑劍嗎？」

「也只能這樣了。那兩把劍正是真正的神器。其中之一是整個世界只有四把的龍騎士專用武器，另一把是數百年來不斷吸取廣大地域資源的魔樹精髓……連我和亞多米尼史特蕾達都很難即時生成那種等級的武器。而且你們兩個人已經用慣那兩把劍了吧。」

「什麼嘛……既然能拿回來就早點說啊。」

我鬆了一口氣，然後把背靠在附近的書架上。老實說我已經不太抱希望能拿回被關進地牢前遭到沒收的愛劍了，如果可以拿回它們，那我也沒什麼好抱怨的了。

「不過……說是要拿回來，應該也不可能直接把它們傳送到這裡吧？」

「嗯，看來你終於了解了。」

卡迪娜爾點頭同意我說的話，然後露出複雜的表情並且把雙手交叉在胸前。

「你們兩個人的劍應該是被收納在聖堂三樓的武器保管庫裡了。最靠近的後門距離那裡只有短短三十公……三十梅爾而已，不過正如你們剛才所見，連結塔內的門僅能使用一次。因為亞多米尼史特蕾達為了找我而施放出來的蟲子馬上就會聚集過來……因此你們從那扇門出去並且到武器庫拿回劍之後，就只能靠自己往上爬了。幸好武器庫正面就是主樓梯。」

「嗯～從三樓開始嗎……順便問一下，亞多米尼史特蕾達的房間是在幾樓啊？」

「雖然中央聖堂每年都在增高……但現在應該接近一百樓才對……」

「一百……」

我頓時說不出任何話來。那座建造在聖托利亞中心的大理石巨塔確實無論從街道的哪個地方都無法看到頂端——但沒想到樓層竟然還超越現實世界的高樓大廈。想到可能每一層都要進行戰鬥而感到有些洩氣的我，忍不住就求饒起來了。

「那個……至少也讓我們從五十樓開始嘛……」

「桐人，我們要樂觀一點啊。」

帶著苦笑插話進來的，是比我樂觀了十倍的尤吉歐。

「路程愈長的話，敵人應該會愈分散才對。」

「啊～嗯～或許是這樣啦……」

把背部慢慢往下滑，最後整個人坐在通道上後我才這麼低聲呢喃道：

「算了……反正我也爬過舊東京鐵塔的外側階梯。」

「什麼？」

「沒有啦。那麼——這樣就算確定今後的行動方針了吧。首先到武器庫拿回自己的劍。然後一邊打倒出現的整合騎士一邊往塔頂爬。這段時間裡如果遇見愛麗絲，就用短劍讓她睡著並且送到大圖書館。爬到一百層之後，再用短劍刺中亞多米尼史特蕾達，接著回收愛麗絲的記憶碎片。」

這時卡迪娜爾又用冷靜的聲音對好不容易做出覺悟的我說：

「抱歉，還有一件事情是你們必須要做的。」

「咦……什……什麼事？」

「你們兩個人的劍確實相當強，但光靠它們還是贏不了整合騎士。因為那群傢伙有讓武器性能增加好幾倍的恐怖技能。」

「啊……難道是『武器完全支配術』嗎……？」

聽見尤吉歐沙啞的聲音後，卡迪娜爾便點了點頭。

「神器級的武器繼承了大部分成為代價的物體原本的性質。和你們戰鬥的艾爾多利耶，他的『霜鱗鞭』是亞多米尼史特蕾達生擒東國最大湖泊的主人雙頭白蛇後轉換而成的武器。但即使轉換成沒有生命的武器，它還是殘存著蛇類行動的敏捷度、鱗片的銳利度、攻擊的準確度等參數。說起來完全支配術就是完全解放『武器的記憶』，藉此來實現令人難以置信的超攻擊力。」

「嗚咿，那傢伙的鞭子變成蛇根本不是什麼幻術嗎……」

我一邊低聲說著，一邊撫摸被艾爾多利耶鞭子抽中的胸口。接著更一面祈禱白蛇不要有什麼慢性毒素，一面豎起耳朵聽卡迪娜爾繼續說下去。

「所有整合騎士的武器都是由亞多米尼史特蕾達所賜，而他們也都會自己武器的完全支配術。他們當然是經過訓練，才能毫無滯礙地高速詠唱一長串術式。雖然沒有練習詠唱的時間，但你們要是不學會自己佩劍的完全支配術，就根本不可能獲得勝利喲。」

「等等……但我的黑劍本來不是生物而是一棵樹耶……？這樣有什麼能解放的記憶嗎？」

「當然有。剛才交給你們的短劍，正因為保持著是我頭髮時的記憶，也就是性質，所以才能經由跟完全支配術同樣的程序，來讓攻擊成功的瞬間就建立起和我之間的通路。當然連身為你佩劍前世的基家斯西達，還有尤吉歐藍薔薇之劍源頭的永久冰塊也不例外。」

「只……只是冰塊而已嗎？」

尤吉歐也茫然張大了嘴巴。因為冰的性質只會讓人想到「非常寒冷」而已。雖然感到疑惑，但這是這個世界裡唯二的神明之一所說的話，所以也只能強迫自己相信了。

「嗯……既然妳說要教我們術式，那我們的劍就應該也能用完全支配術才對。能學到必殺技是再好也不過了，那究竟是什麼樣的招式呢？」

但對方的回答卻再次出乎我意料之外。

「別盡想依賴我！我會把術式寫給你們，但是這要靠你們自己來決定它會成為什麼樣的攻擊術。」

「咦……咦咦？為什麼？」

「武裝完全支配術的精髓不光只是詠唱『解放記憶』的術式就可以了。武器擁有者……還必須在心中描繪出心愛武器解放時的強烈印象。應該說跟完全支配術本身比起來，這想起的程序才是核心力量。因為意志力……也就是『心念』正是這個世界一切的泉源……」

雖然卡迪娜爾快速說完一長串話，但我其實有一半以上都聽不懂。尤其無法判斷「心念」這個詞到底是神聖語還是泛用語，所以正想要詢問她是什麼意思，但記憶的角落卻快一步受到了刺激。

那是……沒錯，兩個多月前發生的事情。在修劍學院初等練士宿舍的花壇前握著被人砍斷的賽菲利雅花蕾而意氣消沉的我，忽然聽見某個人……不對，不是某個人。是卡迪娜爾的使魔，小小黑蜘蛛夏洛特在對我說話。她說所有的法術都不過是引導、調整「心念」的道具。

於是我便遵照她所說的，開始集中意念。想著開在周圍花壇的四大聖花散發出來的生命力，開始注入花盆上剩下來的幼苗時的模樣。我明明沒有詠唱任何術式，但確實有綠色光芒飄過天空並包圍幼苗……接著賽菲利雅花便活過來了。

沒錯，那一定就是卡迪娜爾所說的「想起的程序」了。如果是這樣，那麼確實沒有辦法把那種現象全部轉變成術式。

可能是知道我內心的想法了吧，卡迪娜爾嚴肅地點了點頭，然後看向依然露出茫然表情的尤吉歐說：

「跟我來吧。先休息一下，之後再來構成術式。」

穿過歷史書籍的迴廊並往下走了幾層樓梯後，我們回到一開始她帶我們來的大圖書館一樓圓形房間。

放著許多饅頭與三明治的盤子還在正中間的桌上，而且經過兩個小時以上都還冒著熱氣。看來它不只能恢復食用者的天命，同時也被施加了永遠不會變冷的術式。

雖然看見那種模樣後食欲當然會再次受到刺激，但知道它們是書架上的書變成的之後，就很難再伸手拿起它們了。當內心抱著如此糾葛的我和尤吉歐呆立在現場時，卡迪娜爾先是往上瞪了我們一眼，然後才冷冷地說：

「這些會阻礙想起，不吃的話我要讓它們消失了。」

「等……等一下，先收到我們看不見的地方就好。離開的時候我要帶一些在路上吃。」

聽見我依依不捨的發言後，賢者只是輕輕搖了搖頭，接著便舉起右手的手杖。她只是咚一聲敲了一下桌面邊緣，大盤子和饅頭等食物就沉到桌面下方去了。

取而代之的是三把有椅背的椅子，接著卡迪娜爾就做出要我們坐下的動作。我在她的指示下坐了下來，凝視著變得空無一物的桌面。

我並不是要再次召喚饅頭，只是專心地描繪著目前不在手邊的愛劍——暫定名稱是「黑劍」的模樣。不過實際上我也沒有太多握住它的機會，所以沒辦法想起它細部的構造。

坐在我旁邊的尤吉歐和我進行同樣的嘗試，然後似乎也感受到相同的困難，只見他苦著一張臉說：

「……卡迪娜爾小姐，佩劍不在眼前還要描繪它解放力量的模樣……這真的做得到嗎？」

但是坐在對面的卡迪娜爾，這時也說出令人相當意外的回答：

「就是沒有才好啊。實物放在眼前的話，你們的意念就會受到侷限。要接觸、貼近並且解放藏在劍裡的記憶，根本不必用上手和眼睛。只要有心眼就夠了。」

「心……眼嗎……」

低聲說完後，我再次想起賽菲利雅的幼苗復活時的情形。當時我的確沒有碰到分享生命力的四大聖花以及瀕死的賽菲利雅，甚至連看都沒有看它們。我只是帶著強烈的信念來描繪生命力滿溢、聚集並且注入的景象。

身旁的尤吉歐似乎也有所理解般不停輕輕點著頭。穿著黑色長袍的賢者看著這樣的我們，先是微微一笑，然後才以莊嚴的口氣說：

「好了。那你們先集中意念，想像你們的愛劍橫躺在桌上的模樣。在我說好之前不准停止。」

「……知道了。」

「我試試看。」

我和尤吉歐小聲這麼回答，接著便端正坐姿，把視線放在桌面上。

剛才只過了五秒鐘就放棄了，但這次我就是持續死盯著桌面不放。我告訴自己不用急躁，首先從把心情放空開始。

現在想起來，我一直用「黑劍」這種隨便的暫定名稱……不對，應該說隨便的劍名來稱呼它，它也實在是有點可憐。

它以從大樹基家斯西達頂端砍下來的樹枝作為素材，再經由央都的金屬工匠薩多雷花了整整一年的時間磨成劍的形狀，我還記得完工那天是三月七日。而今天是五月二十四日，所以它跟我相處不到三個月的時間。除了保養與練習的時間外，只有和前年的主席上級修劍士渦羅．利邦提比賽時才曾經把它從劍鞘裡拔出來，再來就是——和今年的主席萊歐斯．安提諾斯實際交手的時候。算起來總共也才這麼兩次而已。

但即使我正是砍倒它前身基家斯西達的人，黑劍還是發揮了應該是它自身意志的力量來救了我。雖然我們相處的時間不長，但握住劍柄使出劍技時的一體感、興奮感都絕對不會輸給我歷代的愛劍。

說起來我之所以遲遲不幫黑劍取名，可能是因為它和尤吉歐擁有的神器「藍薔薇之劍」並排在一起時，形成的對比實在太過於強烈了也說不定……

白與黑、花與樹。這兩把劍有著相似與相反的地方。

雖然沒有任何根據，但我從兩年前要離開盧利特村時，就一直被一種藍薔薇之劍總有一天會和黑劍互相攻擊的預感囚禁到現在。

我的理性告訴我不可能發生這種事。因為它們的主人，也就是尤吉歐和我根本不存在任何戰鬥的理由。但是感性卻又表示兩把劍之間就不一定了。因為基家斯西達就是被藍薔薇之劍砍斷而仰倒在大地上……

明明想要放空，腦袋卻充斥著回想與擔心，但我還是一直描繪著黑劍躺在桌上的模樣。它有著簡單的圓錐台形柄頭，裹著黑色皮革的劍柄，勾勒出清晰曲線的劍鍔。稍厚的劍身帶著黑水晶般深沉的透明感，讓人看不出它原本是樹枝。它還能吸取照射到上面的光芒，讓宛如剃刀般銳利的劍刃與劍尖發出美麗的亮光……

一開始劍的各個部位都只是朦朧的影像，隨著我的想念漸漸變淡，形狀也愈來愈是清晰。不久後甚至具備了硬度、重量以及溫度，接著開始在桌面上散發出強烈的存在感。

當我持續凝視著光艷的劍身時，忽然傳來一道聲音。

「再潛深一點，直到接觸到藏在劍裡的記憶以及存在的本質為止。」

劍的黑色無聲無息地擴展開來。它覆蓋了桌子、地面、周圍的書架與油燈，把整個世界變成一片黑暗。不知不覺間，毫無光線的無限空間裡就只剩下我和劍而已。黑劍靜靜地劍身朝上，柄頭朝下地浮起來，然後就靜止不動。接著我的外形就開始搖晃、崩解，意識完全被吸到劍裡面去。

回過神來時，我發現自己已經變成一棵生長在冰冷土壤上的杉樹。

四周圍是相當深邃的森林。但我身邊不知道為什麼沒有任何樹木。我就這樣孤伶伶地站在一個圓形空間的正中央。我試著對覆蓋腳邊地面的青苔與小小的蕨類植物搭話，但它們都沒有回應。

…………孤獨。

猛烈的寂寞感盈滿我的內心。因為想用樹梢和其他樹木接觸，於是每當風吹時我就拚命搖動枝椏，但很可惜的是我根本碰不到它們。

只要長得更大一點，說不定就能與它們有所接觸了。有了這樣的想法後，我的根部便更加拚命吸收地力，而樹葉也盡情地吸取著陽光。我的樹幹馬上隨之變粗，樹枝也跟著變長了。目前最靠近我的是一棵枹櫟樹，而我如同針一樣銳利的葉子已經接近它光滑的淡綠色樹葉了。

但是，意想不到的事情發生了。在我快碰到它時，枹櫟樹的葉子就枯成褐色並且全部掉落。連樹枝與樹幹都失去水氣而整個腐朽，最後從根部往後倒去。而且不只是枹櫟樹而已。佇立在空地周圍的樹們也不斷枯死並且崩壞。它們的亡骸馬上就被青苔蓋過去了。

我只能在變得更大的空地裡獨自悲嘆，然後再次吸取地面與太陽的力量。我的樹幹一邊震動一邊不斷往外膨脹，樹枝也隨著朝四方擴張。我又努力伸展葉子，朝著目前最靠近自己的大葉楠前進。

但這次對方的葉子還是在我快到達前就先枯萎，而失去生命的樹幹也跟著傾倒。當然旁邊的樹也是一樣。樹群不停地崩壞，空地也隨之愈來愈大。

我因為想伸長樹枝而吸收地力與陽光，結果讓附近的樹木全枯死了。即使知道是這麼回事，但我還是不放棄與其他樹接觸。不知道重複過多少次同樣的情況後，我已經比森林裡的樹木大了幾十倍，而且原本的空地也比一開始大了幾十倍了。當然，我的孤獨感也是一樣。

無論怎麼伸展枝椏，我尖銳的葉子是永遠不可能碰到其他樹木了。當我了解這一點時，事情已經發展到無法回頭的地步。我那比森林高出許多的枝葉絲毫不受控制地獨占大量的陽光，巡梭在地面的根部也同樣不斷吸取龐大的地力。冰冷的空地日益擴大，樹木也一根接著一根倒下……

「好，到此為止。」

忽然聽見的聲音讓我從杉樹裡解放出來。

只是眨了一下眼睛，周圍的景象就已經恢復成大圖書館。橘色燈光照耀下的無數書架、擦得光亮的石頭地板，圓桌——以及放在上面的兩把劍。那是我的「黑劍」和尤吉歐的「藍薔薇之劍」。兩把看起來都像是實物，但這是不可能的事。我們兩個人的愛劍在被帶到聖堂時就已經被沒收了。

茫然眺望了白劍與黑劍好一會兒後，桌子對面忽然有一隻小手伸過來先握住了黑劍。那個瞬間劍便晃動了一下並且無聲地消失了。

手接著又握住旁邊的藍薔薇之劍。這時劍依然像是被手掌吸進去般瞬時失去了蹤影。

「……………嗯，我確實收到你們引導出來的『劍之記憶』了。」

朝滿足的聲音抬起頭來，眼神馬上和坐在另一側的黑色長袍少女——賢者卡迪娜爾對上了。這時我才了解剛才自己陷入某種恍神狀態當中。看了一下旁邊就能發現尤吉歐綠色的眼珠也露出茫然的神情，結果他的身體忽然震動了一下並且不停眨著眼睛。

「……咦……我剛才在盡頭山脈最高峰的頂端……」

聽見伙伴以曖昧的口氣這麼呢喃著，我忍不住就露出苦笑並且對他說道：

「你到那種地方去了嗎？」

「嗯。那裡非常寒冷與寂寞……」

「喂，還不能放鬆喔。」

當我們快要進入聊天模式時就挨了罵，於是急忙端正姿勢。我偷偷瞄了一眼桌子對面，發現年幼賢者眼鏡下方的眼睛已經閉了起來。她微微皺著眉，像是在思考什麼事情一樣，不久後才輕輕點頭表示：

「嗯……我看還是別在技巧下功夫，以簡化術式為優先比較好。那麼，就先從桐人的劍開始吧。」

卡迪娜爾用左手輕輕敲了一下桌子，結果馬上有一張羊皮紙無聲無息地出現在桌面上。她接著又把右手掌貼在白紙上，然後開始由上往下撫摸紙面。

卡迪娜爾光是這麼做，就讓紙上清楚浮現出長達十行的術式。她隨即將羊皮紙轉過來滑到我面前。然後重複一次同樣的動作，把第二張紙移動到尤吉歐前面。

我和伙伴先看了對方一眼，然後才同時注視著自己的羊皮紙。

以藍黑色墨水與端正字體所寫成的文字列，全部是由神聖語，也就是英文字母所組成。沒有任何的泛用語，也就是日文。按照神聖術式的標準格式，左邊是行數編號，右邊則是本文。

我一邊看著從第一行「System call」開始到第十行「Enhance armament」為止的內容，一邊數著單字數量。最後發現它長達二十五個單字。

雖然確實比整合騎士艾爾多利耶使用的「霜鱗鞭」完全支配術還短了一點，但要把它們全部記住依然是件相當困難的工作。

「那個……可以把這張紙帶走嗎……」

「當然不行了，就連學院裡頭的菜鳥練士也不准在實技演練時看課本吧。」

卡迪娜爾以「真受不了你」的表情拒絕我後，接著又表示：

「第一，帶和這座圖書館有關連的物品到外面去，然後又不小心讓東西落到對方手裡的話，空間隔離可能就會出現破綻。」

「那……那剛才拿到的短劍……」

「那只會連結我個人所以沒關係。好了，別抱怨了，快點背吧。尤吉歐已經開始囉。」

嚇了一跳的我看向旁邊，馬上發現伙伴又發揮他優等生的特質，已經一邊死盯著羊皮紙看一邊輕輕動著嘴唇。這時我也只能放棄掙扎，把視線移回術式上，結果卡迪娜爾竟然又做出另一道無情的指示：

「限時三十分鐘，時間到之前一定要背起來。」

「怎……怎麼這樣，又不是學院的考試……至少給我們多一點時間……」

在我不死心想要繼續交涉時，卡迪娜爾馬上又發了不知道是第幾次的脾氣。

「笨蛋！聽好了，你們被人沒收佩劍並且關進地下監牢已經是昨天上午十一點左右的事了。從那時候起要是過了二十四個小時，所有權就會被重置，好不容易生成的完全支配術就沒辦法用囉。」

「啊……對……對喔。順便問一下，現在的時間是……？」

「早就超過上午七點了。假設你們需要兩個小時來回收佩劍，現在也已經沒剩下多少時間囉。」

「……………知……知道了。」

我終於下定決心，認真地看起眼前的一長串指令。

幸好地底世界的神聖術和ALfheim Online的魔法不同，是用比較熟悉的英文來表記。而且文法也和程式語言相近，所以可以一邊理解意思一邊記憶。

卡迪娜爾寫給我的術式似乎是由①參照保存在主記憶裝置內的物體深層檔案（也就是「劍的記憶」）②選擇出需要的部分加以變形③套用到現在的劍上來擴張攻擊力等三個程序所構成。手法就類似我在初等練士時代以賽菲利雅花所進行的「緩衝檔案覆蓋實驗」，但用在術式上的盡是學院教科書裡也沒出現過的單字，如果不是熟知所有指令的卡迪娜爾，根本就不可能把它寫出來吧。

當我把十行術式刻畫在腦袋裡時，頭腦的一部分還是持續進行著思考。

創造出地底世界的RATH研究者們，把記述這個世界所有物體的資料形式稱為「記憶性視覺」。雖然主觀時間上已經是遠在兩年多前發生的事情了，但我曾經在現實世界台東區御徒町的艾基爾店裡向亞絲娜和詩乃說明過它大致上的構造。自從被關進這個世界之後，我也透過觀察和實驗讓自己的考察有了一點進展。

和既存的VRMMO不同，存在於地底世界的萬物不是由多邊形所構成。它們是從連接世界——不對，是從居民的意識裡讀取石頭和樹木、貓和狗以及道具和建築物的記憶，將其平均化後積蓄在主記憶裝置「Main Visualizer」裡頭。然後再按照需要讀取哪些記憶來提供給潛行者。我之所以能讓在北帝國應該無法開花的賽菲利雅開出花朵，就是用「能開花」的意念暫時把「無法開花」的平均化緩衝資料覆蓋過去的結果。

這個世界裡的所有物體都被以記憶的形式保存下來。

這樣的話，反過來說應該也能把記憶物體化才對。如果不是這樣的話，就沒辦法解釋我過去曾經看過的現象了。

兩年兩個月前，在盧利特村南方森林醒過來的我，來到了貫穿整座森林的魯魯河岸邊。結果就在那裡看見了極為鮮明的影像。那是一名亞麻色頭髮的少年、金色長髮的少女以及黑色短髮的少年走在夕陽下的背影。

影像雖然幾秒鐘就消失了，但是那絕對不是幻覺。我現在閉上眼睛也能清楚地回想起染上紅色夕陽的天空、少女頭髮上晃動的光芒以及踏過矮草時的腳步聲。當時我從自己的記憶裡喚出了那三個孩子。亞麻色頭髮的男孩子一定是尤吉歐。金髮女孩則是愛麗絲。而黑髮的男孩子就是——……

「三十分鐘了。背起來了嗎？」

卡迪娜爾的聲音中斷了我在意識角落展開的考察。

我把桌面上的羊皮紙翻過來，試著回想整句術式。雖然精神不是很集中，但卻很平順地從頭唸完整串術式，這時安了心的我才回答：

「應該不會錯了。」

「這答案有點矛盾喔，尤吉歐怎麼樣呢？」

「呃……嗯，我也應該……沒問題。」

「好吧。」

卡迪娜爾以硬是把苦笑吞下去的表情點了點頭，接著又加了句：

「話先說在前面，就算完全支配術的威力再大，也不能隨便亂用。它每次使用都會給劍的天命帶來很大的損傷。當然，也不能因為捨不得使用而落敗。覺得是一決勝負的時機就不用客氣了。還有用完之後得好好把劍收回劍鞘裡恢復它的天命。」

「太……太難了吧……」

我參雜著嘆息低聲說完後，隨即把桌上的羊皮紙還給卡迪娜爾。當我為了小心起見而又看了一眼術式時，忽然就發現到某件事情。

「……咦？這串術式的最後一句是『Enhance armament』對吧？」

「怎麼，不滿意？」

「不、不是啦。和整合騎士艾爾多利耶對戰時，那傢伙使用的完全支配術還有下一句的樣子……好像是……Re、R……」

當我吞吞吐吐說不出完整的句子時，尤吉歐從旁邊解救了我。

「應該是Release recollection吧……他一這麼詠唱，鞭子就變成真正的蛇了。那真的很嚇人呢。」

「對對對。卡迪娜爾，我們的完全支配術不需要這一句嗎？」

「唔……」

黑衣賢者露出「怎麼又提出麻煩問題來」的表情，然後回答了我們的疑問：

「聽好了，武裝完全支配術有『強化』和『解放』兩個階段。強化是喚醒武器的部分記憶，讓它發現新的攻擊力。而解放呢……正如字面的意思，就是喚醒武器全部的記憶，然後解放狂暴的力量。」

「原來如此……狂暴的力量嗎？艾爾多利耶的『霜鱗鞭』在強化的時候是能增加鞭子的射程以及讓它產生分裂，而解放的話鞭子就會變成蛇來自動攻擊敵人……」

卡迪娜爾眨了一下眼睛來肯定我說的話，接著又冷冷地表示：

「沒錯。但是話先說在前面，你們還不能使用解放術喔。」

「為……為什麼？」

把身體轉向不停眨著雙眼的尤吉歐後，賢者才用嚴厲的口氣繼續說道：

「我說過是狂暴的力量了吧。剛剛學會術式的劍士還沒辦法控制經由記憶解放所產生的攻擊力。高階的神器就更不用說了……力量不只會傷敵，同時也會波及自身，一個搞不好可能會喪命喔。」

「我……我明白了。」

由於發揮學院時期優等生特質的尤吉歐已經乖乖點頭了，我也只能跟著他這麼做。但卡迪娜爾似乎已經看透我的不滿，她先是嘆了口氣然後又加了一句：

「你們兩個……可能也會有能夠使用解放術的一天，佩劍自然會告訴你們一切。不過也要你們能順利把它們拿回來啦。」

「這樣啊……」

我的回答讓卡迪娜爾露出「真拿你沒辦法」的表情，然後便高舉起右手的手杖用力敲了一下地面。

我和尤吉歐面前的兩張羊皮紙就這樣從尾端捲起來並且開始收縮——當我注意到它的變化時，羊皮紙已經變成細長的烤餅乾了。

「動了這麼多腦筋應該餓了吧，快吃吧。」

「咦……？難道吃了之後就不會忘記背起來的術式嗎……？」

「別妄想了。」

「這……這樣啊。」

和尤吉歐互看了一眼後才伸手拿起烤餅乾。原本以為是那種在聖托利亞中央市場買來吃過的，在烤過的小麥粉麵糰後灑上砂糖的簡單零食，結果竟然是派的餅皮配上白巧克力這種現實世界裡才會出現的食物。咬了一口後，馬上有濃密的甜味隨著清脆的口感在嘴裡擴散開來，那種令人懷念的味道讓我幾乎快要流下眼淚。

我像是在和尤吉歐比賽般迅速把餅乾吃完，深深呼出一口氣後才抬起頭來，結果馬上和以平穩的視線注視著我們的卡迪娜爾四目相對。

這時年幼的賢者緩緩點了點頭並且說：

「那麼……差不多是別離的時候了。」

短短一句話卻帶著沉重的份量，但我馬上就搖頭回答：

「只要我們達成目的，妳就能離開這裡了吧？所以不要說什麼別離嘛……」

「嗯，說得也是。如果一切都能夠順利的話……」

「…………」

如果我們在朝聖堂最上層前進的戰鬥中被整合騎士打敗的話，卡迪娜爾就得再次在這座大圖書館裡承受漫長的忍耐。在找到接下來的合作對象之前，負荷時驗階段應該就會先來臨，人界也會因此而陷入一片水深火熱當中吧。

但是即使知道可能會有這種悲慘的結局，卡迪娜爾的微笑還是相當平穩且清澈，讓我有種胸口被人緊緊揪住的感覺。賢者對緊咬住嘴唇的我輕輕點了點頭，然後就迅速轉過身子。

「快沒時間了，跟我來吧……我從距離聖堂三樓武器庫最近的後門送你們出去。」

從大圖書館一樓中央大廳到通往無數後門的入口這段路可以說短到令人感覺沮喪。

站在默默背誦完全支配術術式的尤吉歐身邊，我只能一直凝視著卡迪娜爾走在幾步前面的小小背部。

我還想跟她說說話，了解更多她在這長達兩百年的時間裡所感覺與所想的事情。雖然自己非得這麼做不可的感情已經湧到喉頭，但卡迪娜爾卻踩著不容許絲毫猶豫的堅定腳步，讓我也只能默默跟著她前進。

三面牆壁上並列著許多通道，卡迪娜爾帶領我們來到才剛來過的大房間裡，接著又直接走進從右側牆壁延伸出去的通道當中。繼續前進了十公尺左右，當我們來到通道盡頭，一面設置了一扇簡樸房門的牆壁前面時，她終於停下腳步來轉身面對我們。

卡迪娜爾粉紅色嘴唇露出來的微笑依然相當平穩。感覺上甚至帶著某種滿足感的嘴角動了起來，接著便有清晰的聲音流出。

「尤吉歐……還有桐人。世界的命運就交付在你們兩個人手上了。它究竟是會被地獄的業火所包圍……還是沉入完全的虛無當中，又或者是……」

她筆直地凝視著我的眼睛，然後說出接下來的話：

「──能找到第三條出路呢？我已經把該說的全說了，也把該給的全給你們了。你們只要走在自己相信的道路上就可以了。」

「……真的很謝謝妳，卡迪娜爾小姐。我們一定會到達聖堂最上層……然後讓愛麗絲恢復原狀。」

尤吉歐以下定決心的聲音這麼宣告著。

我也覺得應該說些什麼比較好，但是腦袋卻是一片空白。只能深深低下頭來。

卡迪娜爾點了點頭後便收起笑容，然後伸出左手握住門把。

「那麼……出發吧！」

門把開始旋轉，下一個瞬間，門便大大地打了開來。我和尤吉歐抵抗著立刻趁勢吹進來的寒風，一口氣往門外衝去。

當我們往前走了五六步時，背後再次傳來細微的聲音。轉頭往後一看，馬上發現只剩下光滑的大理石壁冷冷擋在那裡，通往大圖書館的門早已經消失得無影無蹤了。

第八章　中央聖堂　人界曆三八〇年五月

1

自己竟然真的來到這麼遠的地方了——

必須抬頭仰望的高挑天花板、井然有序的大理石柱以及用各種石材拼湊出精妙圖案的地板。

即使因為初次看見公理教會中央聖堂內部壯麗的裝潢而屏住呼吸，尤吉歐還是忍不住有了這樣的想法。

兩年多前，尤吉歐一直相信自己的人生只能不斷空虛地揮動斧頭，砍著絕對砍不倒的巨樹。只能每天回憶著很久前就消失的金髮青梅竹馬，然後也沒辦法結婚生子，即使把伐木手的天職交給下一任人選也只能繼續在森林深處生活，最後在無人知曉的情況下過完自己的天命。

但是某天突然出現的黑髮年輕人卻用力量敲破了關住尤吉歐的狹小世界。即使通往央都的道路被基家斯西達這道絕對障壁阻擋住了，他還是用歷代伐木手都想像不到的辦法把它砍倒，然後要求尤吉歐做出選擇。是要就這樣帶著對愛麗絲的回憶一直活在這座小村子裡。還是要和他一起出發去把愛麗絲找回來——

要說當時沒有感到猶豫，那就是在說謊了。村子舉行祭典的夜晚，聽見卡斯弗特村長表示可以選擇接下來的天職時，尤吉歐首先考慮到的是家人的處境。

之前尤吉歐擔任伐木手賺來的薪水已經全部給了家裡。他們家雖然世世代代都是以種小麥田維生，但是自家的田地相當狹小，而且還因為這幾年收成都不好而沒什麼收入。雙親和哥哥們嘴裡雖然沒有明說，但應該都很看重尤吉歐每個月固定能進帳的薪水。

既然基家斯西達被砍倒了，伐木手的薪水當然也就消失了。但是尤吉歐只要和父親他們一樣，選擇種植小麥為新的天命，應該就能優先獲得南方新拓展出來的開墾地裡陽光比較充足的土地才對。當站在台上的尤吉歐從開心喧鬧的村人當中看見家人帶著期待與不安的表情時，頓時感到有些猶豫。

不過這也只是一瞬間的事。尤吉歐硬是讓放著與青梅竹馬的少女相遇以及家人生活的天平傾向一邊，然後做出自己要離開村子成為劍士的宣言。

就算以劍士作為天職，只要留在盧利特村裡加入衛兵隊的話，還是能拿到村子給的薪水。但選擇離開村莊也就是要從家裡獨立的意思。尤吉歐能提供給家裡的金錢以及可能獲得的新田地都在這個瞬間消失了。就是因為無法忍受雙親和哥哥們強行壓抑下失望與不滿的表情，尤吉歐才會在祭典隔天就急忙離開家裡。

即使和桐人一起離開盧利特村，之後也還是有重新選擇為家人而活的機會。尤吉歐到薩卡利亞參加當地舉行的劍術大會，並且和桐人一起獲勝，得到了進入衛兵隊的資格。雖然撐過嚴格的訓練，順利在半年後從衛兵隊長手裡拿到參加北聖托利亞帝立修劍學院考試的推薦函，但隊長當場也邀兩個人留下來。他說如果留在衛兵隊的話，以他們兩個人的劍法應該明年就能升級，將來要成為隊長也不是夢想。如果在薩卡利亞獲得穩定的收入，然後把一部分薪水委託行商馬車送回老家的話，家人的生活應該能輕鬆不少才對。

但尤吉歐還是慎重地回絕了隊長的邀約，請他按照原本的計畫寫了推薦函。

就算是在往央都前進的路上，或是進入修劍學院就讀之後，尤吉歐也一直在內心的角落說著給自己聽的藉口。只要被選為學院代表劍士，在四帝國統一大會裡贏得優勝，然後光榮地被敘任為整合騎士的話，雙親與家人就能過著難以想像的富裕生活了。而且只要穿著白銀鎧甲，騎著飛龍和愛麗絲兩個人衣錦還鄉，雙親一定也會認為這個小兒子是自己的驕傲才對。

但是，兩天前的傍晚，尤吉歐就因為對上級修劍士萊歐斯·安提諾斯與溫貝爾·吉傑克拔劍而第三次背叛了家人。他捨棄了原本很有機會在他這代獲得敘任為爵士的光明未來……甚至捨棄了一般平民的身分，選擇成為違反禁忌的大罪人。

當時尤吉歐雖然被壓倒性的憤怒沖昏了頭，但腦袋裡的某個角落還是相當清楚。如果現在砍了萊歐斯等人，自己將會失去一切。即使知道這一點，尤吉歐還是揮出手裡的長劍。除了為了幫助即將在眼前遭受凌辱的緹潔與羅妮耶，以及貫徹自己深信的正義之外，其實還有其他原因。當時他心裡確實還存在想解放內心狂暴的殺意，以及讓萊歐斯與溫貝爾消失的黑色欲望。

自己真的來到這麼遙遠的地方了——

雖然自己已經從學院裡只有十二人的上級修劍士，轉變成對抗公理教會的反叛者，但還是來到了這個世界上最神聖的地方。

從使用弓箭的整合騎士追擊下逃走，衝進不可思議的大圖書館之後，那名自稱公理教會前最高司祭的女孩子隨即告知尤吉歐這裡存在記錄著人界所有歷史的書籍，而尤吉歐便瘋狂地閱讀了起來。因為他無論如何都想知道，漫長的歷史裡到底有沒有反抗教會、與整合騎士作戰，最後成功達成願望並且逃到某處過生活的人。

不過很可惜，裡面完全沒有這樣的內容。教會的威光總是照耀著整個世界，所有人民都臣服於整合騎士的權威之下，不論再怎麼嚴重的紛爭——就連帝國之間的國境之爭也都很容易就平息了下來。即使閱讀再多厚重的書籍，都找不到有人揮劍攻入教會，並且與整合騎士戰鬥的記錄。

……也就是說，創世神史提西亞創造人界之後，長達三百八十年的歷史裡，罪孽最為深重的罪人就是我了。

當尤吉歐一邊闔上書本一邊這麼想時，馬上就感覺到一股快讓整個人凍僵的寒氣。如果不是剛好回來的桐人向他搭話，他應該已經在那裡縮成一團了吧。

跟伙伴一起聽著神祕前最高司祭說話的期間，尤吉歐也數次這麼告訴自己。捨棄家人、傷害他人並且選擇與教會戰鬥的自己已經不可能回到過去的生活了。不論雙手要染上多少血，靈魂要因為罪惡而變得多汙穢，為了完成唯一一個未完成的目的，自己也只能往前走下去了。

自己必須取回被現任最高司祭奪走的「心之碎片」，把它放回整合騎士愛麗絲・辛賽西斯・薩提的腦袋裡，然後把她送回懷念的盧利特村去。

但是，和她一起生活的願望應該已經沒辦法實現了。犯下多樣罪行的自己，唯一能去的地方就只有盡頭山脈另一側的恐怖暗之國了。但就算是這樣也沒關係。只要愛麗絲能在故鄉過著幸福的日子，那麼自己就別無所求了。

尤吉歐暗暗下了這樣的決心，然後凝視著前方桐人的背部。

……如果我說要去暗之國的話，你會跟著我一起去嗎……？

無聲地這麼問完之後，尤吉歐隨即強迫自己停止想像伙伴會做出什麼樣的回答。現在世界上唯一和自己站在同一個場所的黑髮好友，在不久的將來或許就會和自己分道揚鑣的想法讓尤吉歐感到相當恐懼。

正如卡迪娜爾所說，從後門一直往前延伸的走廊比想像中還要短。

一邊踩著快速腳步一邊想事情的時間相當短暫，兩人馬上來到一間長方形的寬廣房間裡。右側牆壁的中央部分有一條寬闊到有些驚人的樓梯往上下方延伸。由於天花板大概有八梅爾高，所以大約要走二十階樓梯才能到中途的平臺。

而左邊的牆壁上則有一扇被飛翼獸雕像包圍起來的雙開大門。

走在前面的桐人馬上朝尤吉歐伸出右掌並且把身體貼在牆壁上，所以尤吉歐也跟著把背部靠在附近的石柱上面。他們屏住呼吸，探查著微暗空間裡的情況。

如果前最高司祭說的話沒錯，那麼左側的大門應該就是通往他們正在找的武器保管庫。即使是這麼重要的一個地方，房間裡還是沒有任何聲音，而且也沒有其他人在的樣子。就連照射在右側寬闊階梯上的索魯斯光芒，都給人一種帶著冰冷灰色的感覺。

「……沒有人在耶……」

悄聲對著桐人的背部這麼說完後，伙伴也有些驚訝地點了點頭。

「這裡是武器庫，原本以為應該起碼會有一兩個衛兵的……不過本來就不會有人敢跑來公理教會偷東西了……」

「但是對方已經知道我們入侵了吧？為什麼還能這麼不當一回事呢？」

「實際上他們真的不把我們放在眼裡吧。就我們這種小角色，根本用不著到處找。也就是說，接下來碰到整合騎士的時候，不是人數眾多就是難以應付的強手。我們就充分利用這段剩餘時間吧。」

桐人說完後便用鼻子哼了一聲，接著迅速從牆壁的陰影處跑出去。尤吉歐也立刻跟著他穿越無人的大廳。

雖然刻著索魯斯與提拉利亞兩女神浮雕的武器庫大門沒有鑰匙孔，但卻散發出沒有誠心信仰者就無法入內的威嚴。不過桐人把耳朵貼在門上聽了一會兒後，隨即把手伸向門把。當他用力一推，大門就在沒有發出任何鉸鏈聲的情況下往左右兩邊打開了。

從開了約五十限的黑色縫隙裡，開始湧出沉澱了數百年份寂靜般的冷冽寒氣，尤吉歐也因此而發起抖來。但是他的伙伴卻毫不猶豫地滑身進入門內，讓他只能慌張地跟在後面。把身後沉重的門關上後，四周圍立刻陷入一片黑暗當中。

「System call……」

自然脫口而出的術式剛好和桐人的聲音重疊在一起，讓尤吉歐即使在這種狀況下還是忍不住露出笑容。尤吉歐繼續詠唱著Generate luminous element，然後回想起兩年半前和桐人一起到北方洞窟尋找賽魯卡時的事情。那時候費盡千辛萬苦才能使出極初步的神聖術，而且手上的樹枝前端也只能發出微弱的光芒——

右手掌上產生的光素驅散濃密的黑暗，順便也帶走了尤吉歐的鄉愁。

「嗚喔……」

當身邊的桐人發出驚訝的聲音時，尤吉歐的喉嚨也傳出咕嘟一聲。

想不到裡面竟然這麼寬敞。聽說是保管庫，所以自然就認為大概就跟修劍學院的用具倉庫一樣，結果完全不是這麼一回事。裡面的面積至少跟桐人與渦羅．利邦提比賽的大練習場差不多大。

四周被平滑石壁包圍起來的空間反射了從尤吉歐手掌往上飄起的光素亮光，讓裡頭充滿各種顏色的光芒。

地面上整齊地排列著套在人形支架上的鎧甲。除了漆黑的之外，還有純白、赤銅、青銀、黃金等各種炫目的色彩，而且除了有細緻的鍊子甲、動物皮革的輕裝鎧之外，還有由厚重鋼板嚴密組裝起來的重裝鎧等各式各樣的防具。數量應該不下五百副。

另外，挑高的牆壁上還掛滿了所有能想到的武器。

光是劍就有長短、粗細以及彎曲筆直等許多不同的種類。此外還有像是單刃與雙刃的斧頭、長槍與馬上槍、戰槌、鞭子、棍棒甚至弓箭等各式各樣的戰鬥用武器從地板一路排列到天花板，數量已經是連數都數不出來了。看見這一切的尤吉歐只能呆呆地張大嘴巴。

「……如果索爾緹莉娜學姊來這裡的話，一定會感動到昏倒吧。」

幾秒鐘後，桐人的呢喃聲才打破現場的沉默。

「嗯……哥魯哥羅索學長只要看見那把大劍，一定就會衝過去抓著不放了。」

混雜著喘息低聲回答完後，尤吉歐才把哽在喉嚨裡的氣用力呼了出來。他接著又看了一下廣大的武器庫，然後搖了兩三次頭。

「怎麼說呢……教會將來是想成立軍隊嗎？明明只要有整合騎士就夠了吧……」

「嗯……為了和暗之軍隊戰鬥……？不對，應該不是……」

桐人忽然露出嚴肅的表情，瞄了尤吉歐一眼後才又繼續表示：

「應該反過來才對。教會不是要成立軍隊……而是為了不讓人成立軍隊才會收集這麼多武器。在這裡的應該全都是神器或者是接近神器的強力裝備。最高司祭亞多米尼史特蕾達相當不願意有公理教會之外的集團獲得強力武器，進而持有無謂的戰力……」

「咦……？這是什麼意思？就算擁有再強的武器，也不可能出現想反抗公理教會的集團吧？」

「也就是說，最不相信教會權威的，可能就是最高司祭大人自己了。」

尤吉歐無法立刻理解桐人諷刺的發言。但當他開始考慮起這句話的意思前，伙伴就先拍了一下他的背部。

「來，沒時間了。快把我們的劍拿回來吧。」

「啊……嗯……嗯。但是要從這裡把它們找出來也不容易……」

藍薔薇之劍與黑劍雖然各自被收在沒有什麼裝飾的白色與黑色皮革劍鞘裡，但牆壁上也能看見幾把類似的劍。

「……就算想再用一次暗素探索術，剛才的光素大概也已經把空間神聖力用光了……」

早知如此就只要點一盞燈就好了，當這麼想的尤吉歐正要嘆氣時，桐人忽然就一派輕鬆地說道：

「哎呀，找到囉。」

他抬起左手，指著走進來的門左側不遠處。

「嗚哇……竟然就在這種地方。」

掛在桐人指向前方的黑白兩口劍，無疑就是他們兩個人的愛劍了。尤吉歐這時只能啞然看著伙伴的側臉。

「桐人，你沒用神聖術怎麼能……」

「只是覺得剛拿進來的劍，應該會放在最靠近門口的地方而已。」

如果是平常的桐人，在說出真相時通常都會像個孩子般露出驕傲的笑容，但現在不知道為什麼，只是用嚴肅的表情凝視著自己的黑劍。不過他馬上又呼一聲吐出一口氣，然後就走到牆邊伸出右手來抓住黑色皮革劍鞘。

他一瞬間像在猶豫什麼般停下了動作，但馬上就把它從吊環上拿了下來。接著又用左手取下旁邊的藍薔薇之劍，輕輕將其拋給尤吉歐。尤吉歐急忙接過來後，手腕立刻感覺到一股熟悉的重量。

明明只和愛劍分隔不到兩天的時間，但這時卻湧起一股令人驚訝的懷念與安心感，而這也讓尤吉歐用雙手緊握著劍鞘不放。

在故鄉砍倒基家斯西達後，藍薔薇之劍就一直伴隨在尤吉歐身邊，而且還救了他好幾次。像參加薩卡利亞的劍術大會、挑戰修劍學院的入學考時都是靠它的幫忙，甚至在違反禁忌目錄時也是用它砍下了溫貝爾的一隻手。

如果公理教會多年來都在收集強力的武器，那麼這把藍薔薇之劍能夠一直沉睡在北方洞窟裡真可以說是僥倖——或者也可以說是命運。它同時也證明了自己為了奪回愛麗絲而踏上這條路的決定並沒有錯……

「你要感動到什麼時候，快掛上去吧。」

桐人混雜著苦笑的聲音讓尤吉歐回過神來，他這時才發現伙伴早已經把愛劍的劍鞘掛到劍帶的掛環上面了。尤吉歐只能一邊不好意思地笑著，一邊做出同樣的動作，在輕拍了柄頭一下後才看向周圍。並排在地板上面的那些高級鎧甲，上面都掛著刻有「千雷之鎧」、「震山之甲冑」等名稱的牌匾，讓人一看就覺得很有興趣。

「……怎麼樣啊，桐人。有這麼多鎧甲在這裡，要不要找兩套適合我們的穿上去呢？」

「不用吧，我們兩個人都沒穿過鎧甲。我覺得還是不要做自己不熟悉的事情比較好。就換上那邊的衣服就好了。」

看了一下伙伴所指的方向，就能發現整列鎧甲的角落還並排著各種顏色的衣服。尤吉歐低頭看了一下身體，發現兩天前就穿著的學院制服在經過和艾爾多利耶的戰鬥以及之後的逃亡，早就已經破爛不堪了。

「的確這樣下去可能會分不出是衣服還是破布了。」

飄浮在頭上的兩道光素散發出來的光線已經慢慢變弱。於是兩人便拋開對鎧甲的不捨，直接跑到整排衣服前面，然後迅速撥開這些看起來相當高級的布料，找出適合自己的上衣與褲子。接著又背向對方，快速把衣服換上。

尤吉歐穿上與制服類似的鮮藍色服裝後，馬上因為那光滑的觸感而嚇了一跳。等到換裝完畢轉過身子來時，就看見應該也有相同想法的桐人正用雙手四處撫摸著身上的黑色布料。

「……這些衣服應該也有些名堂吧。如果可以幫忙抵擋一些整合騎士的攻擊就好了。」

「你想太多了啦。」

稍微取笑了一下伙伴一廂情願的想法之後，尤吉歐的臉便恢復正經的表情。

「那麼……差不多該走了吧？」

「嗯……那就出發吧。」

短暫交談後，兩人便回到入口。

到目前為止都出乎意料地順利，不過接下來應該就不會這麼好運了。現在開始就要小心行動——兩人像是要提醒對方注意這一點般默默互相用力點了點頭，接著桐人便握住右邊，而尤吉歐則是握住左邊的門把。

當他們同時用力把門拉出一點縫隙來時——

立刻有「喀喀喀喀！」的聲音傳過來，而厚重的門板上也同時出現了好幾隻鋼箭。

「嗚哇！」

「喔哇啊！」

大門因為猛烈的箭勢而被推開，尤吉歐與桐人也因此跌坐在地上。

出入口外面的寬廣長方形空間裡，由正面往上延伸的寬闊樓梯平臺上，已經有一名曾經見過的紅色鎧甲騎士站在那裡。他正在把新的箭架到與身高差不多的長弓上。而且還一次就放了四支。這無疑是在玫瑰園裡乘坐在飛龍上的那名整合騎士。

敵我之間的距離大約有三十梅爾左右。如果是長劍的話絕對無法攻擊到對方，但對箭術專家來說這應該是必中的距離。而且兩個人現在都狼狽地跌坐在地上，別說爬起來躲在牆壁後面了，根本連拔出長劍的時間都沒有。

所以剛才才說要穿上鎧甲啊！如果有盾牌就好了！

當尤吉歐在內心這麼叫喚時，騎士剛好也開始拉起長弓。

事到如今已經不可能毫髮無傷了，但至少也要避開致命傷——不對，應該說要全力防止讓自己受到無法行動的重傷才行。

尤吉歐瞪大雙眼，凝視著弦上的四支鋼箭。發出暗沉光芒的銀色箭尖似乎不是對準兩人的心臟，而是瞄準了腿部。正如卡迪娜爾所說的，騎士接到的不是抹殺而是活捉的命令。但到了這個時候，被抓住其實也跟遭到殺害差不多了。

整合騎士拉滿了弓弦。

經過一瞬間所有事物都暫停下來般的寂靜後——

桐人扯開喉嚨大叫的聲音才打破了這樣的沉默。

「Burst element！」

由於他實在說得太快了，導致尤吉歐瞬間無法聽清楚伙伴究竟在說些什麼。一直到現象發生後，他才了解桐人大叫的內容是什麼。

視線忽然被一片白色覆蓋住了。

那是像索魯斯照射下來般的強烈光線。其實這只不過是將屬性神聖術的起點之一，也就是名為光素的「素因」解放出來的簡單術式，但桐人並沒有詠唱素因生成的術式。他到底是從哪裡生出光素來的呢——……

不對，素因已經存在了。十幾分鐘前，為了照亮武器庫內部，兩個人不是已經叫出光素並且讓它飄浮在空中了嗎？被放置的素因一直保持著等待輸入下一個術式的狀態。這時桐人便給予飄浮在頭上的素因解放命令，讓它產生強烈的光芒。

——和艾爾多利耶戰鬥時他也曾丟出撿拾的鏡子碎片，在利用周圍環境戰鬥這一點上，自己還是完全比不上他……

尤吉歐一邊這麼想著，一邊在白色光芒中鼓足全力往右邊跳去。

半秒鐘之後，剛才所在的地方便傳出鋼箭插進地板裡的刺耳聲音。好不容易才避開被直接射中的危機，現在應該先躲在牆壁後面——尤吉歐才剛這麼想，桐人低沉的叫聲就傳進他的耳裡。

「往前！」

尤吉歐瞬間了解伙伴的意圖，於是腳再次往地板踢去。不過這次不是往斜右方，而是筆直地往前衝。

光素是在兩人身後的上方爆炸，所以尤吉歐與桐人沒有直接看見光源，但整合騎士的眼睛應該被光線照射到了。接下來幾秒鐘裡，他一定還處於喪失視力的狀態。

光素和熱素與凍素相比，直接的攻擊力當然比較低，而且大多是用在治癒術上。但如果能讓武器發出強光的話，就能發揮刺眼與威脅的效果。所以在學院的課程裡曾經學過，如果敵人在戰鬥中生成光素，那麼自己就要準備相反屬性的暗素來和它抵消。

站在所有劍士與術師頂端的整合騎士當然不可能沒有這種常識，也就是說叫出新的光素來影響他的視線已經不可能成功了。想要縮短與這名持弓敵人之間的距離，現在就是唯一的好機會了。

桐人曾經數次跟尤吉歐說過，迅速進行狀況分析與行動選擇就是艾恩葛朗特流最重要的心法。這種想法和重視動作優美與雄壯感的海伊·諾魯基亞流完全相反。想實踐這個心法，就必須在戰鬥裡保持頭腦冷靜，而「Stay cool」則是為了能做到這一點的咒語。

在光素的使用以及接下來的行動都慢了半拍的尤吉歐，只能拚命追著前方的腳步聲。他一邊跑，一邊拔出左腰上的藍薔薇之劍。

接著發揮完作用的光素便完全消失，世界恢復成原本的色彩。但兩個人已經從武器庫衝到大房間裡來了。這時兩人又瞪大了雙眼，確認站在前方階梯二十階左右的整合騎士身形。

結果正如他們所預測的，騎士的視力還沒有恢復。他用右手遮住紅銅色頭盔的面罩附近，然後上半身不停晃動。

而且更幸運的是，眼前的整合騎士和艾爾多利耶不同，腰間沒有攜帶佩劍。明明知道將在屋內進行戰鬥，但是卻只帶了長弓一種武器，由此就能知道他對自己相當有信心。他應該確信自己在兩人接近前就能夠射穿他們的腳了吧。

尤吉歐的頭腦雖然相當冷靜，但意識的角落還是出現了一道難以壓抑的小小怒火。

——整合騎士，你和萊歐斯他們沒有兩樣。你們同樣蠻橫、傲慢，相信自己永遠是對的。認為正義的一方絕對不可能落敗。

——但這只是你們一廂情願的想法。現在……就讓我來告訴你這個事實吧！

尤吉歐就在不太熟悉的情感驅使下衝上了寬闊的樓梯。一階、兩階……正當他的右腳踏上第三階時——

站在十幾階上方平臺上的騎士把覆蓋在面罩上的右手伸到背後，從箭筒裡把剩下的鋼箭全部抽了出來。

從他迅速拉回來的右手上，可以看見至少有三十支左右的鋼箭。才剛興起他到底想做什麼的想法時，騎士已經把所有鋼箭架到左手平舉的長弓弓弦上了。

「什麼……」

尤吉歐在寬敞樓梯的第三階停下腳步並且屏住呼吸。憑那麼細的弦，怎麼可能一次射出三十支箭呢。

耳朵這時已經能聽見金屬摩擦的聲音。當他發現這是鋼箭因為承受不住巨大握力而發出的悲鳴時，背後馬上湧起一股寒意。

右邊停下腳步的桐人似乎也無法立刻判斷出騎士的意圖。那究竟只是在虛張聲勢，還是——

在發出一陣更為激烈的摩擦聲後，長弓終於被拉滿了弦。

「——往左後方跳！」

桐人發出尖銳的叫聲。

空氣中先傳來「繃！」的一聲，接著又是一聲巨響，應該是弓弦終於承受不住鋼箭而斷掉了吧。

但是三十支鋼箭竟然全都被射了出來，它們就像是奪命的銀色驟雨般從兩人頭上降下。

尤吉歐用感覺幾乎要讓右腳折斷的力道往樓梯踢去，讓身體整個往左邊竄出。他同時橫握藍薔薇之劍守住了身體的中心線。

如果騎士的視力沒有問題，兩個人的身體現在應該已經滿是箭孔了。

其中一支鋼箭擊中藍薔薇之劍，發出尖銳的聲音後被彈開。一支則掠過尤吉歐褲子的右褲管，一支在左側腹造成了輕微的撕裂傷，最後一隻則擦過左邊臉頰並且射斷了好幾根頭髮。

最後尤吉歐的肩膀撞上了地面，在恐懼不安的情況下咬緊牙關往下看著自己的身體。確定沒受到什麼嚴重的傷害後，才把臉轉向跳往右邊的桐人。

「桐人！你沒事吧！」

用沙啞的聲音叫完後，黑髮的伙伴這時也只能用緊繃的臉輕輕點了點頭。

「好……好險。好像只是射中腳趾間的縫隙而已。」

一看之下，一隻箭射中了他左腳鞋子前端並且直接貫穿鞋底。尤吉歐一邊暗暗感謝伙伴的反應速度以及好運氣，一邊呼一聲鬆了口氣。

「……剛才真的好險……」

他這麼呢喃著，然後硬撐起麻痺的身子站了起來。

抬頭看向平臺後，發現這次整合騎士已經停下了動作。他背後的箭筒已經空無一物，長弓的弦也已經繃斷而整個垂下。彈盡援絕指的應該就是這種情形吧。但對方可是整合騎士，即使是這樣依然不能掉以輕心，現在可不是同情他處境的時候。

「走吧……」

低聲這麼對伙伴說完，尤吉歐便再次把右腳跨上階梯。

但是從鞋子拔出箭來的桐人卻直接用握著箭的左手制止了尤吉歐。

「等等……那個騎士正在詠唱術式……」

「咦？」

尤吉歐慌忙豎起耳朵仔細聆聽。既然不是在撲過去就能砍中對方的距離，那麼聽見敵人開始詠唱神聖術時，自己就必須生成相反屬性的素因才行。於是他便集中精神聽著整合騎士從頭盔下方發出的，帶著金屬質且扭曲的聲音。雖然是相當高速的詠唱，但可能是在大圖書館裡被強迫學習過的緣故，大致上還能聽得出對方在唸些什麼。

不過騎士使用的盡是些沒有聽過的式句。沒聽見決定素因種類的「Generate」，就不知道該採取什麼對策。

「糟糕了，這是……」

這時桐人發出喘息般的聲音。

「這不是屬性攻擊，是『武裝完全支配術』！」

當他緊張地說完後，騎士已經高聲詠唱著最後一句：

「——Enhance armament！」

「啵！」一聲細微的聲音過後，綳斷而下垂的兩根弓弦前端已經生出橙色火焰。火焰瞬間把弓弦燃燒殆盡，當它們到達長弓兩端的瞬間……

整把銅弓就冒出鮮紅的火焰。

燃燒肌膚的灼熱感傳到樓梯下層來，讓尤吉歐反射性把臉別開。站在平臺上的整合騎士全身纏繞著長弓噴出的火焰，看起來就像身體自動冒火一般。

面對這超乎想像的發展，尤吉歐已經不知道該如何行動才好。既然把箭用光了，那麼就算使用完全支配術是不是也沒有攻擊力，所以現在應該衝上去才對？還是說騎士之所以在上一波攻擊裡把箭用光，就是因為完全支配狀態下根本不需要箭呢？

為了了解伙伴有什麼看法而往身邊瞄了一眼後，發現桐人沒有打算進攻也沒有想要撤退，只是像個孩子般瞪大了眼睛，然後嘴角露出些許微笑。

「真是太厲害了……那把弓不知道是用什麼變成的喔？」

「現在不是感動的時候吧！」

雖然反射性地想往他的肩膀揍下去，但尤吉歐還是壓抑住衝動而再次抬頭看向騎士。當然己方也能使用剛學會的完全支配術來對抗敵人的術式，不過對方一定不會讓我們有這種機會。在詠唱完一長串術式前一定會先遭到攻擊。如果要用的話，不和敵人同時開始詠唱就一定來不及。

這樣的話，就只能配合敵人的行動來展開反擊了。當尤吉歐做出這樣的心理準備後，整合騎士似乎也想在這個時候歇口氣，只見左手握著火焰弓的他用右手掀開頭盔的面罩。

雖然因為火焰照出來的陰影而看不清他的臉，但尤吉歐還是感覺到宛如鋼箭的猛烈目光。而且接著發出來的聲音也帶著不像是人類的硬質聲響。

「──我已經有兩年的時間沒有像這樣承受過『熾焰弓』的火焰了。原來如此，罪人啊，你們的確有和騎士艾爾多利耶．薩提汪一較長短的實力。但這樣反而更加難以饒恕。你們竟然不像個騎士一樣光明正大地戰鬥，而是用汙穢的暗之術來迷惑薩提汪！」

「什……什麼暗之術啊？」

身旁的桐人驚訝地這麼說道。尤吉歐也瞬間屏住呼吸，然後激烈地搖著頭大叫：

「不……不是的，我們沒有用什麼暗之術！只是跟艾爾多利耶先生提起他成為整合騎士之前的事情而已……」

「什麼成為整合騎士之前的事情！我們根本沒有過去！我們自被從天界召喚下來後就一直是光榮的整合騎士了！」

鋼鐵般的怒吼讓寬廣的階梯產生震動，尤吉歐嚇得停止呼吸。

根據名為卡迪娜爾的少女所表示，所有的整合騎士都被封印了自己成為騎士前的記憶。也就是說眼前的紅色騎士也只是自認為「自己是從天界被召喚而來」。

雖然刺激那個叫作「敬神模組（Piety module）」的東西所阻斷的真正記憶似乎就能讓整合騎士產生動搖，但連對方名字都不知道的現在根本不可能這麼做。也就是說，沒辦法用同樣的方法讓他跟艾爾多利耶一樣無法行動。

騎士在長弓不停往外發散的零星火焰當中，忽然又發出了更為猛烈的轟雷般怒吼：

「因為接到的命令是要生擒你們，所以我不會把你們燒成焦炭。但既然我已經解放了熾焰弓，你們就得有一條手臂被烤焦的覺悟！你們盡量試試看能不能鑽過斷罪的火焰，用那把貧弱的劍砍中我吧！」

騎士高舉起長弓，然後把右手放在原本有弓弦的位置上。看見他指尖做出握著什麼的動作，瞬間有了「不會吧」的想法時——

強烈的火焰已經迸發到長弓前方，然後形成一根箭的形狀。從火焰箭鮮豔的光輝就能感受到它內部包含著無比的威力，尤吉歐同時也因此而繃緊背部。

「弦斷了或是沒箭了都沒影響嗎！」

旁邊的桐人低聲這麼說著，而尤吉歐則是把力量灌注到快要發起抖來的下巴，然後迅速問道：

「有什麼對策嗎？」

「只能相信它沒辦法連射了。我會想辦法擋住第一道攻擊，到時候你就殺過去。」

「什麼叫只能相信……」

——也就是說，那把火焰弓如果能連射的話，就只能舉手投降了吧。但就算它一次只能射出一支箭，這也就證明了它有一擊必殺的威力。雖然尤吉歐開始擔心桐人要怎麼抵擋這樣的攻擊，但馬上就捨棄自己的憂慮並且點了點頭。

「——我知道了。」

既然桐人這麼說了，那就應該能擋住吧。跟要砍倒基家斯西達，然後也確實完成的誇張事蹟比起來，擋住火焰箭似乎還比較有真實感。

可能是認為各自重新擺好架勢的兩個人已經有所覺悟了吧，整合騎士立刻用輕鬆的動作拉起看不見的弓弦。

尤吉歐感覺衝往臉頰的熱氣愈來愈強烈。由名為熾焰弓的長弓上散發出來的火焰已經直達平臺的天花板，把上面的大理石整個燒焦了。

桐人忽然間就展開行動。

他沒有發出任何吼叫，也沒有用力踢向地面，只是像樹葉被漩渦吸進去般往前衝。遲了片刻之後，尤吉歐也急忙跟了上去。

尤吉歐這時注意到跑上樓梯的伙伴輕輕握住的左拳裡發出微弱的藍色光芒。應該是趁騎士剛才說話時偷偷生成的吧。尤吉歐能確定那是由凍素散發出來的光芒。

當衝上二十層階梯的一半距離時，騎士的長弓終於拉滿了弦。

同一時間，桐人嘴裡也迸出高速詠唱的術式：

「Form element shield shape！Discharge！」

單手能同時生成的素因上限是五個，而這個時候就有五個素因排成一列從桐人迅速揮出的左掌中發射出去。藍色光點依序不斷變成巨大的圓形盾牌，完全遮住了桐人與整合騎士之間的距離。

這時從整合騎士嘴裡發出第三次的怒吼：

「笑死人了！射穿它們吧——！」

在火龍鼻息般的轟然巨響之下，火焰箭——不對，可說是如同火焰長槍的劫火被發射了出去。

經過剎那間的飛翔後，火焰槍立刻碰上桐人創造出來的冰盾。

第一片盾牌隨即灰飛煙滅，碎片也馬上變成蒸氣。

第二片、第三片也在破碎的聲音傳到耳朵之前就被貫穿了。

第四片盾牌的中心部分雖然抵抗了一下火焰箭，但也隨即四散。迫在眉梢的火焰長槍發出的光線透過僅剩下來的一片盾牌，讓他們的視線變成一片鮮紅。

但尤吉歐還是沒有減緩速度，只是一股腦地往上爬。因為眼前的伙伴依然向前猛衝，自己當然不可能停下腳步。

尤吉歐咬牙凝視的前方，可以看見和第五片盾牌碰撞的火焰長槍終於稍微慢了下來。它為了要衝破相反屬性創造出來的障壁而在空中撒出劇烈的火焰。

「——！」

尤吉歐瞬間瞪大了眼睛。因為半透明冰壁後方的火焰長槍似乎一瞬間改變了形狀。它大大張開嘴巴並且展開雙翼的模樣，簡直就像是隻猛禽一樣……

但尤吉歐還來不及眨眼，最後的盾牌就出現無數裂痕並且破裂了。

下一個瞬間，令人窒息的熱氣便蜂擁而至。打破所有障壁的火焰長槍——不對，應該是火鳥就像是要把桐人燒焦般猛然朝他衝去。

「嗚喔喔喔喔喔！」

這時桐人嘴裡終於爆發出驚人的吼叫聲。他迅速把握在右手上的黑劍往前刺去。

尤吉歐瞬時有了「他不會是要砍那隻大鳥吧」的想法。但是……

桐人筆直伸出去的劍卻劃出令人意想不到的軌跡。桐人的五根手指以肉眼難辨的速度移動著，而黑劍便以手指為中心，像風車般轉動了起來。

但是它的轉速實在非比尋常。他的指頭究竟是怎麼移動的，只見劍身以無法看清的速度旋轉著，讓桐人面前像是出現了一面黑色盾牌一樣。

火焰鳥的頭與第六面盾牌接觸了。

轟然巨響宛如大鳥憤怒的咆哮——

粉碎五片冰壁的必殺火焰就這樣被迴轉的劍刃砍成無數碎片，並且呈放射狀往外飛散。但是還是有極少量的火焰包住桐人全身，然後不斷引起小小的爆炸。

看見伙伴的身體被彈上了天空，尤吉歐忍不住大叫了起來：

「桐人——！」

即使身體被無數火苗吞噬，桐人還是在空中大聲喊著：

「尤吉歐，不要停下來！」

尤吉歐捨棄剎那的猶豫，再度緊盯著前方。如果是桐人，就不會在這時停下腳步而錯過這千載難逢的好機會。他已經實現自己的承諾。那麼自己也必須跟進才行。

和從右上方空中落下的伙伴擦身而過後，尤吉歐飛也似的衝上最後的階梯。

當他一口氣穿越飄盪在空中的火焰殘渣時，騎士所站的平臺就已近在眼前。

雖然不至於毫髮無傷，但能抵擋下武裝完全支配術發出的渾身一擊也已經超出整合騎士的想像了吧。即使在這樣的距離下還是看不見他的臉，但感覺頭盔深處已經透露出驚訝之意。他已經沒有時間再拉弓射出第二道攻擊了。既然他沒有佩劍，那麼讓我接近到這種距離時……

——你就已經輸了！

尤吉歐無聲地吼叫著，然後高舉起藍薔薇之劍。

「別看不起人了，小鬼！」

騎士像是看透尤吉歐的想法般大吼著。

驚訝的神色瞬間消失，壓倒性的鬥氣包裹著紅銅色重鎧甲。握著火焰長弓的左臂高舉過頭，接著他的拳頭便再次帶著猛烈的火焰。

「喝啊啊！」

騎士的左拳隨著震動灼熱空氣的吼叫聲一直線揮出。

——怎麼辦呢？

雖然已經進入斬擊的姿勢，但腦袋中心部位還是一瞬間閃過這樣的想法。

一般來看，在這種距離下，劍的威力一定大過拳頭。但是對方占有地利之便。藍薔薇之劍的劍身本來就較細，它真的能贏過原本就相當高大的騎士從三層樓梯高度揮下來的拳頭嗎？是不是應該先避過攻擊，等爬上平臺再做反擊呢？

不行——

桐人這名尤吉歐的好友兼師父的艾恩葛朗特流劍士過去曾經說過：

——這個世界裡，重要的是灌注在劍上的意念。

——你必須自己找出灌注在劍上的意念才行。

不論是指導尤吉歐的哥魯哥羅索學長、桐人的指導生索爾緹莉娜學姊，甚至是傲慢且卑劣的貴族萊歐斯與溫貝爾，都擁有能夠給予佩劍威力的某種意念。但是尤吉歐卻感覺自己仍然在尋找屬於自己的意念。雖然每天練習的量不輸給任何人，而且也學會了各種祕奧義，但還是沒找到灌注在劍上的意念。說不定出生時不是劍士的自己一輩子都找不到那種意念了。

但是，至少現在不能因為氣勢輸給整合騎士而把劍收回來。因為能夠繼續修練劍術的時代早已經結束了。現在的尤吉歐已經有了堅定的目標。那就是把記憶被奪走而變成整合騎士的愛麗絲搶回來。

——愛麗絲。

沒錯，那就是自己唯一重要的東西。八年前的某個夏天，自己只能在旁邊看著青梅竹馬被騎士帶走，但這次一定要把她救回來。自己磨練劍技、學習神聖術的知識全都是為了實現這個目標。

——拜託了，把你的力量借給我。仍未成熟的我，或許根本不配當你這種名劍的主人……但現在我一定得往前進才行！

尤吉歐在心裡這麼呼喚著，然後將原本已經高舉過頭的藍薔薇之劍繼續往後方拉去。些微透明的劍身這時出現鮮豔的藍色光芒。這是艾恩葛朗特流祕奧義「垂直斬」。

「喔……喔喔！」

他乘著猛烈的氣勢將劍往下砍。劍刃發出祕奧義特有的強烈風聲後閃過空間，和整合騎士包裹著劫火的左拳產生劇烈衝突。

參雜藍色與紅色的衝擊波呈圓形往外擴散，將鋪在樓梯上的紅色絨毯與掛在牆壁上的布料整個撕裂。而拳和劍就在互抵的情況下靜止在空中。

護手的裝甲和劍身發出摩擦的聲音。尤吉歐雖然用盡全身的力氣想完成劍技，但騎士的手臂卻宛如巨岩般沒有絲毫動靜。但是敵人似乎也不怎麼輕鬆。只見他頭盔底下已經發出沉重的低吼，然後把全身的力氣加諸在拳頭上。

但膠著狀態只維持不到幾秒鐘的時間。騎士拳頭上握著的火焰弓，其火焰已經慢慢爬到藍薔薇之劍上面了。包裹在劍身上的祕奧義光芒像是承受不住熱度般開始閃爍起來。如果「垂直斬」這時候遭到中斷，劍一瞬間就會被彈開，臉上也將受到這灼熱的一擊。

「咕……嗚、喔……！」

尤吉歐擠出所有的筋力與精神力，想要把手上的長劍往下揮。但是火焰卻愈燒愈旺，讓劍身也開始發熱了。

之前都一直沒有意識到這一點，不過根據在大圖書館所看見的「劍的記憶」，藍薔薇之劍應該帶著冰屬性。所以才會不耐相反屬性的高溫火焰，要是繼續這種狀況的話，劍的天命將會受到相當嚴重的損耗。

但這同時也代表有可能藉由劍的屬性來抵消敵人的火焰。

——你從世界出現時就一直在盡頭山脈的頂端接受暴風雪的鍛鍊。

——不要輸給這點火焰！

這時劍似乎回應了尤吉歐的呼喚——

忽然之間，不止是握住劍柄的右手，就連只是靠在柄頭的左手都感覺到刺骨的寒冷。這絕對不是尤吉歐的錯覺。證據就是刻在劍鍔上的小薔薇們也都包裹在雪白的冰霜之下。霜氣變成細細的藤蔓後漸漸爬上劍身，把四處流竄的火焰趕走。

而且現象還不只這樣而已。雪白的冰霜蔓藤延伸到互抵的騎士拳頭上，讓覆蓋在紅銅裝甲上的火焰消退並且開始結冰……

「唔嗚……」

可能是感覺到這難以置信的寒氣了吧，只見騎士發出了低沉的呻吟。尤吉歐沒有錯過敵人的身形稍有動搖的瞬間，馬上把累積的力量解放開來。

「鏘！」一聲似乎要戳破耳膜的聲響過後，往下揮落的長劍直接將騎士的左拳反彈了回去。

但是可惜的是劍刃沒有碰到敵人的身體。尤吉歐在不得已的情況下只能把劍筆直往下揮，而騎士則是立刻朝他揮出了右拳。雖然沒有火焰，但要是被這像是巨大岩塊的拳頭擊中，一定馬上就會被轟到樓梯下面去吧。

但是……

「咿……咿咿啊啊啊！」

尤吉歐的劍卻隨著烈風般的吼叫聲從銳利的角度跳了上來。

由於藍薔薇之劍比同等大小的鋼鐵還要重，所以再強壯的男性，都不可能光靠臂力就瞬時把它反彈回來。這世上只有劍術的祕奧義能夠顛覆這種定律。而這種祕奧義就是艾恩葛朗特流二連擊技「圓弧斬」。

劍刃劃出神聖文字Ｖ一般的軌跡，直接斜斜切開了整合騎士的護胸。從紅銅裝甲被切開的縫隙內，飛濺出鮮紅的血滴。劍刃雖然擊中了騎士的肉體——但傷口並不是太深。

騎士的上半身雖然往後仰，但還是用雙腳使勁試著要往後跳。這時要是被他拉開距離，就會讓他又有再次施放火焰攻擊的空間。然而所有祕奧義在結束後都會有一段硬直時間。

桐人曾經說過，要使用祕奧義的話，就必須經常考慮如何消除這巨大的空隙。當然只要斬擊砍中對方就不會有這樣的問題，但要是被擋開、躲掉，或者像這次一樣雖然擊中了但無法停止對方的動作時，就會有受到致命反擊的危險性。

祕奧義絕對會帶來硬直，光靠心理準備根本沒有辦法改變這種情況。當然還是有和同伴切換，或者解放事先生成的風素來用風壓製造空檔等消除空隙的辦法。但是桐人已經被擊落到樓梯下方，而且也沒有詠唱術式的時間。那麼，就只剩下一種方法了。

尤吉歐擠出所有的臂力與精神力，控制著藍薔薇之劍處於圓弧斬第二擊軌道上的動作。他把原本應該往左上高高揮起的劍身，轉變成扛在左肩上一樣的姿勢。雖然因為強行施加力量而讓包圍在劍身上的藍色光芒急遽消失了，不過反正攻擊也早已結束。

當他用肩膀停住藍薔薇之劍的同時，騎士已經用力往地面踢去。大樓梯的平臺相當寬敞，他應該是認為只要退到深處的牆邊，就能夠趁尤吉歐陷入硬直狀態時再次發射火焰長槍吧。如果讓他成功，尤吉歐就沒辦法擋住這記攻擊了。

於是他只能選擇打破強制性硬直的最後一個辦法。

那就是將祕奧義和另一招祕奧義連結起來。藉由讓結束的劍技和下一招劍技的發動姿勢重疊來消除硬直時間。這是連師父桐人都只有五成成功率的祕技中的祕技，「祕奧義連攜」——

「嗚……………！」

尤吉歐一面快速呼出氣息，一面把意念全部集中在發動劍技上。下一個瞬間，劍便再次出現鮮豔的光芒。而他的身體也像是被彈出去般往前方飛出。由左上往下砍的劍刃發出破風聲後逼近整合騎士。這是單發祕奧義「斜斬」。

騎士終於瞪大了頭盔深處的雙眼。

準備砍殺萊歐斯等人時右眼感受到的痛楚，以及旋轉的紅色神聖文字都不再出現了。尤吉歐沒有任何的迷惑與猶豫。砍殺應該砍的敵人這樣的念頭驅動著尤吉歐的全身。

猛然往下揮落的藍薔薇之劍直接砍中騎士的右肩。在護肩遭到砍斷的金屬聲之後，尤吉歐的右手便感覺到鈍重的衝擊力。這無疑是緊握的劍撕裂人類肌肉並砍斷對方骨頭的手感。

整合騎士的肩膀到胸口受到沉重的劍傷，然後整個人被打倒在地板上。

「咕哇！」

頭盔下發出模糊的聲音，接著從鎧甲的脖子根部噴出大量比紅銅色裝甲還要鮮紅的血液。

雖然已經是第二次砍傷人，但尤吉歐還是一瞬間感覺到難以呼吸。殘留在右手上的手感一直造成肚子底部被人捏緊的感覺，不過他還是拚命將其壓下。

藍薔薇之劍像是感覺到尤吉歐的心情般再次放射出強烈的寒氣，把沾在劍身上的鮮血變成冰霜並讓其掉落後才恢復成平時的狀態。一看之下，騎士被撕裂的右肩也全部結凍，滴下來的血也變成了小小的冰柱。

「咕……」

整合騎士一邊發出低沉的呻吟一邊抬起握著長弓的左手，想要把它靠近傷口。看見他的動作後，尤吉歐立刻重新把力量灌注在握劍的右手上。如果騎士開始詠唱神聖術，那就只能再度攻擊這名倒在地上的敵人了。因為只要周圍的空間還有神聖力存在，高階的術者就能夠恢復天命，這時就只有讓他的嘴巴受重傷、把他的手砍下來或是結束其生命才能阻止對方復原了。

但是騎士的左拳已經完全結凍，在注意到沒辦法放開失去火焰的長弓後似乎也就放棄治療了。這是因為素因系術式需要藉由指尖的精密操作。他發出帶著苦笑的氣息，然後重重把手放回地板上。

尤吉歐瞬間不知道接下來該怎麼辦。藍薔薇之劍產生的寒氣雖然擊退了敵人的火焰，但似乎也讓他的傷口結凍而產生了止血的效果。騎士雖然無法繼續戰鬥，但也不會因此喪生。如果丟下他不管的話，左手最後還是會解凍，到時候他可能就會使用神聖術讓天命完全恢復並且再次展開追擊。

這時反而是整合騎士先對咬緊牙關呆立在現場的尤吉歐搭話。

「……小鬼……」

雖然沙啞但是不失威嚴的聲音讓尤吉歐擺出防禦的姿勢，不過接下來的內容倒是有些出乎人意料之外。

「你一開始用的是什麼祕奧義……？」

「………」

尤吉歐猶豫了一下，然後才動著乾燥的嘴唇回答：

「……艾恩葛朗特流劍術，二連擊技『圓弧斬』。」

「二……連擊技。」

重複了一遍後，騎士便沉默了一下，但馬上又繼續問：

「那邊的……你用的劍技呢……？」

騎士的頭盔微微動了一下，於是尤吉歐也往後面看了一眼。結果黑衣已經到處是燒焦痕跡的桐人正按住左臂，然後拖著右腳慢慢爬上樓梯。

「桐人……傷勢還好吧？」

急忙這麼問完後，伙伴便微微笑了一下。

「不礙事，嚴重的燒傷大概都治療好了。騎士大叔……我使用的是艾恩葛朗特流的防禦技『迴旋盾』。」

「…………」

聽見回答後的騎士又把頭盔移回去面向天花板，然後再次陷入沉默。

幾秒鐘後傳出來的聲音不是在對桐人他們說話，似乎是騎士壓低聲音的自言自語。

「……原本以為已經看過人界每一個角落……甚至連越過盡頭山脈的世界都已經見識過了……想不到竟然還有我不知道的劍，不清楚的劍技……你們兩個傢伙的劍技帶有真摯修煉後累積而成的重量——說你們用汙穢的術式幻惑艾爾多利耶……是我的不對……」

整合騎士再次轉動頭部，從面罩深處將視線看向尤吉歐。

「……告訴我……你們的名字。」

和桐人對看了一眼後，尤吉歐才簡短地報上姓名：

「……劍士尤吉歐。我沒有姓。」

「我是劍士桐人。」

像是要將兩人的名字刻在心中一樣點了點頭後，整合騎士又做出更加讓人意外的發言：

「……聖堂第五十層，『靈光大迴廊』裡有複數的整合騎士在等著你們兩個。他們接受的命令不是要生擒，而是要抹消你們的天命……你們要是像剛才那樣從正面展開突擊的話，一瞬間就會被幹掉了吧。」

「大……大叔，你告訴我們這些事情沒關係嗎？」

慌了手腳的桐人這麼插話道，但是騎士像是再次笑了起來般低聲回答：

「既然無法完成亞多米尼史特蕾達大人的命令……證明我身為騎士的鎧甲與神器應該會被沒收，而我也得承受無限期的凍結刑……在我受到那樣的屈辱前——希望你們能親手了斷我的天命……」

「…………」

騎士又對說不出任何話來的尤吉歐與桐人表示：

「不用猶豫了……你們……是光明正大地用劍技打倒……」

聽見他接下來說出的名字後——尤吉歐立刻受到足以讓他屏息的衝擊。

「我這個整合騎士……迪索爾巴德．辛賽西斯．賽門。」

這已經不是似曾相識可以形容了。

這是八年來一直刻劃在尤吉歐靈魂深處，他一瞬間也沒有忘記過的名字。它總是讓尤吉歐感到深沉的悔恨、絕望，以及憤怒。

「迪索爾……巴德？你就是……那個時候的……？」

尤吉歐聽見從自己喉嚨擠出彷彿是別人般的沙啞聲音。

因為鎧甲的顏色與當時不同，而且戴著頭盔的整合騎士，聲音聽起來都帶有金屬質感，所以才一直沒有注意到，但目前倒在眼前的騎士正是過去從尤吉歐面前——

尤吉歐在某種衝動的驅使下搖搖晃晃地往前走了幾步。

「尤吉歐……？」

他幾乎沒有聽見桐人不解的聲音。只見他彎下上半身，近距離看著面罩下方的臉孔。

面罩可能施加了什麼術式吧，即使接近到只有數十限的距離，騎士的面容還是隱藏在黑暗當中。但是，卻能清晰地看見即使喪失了大量天命，卻依然還是相當有力的一雙眼睛。它們正露出既年輕，又有些年紀的銳利目光。

尤吉歐動著乾渴的嘴，以刺耳的聲音對他呢喃著：

「你要我了結你的天命……？因為是一場堂堂正正的比試……？」

他右手產生劇烈痙攣的同時，依然握在手中的藍薔薇之劍也再次放射出強烈的寒氣。整合騎士在劍尖下方的鎧甲立刻又蒙上一層冰霜。

尤吉歐像是要扯破喉嚨般，一口氣呼出急遽從胸口深處湧上來的火熱聚集體。

「把只有十一歲的女孩子用鐵鍊綁起來……然後吊在飛龍身上帶走的傢伙……根本沒有資格說這種話啊啊啊啊啊——！」

尤吉歐高高舉起反手握住的藍薔薇之劍。

由於騎士說出絕對無法饒恕的發言，所以尤吉歐準備用劍貫穿他的嘴，把他剩餘的天命一口氣歸零。

但是一道沉重的痛覺卻干擾了他右手的動作。但發疼的不是右眼，而是胸口深處。簡直就像有人為了阻止尤吉歐而引起這股痛楚一樣。

尤吉歐高舉起長劍，但是全身卻不斷發抖——

這時身邊的桐人伸出左手來，默默地制止了他的右手。

「桐人…………為什麼要阻止我……」

尤吉歐一面承受著內心那道像要摧毀所有理性的巨大漩渦，一面對這個世界裡最值得信任的伙伴這麼問道。

桐人也用承受著某種痛楚的眼神凝視著尤吉歐，然後緩緩地搖了搖頭。

「這個大叔已經沒有戰鬥的意思了，我們不能對這種人揮劍……」

「但是……但是，這傢伙……這傢伙把愛麗絲帶走了啊……就是這個傢伙……」

即使像個鬧彆扭的孩子般反駁著，尤吉歐的一部分意識當中還是能夠了解桐人的言外之意。

整合騎士說起來也不過是照著公理教會——最高司祭的命令而行動。奪走愛麗絲的應該是教會這個組織，也就是這個世界扭曲的法律與秩序。

但是另一方面，丟開這種正確觀念，把躺在地上的騎士大卸八塊的衝動也沒有消失。從那個夏天開始就一直累積在尤吉歐胸口的憤怒、無力感以及罪惡感，就算在得知這個世界的真相後也不可能消失無蹤。

滾落在腳邊的竹籃，沾滿沙子的麵包與起司，融解於日照的冰塊。

綁起愛麗絲藍色洋裝的鐵鍊發出的鈍重光芒，還有自己宛若生了根般無法動彈的雙腳。

……桐人——桐人。

如果是你的話，那個時候即使攻擊整合騎士也會試著解救愛麗絲吧。就算知道會一起被抓起來接受審問也還是會展開行動。

但我卻辦不到。愛麗絲明明是我唯一的朋友，也是我最重視的女孩子，但我卻只能眼睜睜看著現在倒在地上的騎士把她綁起來並且帶走。

帶著這種斷片思考的感情風暴就在尤吉歐腦袋裡肆虐著。被桐人握住的右臂開始顫抖，劍也被舉得更高了。

但桐人一邊加重左手力道一邊說出來的發言，卻足以讓尤吉歐驚訝地停下動作。

「……這個大叔一定不記得從盧利特村把你的愛麗絲帶走那件事了……而且不是忘記，而是記憶被刪除了。」

「咦……？」

感到愕然的尤吉歐低下頭來，看著躺在地上的騎士頭部。

剛才連藍薔薇之劍要往下揮落時都沒有任何掙扎的整合騎士，在兩人注視之下終於有了行動。他硬是張開終於解凍的左手，一邊灑落冰霜碎片一邊放下長弓，然後用指尖解開面罩側面的掛鉤。

有著勇猛外形的面罩像破成兩半般打了開來，然後從騎士頭部發出喀啷的聲音並且掉落到地上。結果出現在兩人眼前的，是一名大概四十歲左右，擁有剛毅面容的男性。

留著一頭短髮的他，臉上有兩條類似鐵鏽般的紅灰色粗眉。高挺的鼻梁與緊閉的嘴角像是用刀子粗略削出般筆直，銳利的雙眼讓人直接聯想到鋼鐵箭頭。

但是深灰色的瞳孔卻反映出內心的動搖而有些游移不定。他單薄的嘴唇動了起來，而說出來的卻是與之前完全不同的沉重低音。

「你說我綁住年幼的少女，用飛龍把她帶走了？正如那個黑髮小鬼所說的……我完全不記得有這件事。」

「不……不記得了……？不過是八年前發生的事啊……」

茫然這麼說完後，尤吉歐在無意識中已經放鬆了右臂的力量。桐人移開放在尤吉歐手臂上的左手，像是在考慮什麼般一邊摸著下巴一邊再次說道：

「所以我才說整件事前後的記憶都被刪除啦。大叔……不對，騎士迪索爾巴德，你之前是守護諾蘭卡魯斯北方邊境的整合騎士對吧？」

「……沒錯。諾蘭卡魯斯北方第七邊境區……正是我的管理區域。是的……到八年前一直都是如此……」

騎士像是在篩選自己的記憶般緊皺起眉頭。

「我之後……因為立下大功……而被授予這套鎧甲，並且擔任守衛中央聖堂的工作……」

「你還記得是立了什麼大功嗎？」

騎士沒有馬上回答桐人的問題。他只是緊閉嘴唇，然後視線不停在空中游移著。最後還是桐人的聲音打破了短暫的沉默。

「我來幫你回答吧。你的功績就是從央都沒人知道的北方邊境小村裡，找出整合騎士愛麗絲·辛賽西斯·薩提。最高司祭亞多米尼史特蕾達雖然把將愛麗絲帶到塔裡這件事當成你的功勞，但一方面也得刪除你與這件事相關的記憶才行……至於理由嘛，你自己剛才也說過囉。」

曾幾何時，桐人說話的對象似乎不再是尤吉歐與整合騎士，只見他像是在對自己做說明般快速地繼續說下去：

「你說整合騎士沒有過去，因為是被從天界召喚到這裡來的。這一定是最高司祭在你以騎士的身分醒過來後這麼對你說的吧。為了讓你接受為什麼會沒有成為整合騎士之前的記憶。但是要讓這種設定不出現矛盾，就不能只消除整合騎士還是人類時的記憶，就連關於其他騎士的記憶也不能夠留下來。因為自己帶回來的大罪人，隔天忽然就變成騎士同伴出現在眼前的話，一定會引起很大的混亂……說起來呢，這部分好像就是最高司祭大人的弱點……」

桐人似乎以猛烈的速度思考著某種事情，只見他開始低著頭左右踱起步來了。

尤吉歐的氣勢完全被露出這種模樣的伙伴削弱，只能一面深深呼出一口氣，一面再次看了一眼橫躺在腳邊的男人。結果整合騎士迪索爾巴德也以空虛的表情陷入沉思當中。

雖然憤怒與憎恨並沒有消失，但他對愛麗絲的所有記憶真的都被刪除了的話，那自己可能也得接受——

所有整合騎士不過是被公理教會最高司祭亞多米尼史特蕾達操縱的棋子。而且從自己身邊奪走愛麗絲，接著又消除她的記憶讓她成為整合騎士的可憎敵人，就只有亞多米尼史特蕾達一個人而已。

迪索爾巴德可能是注意到尤吉歐低頭看著自己的視線了吧，只見他的眼神已經不再游移不定。雖然看不透他胸中的感情漩渦，但是從他嘴唇裡流露出的聲音已經帶著產生強烈動搖的情緒，這讓人想像不到他跟幾分鐘前阻擋住自己的強敵是同一個人。

「我們整合騎士在被任命為騎士之前，跟你們一樣是人界的人民…………不可能……有這種事情……」

「…………」

這時桐人再次代替說不出話來的尤吉歐回答：

「從你傷口流出來的血也跟我們一樣是紅色的吧。騎士艾爾多利耶會變得那麼奇怪也不是我們施了什麼詭異的術式。只不過是我們差點喚醒他被奪走的記憶而已……你應該也跟艾爾多利耶一樣才對。雖然不知道你是在四帝國統一大會裡獲勝還是違背了禁忌目錄，但同樣是被亞多米尼史特蕾達奪走重要的記憶，埋進對教會的忠誠心，然後成為整合騎士。你剛才說會受到凍結刑，其實亞多米尼史特蕾達大人就是在那段時間操縱你的記憶，到時一定連我們進行過這段對話的記憶也會被消去。這一點我可以跟你打賭。」

表現方式雖然有點冷漠，但桐人的聲音裡似乎還帶著某種鬱悶的感情。

騎士可能也感覺到這一點了吧，只見他閉起眼睛沉默了一會兒，然後才緩緩地又搖了一次頭。

「我沒辦法相信。最高司祭猊下……會對我使用那種術式……」

「不過這就是事實。你的心裡面應該還殘留無論什麼樣的術式都無法刪除的，成為騎士之前的重大記憶……」

桐人剛說到這裡，迪索爾巴德忽然就舉起左手，一邊凝視著強壯的手指一邊用嘆息般的聲音呢喃著：

「自從來到人界之後……我就作了好幾次同樣的夢……夢到一隻搖醒我的小手……以及被戴到那隻小手上的銀戒指……但醒過來後……就發現沒有任何人……」

迪索爾巴德緊皺起眉毛，然後用左手用力按住額頭。桐人一直凝視著他的樣子，最後才又小聲地說道：

「我想你大概沒辦法想起來了。關於那隻手和銀戒指主人的記憶，全被亞多米尼史特蕾達搶走了……」

他說完便瞬間閉起嘴巴，然後喀鏘一聲將右手上垂下的黑劍收回左腰的劍鞘裡。

「……接下來該怎麼做就交給你自己決定吧。是要回亞多米尼史特蕾達那裡接受處罰，還是治好傷勢後繼續追擊我們……又或者是……」

桐人說到這裡便不再繼續，只是向平臺右側往上延伸的樓梯走了幾步。他在那裡停了下來，轉頭看著尤吉歐的眼睛。

——這樣就可以了吧？

黑色的眼珠這樣說著。尤吉歐再次把視線移到躺在地上閉起雙眼的整合騎士身上。他右手的藍薔薇之劍緩緩抬了起來——將劍尖放在左腰的劍鞘上，然後靜靜把劍收了進去。

「走吧……」

站到桐人身邊簡短地說完後，他便開始爬起往上的樓梯。

雖然不知道整合騎士迪索爾巴德．辛賽西斯．賽門將會做出什麼樣的選擇，但尤吉歐認為他至少不會繼續追捕自己和桐人了。

2

好一段時間裡，就只能聽見兩人鞋底不斷踩在大理石階梯上的聲音。

除此之外，四周全都被足以讓耳朵發疼的寂靜所包圍。就尤吉歐所知，應該有許多修道士以及見習生在公理教會的巨塔裡生活才對。但無論怎麼豎起耳朵、睜大眼睛，就是沒辦法感覺到任何有人在此生活的氣氛。

再加上每當來到上一層時就會出現的光景——長方形大廳以及往左右延伸的走廊，還有等距離並排在走廊上的門——完全沒有變化，讓他不禁有種不知不覺間被施加了幻惑系的術式，只是不停在同一條樓梯不斷上上下下的感覺。

為了確定不是處於這樣的狀態，尤吉歐真的很想進入某條走廊然後推開最靠近的門看看，但走在前面的桐人一直維持著一定的步調默默往上爬，所以尤吉歐也只能告訴自己現在不是分心的時候。如果迪索爾巴德所言不假，那麼再爬一陣子這條樓梯後，就會有更強大的敵人在聖堂第五十層等著他們了。

尤吉歐悄悄用指尖摸了一下在左腰上晃動的愛劍劍柄，當他試著要甩開雜念時，快走到樓梯平臺的桐人忽然停下腳步。

接著用認真的表情回過頭來，以緊張的聲音說：

「尤吉歐……現在幾樓了……？」

「我……我說啊……」

腳下稍微跌了個踉蹌之後，尤吉歐才同時做出嘆氣搖頭與垂肩三個動作。

「接下來是二十九樓了。雖然覺得不太可能，不過你不會完全沒有數吧。」

「一般來說樓梯應該有表示樓層的標示吧。」

「是沒錯啦，但也不該現在才注意到吧！」

桐人完全把尤吉歐的指責當成耳邊風，直接把背靠到平臺的牆壁上並且說：

「不過現在才二十九樓啊……還以為已經爬很高了呢……我肚子餓了耶……」

「嗯……這我也有同感啦。」

自從吃過卡迪娜爾在大圖書館裡準備的豪華早餐之後，很快地已經過了將近五個小時了。透過細長窗戶能看見的天空，就能發現索魯斯已經快到天空中央的位置了，而且才剛經過激烈的戰鬥以及爬了二十五樓，如果以爬了一千層樓梯來計算的話，身體會要求補給也是理所當然的事。

桐人的話讓尤吉歐點了點頭，然後隨即朝他伸出右手。

「所以把放在你褲子口袋裡的東西分一個給我吧。」

「咦……沒有啦，這是遇上緊急狀態時用的……想不到你這傢伙的眼睛還挺利的嘛。」

「你塞得這麼滿，怎麼可能沒注意到呢。」

桐人這才露出放棄掙扎的表情，把手伸進右邊口袋後拿出兩個蒸肉包，然後把其中一個拋給尤吉歐。尤吉歐接下來後，發現即使離開圖書館已經很長一段時間，但它芳香的味道依然能夠刺激自己的胃部。

「經過大叔的火焰攻擊後有點烤焦了。」

「哦……原來是這樣啊。謝謝，那我不客氣了。」

由於肉包是卡迪娜爾利用高階的神聖術所生成，也就是說原本是貴重古書的某幾頁，但尤吉歐還是狠心忽略這個事實，大口咬下眼前的肉包。然後專心品嘗烤得酥脆的外皮與鮮嫩多汁的肉餡。

簡單的午餐經過數十秒就結束了，尤吉歐這才舔了一下手指並且短短呼出一口氣。雖然桐人左邊的口袋還是詭異地隆起，但尤吉歐還是決定饒了桐人，這時他又對同時吃完肉包的伙伴搭話道：

「謝謝招待。對了——接下來怎麼辦？再爬個三十分鐘左右應該就能到五十樓了……你打算從正面攻進去嗎？」

「嗯～……」

桐人一邊搔亂自己的頭髮一邊發出低吟。

「這個嘛……剛才已經相當了解整合騎士的實力有多恐怖了，但看見你和大叔的戰鬥後，就能知道那些傢伙不習慣連續技，或許應該說從來沒看過吧。我想只要進入一對一的近身戰我們就有勝算，但同時有多名做好萬全準備的敵人就很棘手了。」

「那……放棄正面進攻，改為找尋其他道路呢？」

「確實也有這樣的方法啦。不過卡迪娜爾已經斷言這條大樓梯是唯一的通道了，何況就算真的找到其他捷徑，也可能會有之後遭到夾擊的危險……還是要想辦法在五十樓打倒待在那裡的騎士。所以我們也將面臨必須使用王牌的情況，幸好大叔已經事先警告過我們，所以在進入五十樓前還有準備那一長串術式的時間。」

「對喔……『武裝完全支配術』……」

尤吉歐剛低聲說完，桐人便用複雜的表情點了點頭。

「雖然直接上場實在有些不安，但是在這邊先試一遍的話又會平白浪費劍的天命……所以還是在衝進五十樓的同時就先使用完全支配術，盡可能讓多一點騎士無法動彈……」

「啊～桐人，關於這件事……」

尤吉歐帶著有點不好意思的心情打斷了桐人的話。

「那個……我的完全支配術不像剛才的整合騎士那樣是擁有絕大威力的直接攻擊。」

「咦……是……是這樣嗎？」

「因為寫出術式的人是卡迪娜爾小姐……當然把它描繪成何種術式的人是我啦……」

面對像是在說藉口的尤吉歐，桐人只能歪起頭並且說道：

「嗯，那你先背誦一下術式。記得去掉第一句喔。」

「嗯……嗯。」

於是尤吉歐便依照指示快速詠唱了一遍省略了「System call」的術式。閉起眼睛聽的桐人等尤吉歐唸到最後一句「Enhance armament」時，卻出乎意料之外地露出滿臉笑容。

「原來如此。的確算不上攻擊性的術式，但還是能依照不同的使用方法來讓它派上用場。而且和我的完全支配術似乎還滿合拍的。」

「哦……桐人的是什麼樣的技能？」

「到時候你看了就知道。」

尤吉歐輕輕瞪了一下只會耍嘴皮子的桐人。但伙伴卻一臉輕鬆地撩起瀏海，然後再次把背靠在牆壁上。

「嗯……雖然是稱不上作戰的作戰，不過就這麼辦吧。首先在衝入五十樓前就先詠唱武裝完全支配術，讓它保持在等待發動的狀態。衝進去後就確認敵人的位置，然後由你先發動術

式，再來才輪到我。如果能順利把敵人固定在同一個地方的話，說不定能一次就讓所有人無力化喲。」

「只是可能嗎……」

雖然說出帶著懷疑的回應，但老實說尤吉歐也沒有什麼辦法。他也承認伙伴計算過所有情況後訂定作戰計畫的能力優於自己，而且對於高速詠唱沒什麼自信的尤吉歐來說，能夠在戰鬥前先詠唱術式也的確讓他放心不少。

「……那就這麼決定了。首先由我……」

尤吉歐一邊說，一邊把視線往左側通往聖堂二十九樓的樓梯移去。

然後就再也說不出話來並瞪大了眼睛。

因為有兩顆小小的頭從扶手的陰影處探出來，然後四隻眼睛就這樣一直凝視著這邊。

視線和尤吉歐對上的瞬間，兩顆頭立刻縮了進去。但在尤吉歐默默觀望的期間，兩顆頭又再次出現，接著更不停眨著還殘留稚氣的雙眼。

注意到情況不對勁的桐人隨即順著尤吉歐的視線看去，然後也同樣張大了嘴巴，接著畏畏縮縮地問道：

「妳們是誰？」

結果兩張臉互相看了對方一眼，同時點了點頭後，才畏畏縮縮地現身在兩人眼前。

「小……小孩子……？」

尤吉歐下意識中這麼呢喃著。

站在樓梯上的，是身穿相同墨色服裝的兩名少女。

年齡大概是十歲左右吧。之所以會一瞬間感到有點懷念，是因為那身簡素的黑服跟愛麗絲在盧利特村教會裡學習的妹妹賽魯卡十分相似的緣故。

但是少女們和賽魯卡不同，綠色腰帶上還插了一把全長三十限左右的小劍。尤吉歐雖然霎時提高了警戒，但馬上就發現到那把劍從劍身到劍柄都是由紅色的木頭所製成。雖然顏色有所不同，但以劍士為目標的小孩子一開始幾乎都會拿到這麼一把木劍。

右側的少女把淡褐色的頭髮綁成兩條辮子。有些下垂的眉毛與眼角給人膽小的印象。相對的左側的少女則是把稻草色頭髮剪得相當短，上揚的雙眼也透露出好勝的氣息。

在尤吉歐與桐人默默凝視當中，果然是由左側那名看來十分好強的少女先往前踏出一步。她用力吸了口氣，忽然就開始自我介紹起來：

「那個，人家……不對，我是公理教會修道女見習生費賽爾。然後這位是同為修道女見習生的……」

「里……里涅爾。」

可能是因為緊張吧，兩人稚嫩的聲音說到最後都有些顫抖。尤吉歐原本想露出笑容來讓她們安心，但馬上又想到就算是見習生，只要是教會的修道女應該就會認為自己是敵人。

但是自稱費賽爾的少女接下來所說的話卻是超乎尤吉歐想像的直接。

「那個……你們兩位就是來自於黑暗領域的入侵者嗎？」

「啥……？」

尤吉歐忍不住和桐人面面相覷。伙伴似乎也不知道該怎麼處理目前的情況。他皺起眉頭，嘴巴開闔了好幾次後才快速移動到尤吉歐背後。

「我不會應付小孩子，就交給你了。」

聽見後面傳來這樣的聲音後，尤吉歐立刻低聲說了句：「太狡猾了吧！」但總不能再反過來躲到桐人身後。於是他便看著樓梯上方的兩個女孩子，然後吞吞吐吐地回答：

「那……那個………我們是人界的人喔……不過應該算是入侵者沒錯啦……」

這次換成聽見他這麼說的小孩子們面面相覷，然後小聲地交談了起來。她們雖然壓低了聲音，但因為周圍實在太過安靜，所以還是大概能聽見她們在說些什麼。

「搞什麼嘛，外表跟一般人沒有什麼兩樣啊，涅爾。也沒長角或是尾巴。」

名為費賽爾的好強少女不滿地這麼說著，而叫作里涅爾的少女則是心虛地反駁：

「我……我也只是說書上是這麼寫的啊，是賽爾妳自己認定一定是這樣的吧。」

「嗯～但是他們說不定把尾巴和角藏起來了，靠近一點不知道能不能發現喔？」

「咦咦～可是怎麼看都是普通的人類啊。不過……說不定會有尖牙……」

兩人可愛的對話讓尤吉歐想起過去暫居在渥魯帝農場時，農場主人那對名為緹露露與緹琳的雙胞胎，結果這次嘴角就真的露出了笑容。

如果自己和桐人也是那個年紀的孩子，在知道附近出現暗之國的入侵者後，也很有可能會像這樣跑去偷看。當然最後一定會因此而受到父親與村長的一頓痛罵。

一想到這裡，尤吉歐忍不住擔心了起來。兩名少女和反抗教會的人接觸，之後不會受到什麼處罰嗎？雖然心裡想著自己沒有立場替她們擔心，但尤吉歐還是忍不住對她們說：

「那個……妳們兩個和我們說話不會挨罵嗎？」

一聽見尤吉歐這麼說，費賽爾與里涅爾便閉上嘴巴，然後開心地笑了起來。費賽爾用有些得意的表情回答尤吉歐。不知不覺間，她的語調也不再那麼客氣了。

「今天早上就接到全修道士、修道女以及見習生都要待在房裡並且把房門上鎖，然後也不准外出的命令了。這也就是說，就算跑來看入侵者也不會被人發現吧。」

「這……這樣啊……」

總覺得這種思考方式跟桐人很像。尤吉歐已經可以看見她們最後還是事跡敗露而被痛罵一頓的景象了。

兩名少女似乎又開始商量什麼事情，最後才又換成里涅爾開口問道：

「那個……兩位真的不是黑暗領域的魔物嗎？」

「嗯……嗯。」

「那麼很抱歉，可以讓我們靠近一點觀察……你們的額頭和牙齒嗎？」

「咦咦？」

出乎意料之外的要求讓尤吉歐感到有些狼狽，他雖然往後面瞄了一眼，卻發現桐人不但沒有出手相救的意思，還露出裝傻的表情並且把臉轉到旁邊去了。在沒辦法的情況下，尤吉歐只能對少女點了點頭。

「……嗯，我想應該沒關係才對……」

遇見這種情況時，自己的個性本來就不會拒絕對方的要求了，何況他也想讓對方了解，自己和桐人雖然反抗教會，但是跟一般人沒有什麼兩樣，而且還有可能從她們兩人這裡打聽到聖堂的內部情報。

費賽爾跟里涅爾臉上頓時露出高興的表情，然後踩著交織好奇心與警戒心的腳步快速從樓梯上走了下來。她們來到平臺後就停下腳步，各自用藍色與灰色眼珠仔細地看著尤吉歐。

這時尤吉歐也彎下腰來，用左手撩起額頭的頭髮，並且露出牙齒來給她們看。小孩子們目不轉睛地盯著尤吉歐的臉看了十秒鐘左右，最後才像是相信尤吉歐所說的話般點了點頭。

「是人類。」

「果然是人類。」

由於兩個人臉上出現相當露骨的失望神情，尤吉歐頓時露出了苦笑。看見尤吉歐的表情後，里涅爾立刻歪著頭問：

「你們兩個人既然不是黑暗領域的怪物，為什麼還要入侵中央聖堂呢？」

「這……這個嘛……」

雖然不知道該怎麼反應才好，但最後還是覺得事到如今也沒什麼好隱瞞，於是尤吉歐便老實回答：

「……我的一個女性朋友很久以前被整合騎士帶走了，所以我來這裡想把她找回來。」

這兩名深信公理教會絕對沒有錯的修道士見習生應該沒辦法接受這種說法才對。原本以為她們臉上會浮現厭惡的表情，不過少女們竟然只是點了點頭。有著一頭麥色頭髮，名為費賽爾的女孩子以有些不滿的表情說：

「原來是這樣，理由很普通嘛。」

「普……普通？」

「以前也有家人或是戀人被教會帶走的人向教會提出抗議，雖然例子很少，但還是有記錄喲。不過還是第一次有人像你們這樣入侵到聖堂內部。」

旁邊的里涅爾接著又表示：

「聽說你們曾被關在監獄裡，但是切斷靈鐵鎖鍊逃了出來，而且還打倒了兩名整合騎士，我們還以為一定是暗之怪物……搞不好還是真正的暗黑騎士攻過來了，所以才會在這裡等待。結果竟然只是普通的人類……」

兩個小孩互相看著對方，短短點了一下頭並說出：「可以了吧？」「可以了。」

里涅爾再次看了一下尤吉歐，然後晃著辮子微微歪著頭說：

「那最後可以告訴我你們的名字嗎？」

雖然還有許多想問的事情，但尤吉歐還是回答：

「我叫尤吉歐，後面那個是桐人。」

「這樣啊……沒有姓氏嗎？」

「啊……嗯。我是拓荒人民的兒子。難道說……妳們也是嗎？」

「不，我們有姓氏喲。」

說到這裡，里涅爾便停下來露出滿臉微笑。她的笑容是那麼地開朗無邪——就像是吃了一整嘴美味的糖果一樣。

「我的名字是里涅爾．辛賽西斯．推尼耶特。」

尤吉歐無法馬上反應她的名字代表什麼意思。

這時他忽然感覺腹部傳來一陣涼意，於是便將視線往下移去。

不知道是什麼時候拔出來的，只見里涅爾握在右手上的小劍已經有五限左右陷入尤吉歐的身體裡了。

插在腰帶上時看起來像木劍，結果以為是劍身的部分只不過是木製的劍鞘。從那裡拔出來的劍身根本不是木頭製。那是呈現暗綠色的稀有金屬。表面在窗戶射進來的陽光照耀下發出了溼濡般的光芒。

「尤……！」

這簡短的聲音應該是來自於桐人吧。把僵硬的脖子轉到後方去後，馬上就能看見伙伴呈現往前踏出一步的模樣僵在那裡。不久前還在里涅爾身邊的費賽爾，現在已經站在桐人斜後方，以同樣的劍插進桐人的黑色上衣裡。出現在少女嘴角的，是跟剛才同樣好強且得意的笑容。

「——而我是費賽爾・辛賽西斯・推尼奈。」

兩把小劍同時從尤吉歐與桐人的身體裡抽出來。費賽爾和里涅爾用肉眼看不見的速度揮了一下劍，把劍上的血漂亮地甩開後，才各自把劍收回劍鞘裡。

從腹部的傷口鑽進身體裡的寒氣馬上擴展到全身。身體的部位就在似乎能讓人凍僵的寒氣侵襲下依序失去知覺。

「妳們……是……整合……」

好不容易發出這樣的聲音後，舌頭就完全麻痺而無法動彈了。

尤吉歐的膝蓋忽然完全失去力量，然後整個人直挺挺地倒在地上。他的胸口和左臉頰雖然劇烈地撞上了大理石，但是卻沒有任何疼痛或是撞上物體的感覺。

緊接著桐人也咚一聲倒在地上。

是毒嗎——

尤吉歐這才了解是怎麼回事，於是急忙試著要想出對策。

他曾在修劍學院的課堂上學過存在於自然界的毒物以及解毒法。但那全都是受到植物、蛇類或蟲類的毒素侵襲時的對應方法，完全沒有提及在戰鬥中遭受毒素攻擊時應該如何處置。

不過這也是理所當然的事。在學院裡……不對，在人界的戰鬥都只是在比試雄壯的氣勢與劍招的美感，在武器上抹毒是絕對禁止的事項。根據桐人所說，參加薩卡利亞的劍術大會時，放出毒蟲想要妨礙尤吉歐他們出場的貴族子弟，在和桐人比賽時也沒有在劍上抹毒。

所以尤吉歐就只有被什麼毒蟲刺中要貼上何種藥草這種程度的知識而已。現在不但不知道少女們是使用何種毒素，周圍別說是藥草了，根本不存在任何的自然物質。最後的手段就是試著用神聖術進行解毒，但手和嘴都無法動彈的狀態根本不可能行使術式。

也就是說，如果身上的毒素不只會麻痺身體，還會讓天命持續減少的話，兩人的天命就會在還沒爬到中央聖堂一半的樓層之前就用完了。

「不用這麼害怕啦，尤吉歐先生。」

忽然從頭上傳來整合騎士里涅爾．辛賽西斯．推尼耶特的聲音。可能是毒素的影響吧，她楚楚可憐的聲音聽起來有點扭曲，簡直就像是潛在水裡頭一樣。

「不過是麻痺毒而已，不過也只是現在死或是在五十樓死的差別而已。」

喀咚、喀咚的腳步聲過後，左臉頰靠在地板上而無法動彈的尤吉歐馬上就看見一雙小小的茶色鞋子闖進自己的視界當中。里涅爾抬起右腳之後，毫不猶豫地把鞋尖頂在尤吉歐頭上，然後像在尋找什麼般到處轉動著。

「嗯……果然沒有角耶。」

里涅爾的腳在尤吉歐背上移動，而且踩了他的脊椎骨兩側好幾下。

「也沒有長翅膀啊。賽爾，妳那邊怎麼樣？」

「這邊的也只是一般人！」

躺在視線之外的桐人應該也受到同樣的調查吧，可以聽見費賽爾以不滿的聲音這麼回答。

「唉……原本以為終於能看見黑暗領域的怪物了。」

「沒關係啦。把這兩個人拖到五十樓，然後在那些呆呆等待的人面前把他們的頭砍下來的話，我們應該就能得到神器跟飛龍了。然後就可以飛到黑暗領域去看真正的怪物啦。」

「說得也是。好吧，涅爾。讓我們來比賽看誰先砍下暗黑騎士的頭顱！」

就算在這種情形下，費賽爾與里涅爾的聲音依然相當天真無邪，但這也是最讓尤吉歐感到恐怖的地方。像她們這樣的小孩子為什麼會是整合騎士——不對，應該說為什麼會有這樣的小孩子在聖堂裡面呢？

雖然里涅爾就在眼前，但尤吉歐根本沒看見她拔劍的動作。而從能夠輕鬆打倒更遠處的桐人這一點來看，就能知道費賽爾的敏捷度應該更恐怖才對。

但是戰鬥的技巧是必須經過長年的修練與賭上生死的實戰才能有所提升。據桐人表示，尤吉歐之所以能隨心所欲地操縱藍薔薇之劍，大部分是因為擁有長年對著基家斯西達揮動斧頭的經驗，再加上曾經在北方洞窟裡和哥布林集團戰鬥並且擊退他們的緣故。

但是費賽爾與里涅爾兩個人怎麼看都只有十歲左右，而且從剛才的對話中也可以知道，她們應該沒有實際和魔物戰鬥過的經驗。那麼她們到底是怎麼學會這種肉眼難見的揮劍速度呢？

心中雖然帶著這種疑問，但尤吉歐還是發不出任何聲音。

麻痺毒似乎已經傳遍全身，尤吉歐在不知不覺間就感覺不到地板的冰冷以及自己身體的存在了。尤吉歐是在視線整個反轉過來時，才發現里涅爾用小手抓起自己的右腳踝後就往前走了起來。

拚命把唯一能動的眼球往左邊移去後，才看見桐人也像是行李般被費賽爾拖著走。桐人應該也跟尤吉歐一樣全身麻痺了吧，因為他無法看出伙伴臉上有什麼表情。

兩名年幼的整合騎士就這樣一邊拖著掛有藍薔薇之劍與黑劍的兩個人，一邊輕鬆地爬起樓梯。每當越過階梯時頭部就會劇烈搖動，但還是沒有任何疼痛感。

明明應該立刻想辦法脫離這種困境，但是尤吉歐感覺好像連神經都遭到麻痺毒侵蝕一樣，有一種乾燥的虛無感包圍著自己。

雖然已經決定要對抗公理教會，但完全沒想到他們會對如此年幼的小孩進行那麼恐怖的操縱，直接就把她們改造成整合騎士。而生活在人界的人類，幾百年來竟然還都相信這個組織象徵著絕對的良善與秩序。

「你一定覺得很不可思議吧？」

突然聽見里涅爾帶著笑意的聲音傳了過來。

「為什麼這樣的小孩能成為整合騎士。反正你們馬上就要被殺掉了，我就告訴你吧。」

「涅爾，既然要殺掉他們，告訴他們也沒用吧。妳怎麼還是這麼好事啊。」

「反正爬到五十樓之前也很無聊。尤吉歐先生──我們是在這座聖堂出生並且長大的。為了實驗『蘇生』這種完全恢復天命的神聖術。亞多米尼史特蕾達大人便命令塔內的修道士與修道女生下我們。」

嘴裡明明說的是相當恐怖的事情，但里涅爾的聲音聽起來還是很開朗。

「外面的小孩子好像要到十歲才能獲得天職，但我們五歲就有了。我們的工作是互相殘殺。我們拿到比這把毒劍還要小，看起來就像玩具一樣的劍，然後兩個人一組用那把劍來殺害對方。」

「妳殺人的手法真的很糟糕喲，涅爾。每次都痛死我了。」

費賽爾突然的插嘴讓里涅爾用不高興的聲音回答：

「誰叫賽爾要亂動。我想打倒兩名整合騎士的尤吉歐先生與桐人先生一定相當了解——人類的生命力其實頗為強韌。就算是只有五歲的小孩也是這樣。就算急著殺掉對方而亂刺一通，也好不容易才能讓天命歸零，雖然亞多米尼史特蕾達大人還是會用蘇生術讓對方復活……」

「但一開始時蘇生術也很不容易成功喲。就這樣死掉的孩子還算好的了，甚至還有爆炸成碎片、變成奇怪肉塊，甚至是活過來後變成另外一個人的孩子呢。」

「雖說是天職，我們也不願意多承受痛楚或者無法復活。所以兩個人就做了許多研究，最後發現盡量用一擊結束對方生命的話，除了不會有那麼多痛楚之外，蘇生的成功率也比較高。但如何用一擊殺掉對方才是最困難的問題。必須要極快速且順利地刺中心臟或是砍下對方頭顱才行。」

「我們應該是七歲的時候才能順利成功的吧？其他小孩子在睡覺的時候，我們兩個都在拚命地揮劍嘛。」

雖然身體還是完全沒感覺，但還是有股足以讓全身起雞皮疙瘩的寒氣襲上尤吉歐的心頭。

費賽爾與里涅爾表示之所以能學會這種恐怖的體術——

是因為多年來互相殺害對方的緣故。她們每天都只思考著如何巧妙地結束好友的生命，並且不停地揮著劍。

在累積了這麼多的經驗後，確實連這種年紀的小孩都有可能學會足以被敘任為整合騎士的技巧。但兩人絕對也因此而失去了某種相當重要的東西。

里涅爾完全沒有停下腳步來休息，只是一邊爬著樓梯，一邊繼續用高興的聲音說道：

「亞多米尼史特蕾達大人是在我們八歲時才放棄蘇生術的實驗。完全的蘇生似乎是不可能成功的事情。你知道嗎？天命歸零的時候會有許多白色的光箭落下，怎麼說呢，就像頭腦裡面的記憶不斷被刪除一樣。然後重要的記憶被刪除的孩子，就算天命恢復了也不會跟原來一樣。我也有好幾次活過來之後就失去幾天前記憶的經驗。就這樣——一開始我們有三十名伙伴，但等實驗結束時就只剩下我和賽爾而已了。」

「結果高層的元老要活下來的我們選擇下一個天職，我們就回答想成為整合騎士。然後他就氣著說整合騎士是亞多米尼史特蕾達大人從神界召喚而來的秩序守護者，不是妳們這樣的小孩說當就能當的。於是我們就和最新加入的整合騎士進行比賽。那些傢伙叫什麼名字……」

「呃……叫什麼辛賽西斯．推尼耶特和辛賽西斯．推尼奈的吧。」

「我說涅爾，我就是在問什麼的部分啊。算了，反正當我們一擊就砍下那兩個驕傲的大哥哥的頭時，元老的臉實在是太好笑了～」

少女說到這裡便停了下來，然後很高興般笑了好一陣子。

「……亞多米尼史特蕾達大人知道比賽結果後，就特別讓我們兩個代替死掉的兩個人成為整合騎士。但是又說我們兩個的知識還不夠，所以不能像其他騎士一樣進行防衛任務，現在我們已經以修道女見習生的身分學了兩年的法律與神聖術……老實說，真的受夠了。」

「當我們討論了許多怎麼樣才能早點得到飛龍與神器時，聖堂剛好就發布了有黑暗領域的爪牙入侵的警報。我和涅爾就靈機一動，想到只要比其他騎士還要早抓到入侵者並且加以處刑的話，亞多米尼史特蕾達大人應該就會讓我們成為正式的騎士，所以才會在樓梯那裡等喲。」

「抱歉喔，還用了毒劍。但我們實在很想把尤吉歐先生你們生擒到五十樓去……啊，請放心。我們很會殺人，所以到時候一點都不會痛喲。」

兩名少女似乎已經等不及要在五十樓建築起防線的整合騎士們面前砍下尤吉歐與桐人的頭顱了。她們輕盈的腳步愈來愈快，即使拖著獵物，還是以驚人的速度往上爬去。

明明得快點想出脫身的方法，但尤吉歐只能呆呆聽著兩個人的說話內容。就算嘴巴沒有麻痺，他也覺得自己絕對無法說服這兩個小孩子。她們兩個人心裡應該沒有所謂的善惡觀念存在。就只懂著遵從「製造」她們的最高司祭亞多米尼史特蕾達的命令而已——

經過數十次轉折之後，尤吉歐睜大的眼睛裡所看見的天花板，已經從上層樓梯的傾斜底部變成水平面了。之所以沒有往上的樓梯，應該是他們已經來到聖堂中途，也就是第五十層的大迴廊的緣故吧。

費賽爾與里涅爾停下腳步，進行了「要進去囉。」「嗯嗯。」的簡短對話。

再過幾分鐘——不對，再過幾十秒鐘，自己的頭顱就要被那把綠色短劍砍斷了吧。但是身體的感覺卻完全沒有恢復的預兆，就算再怎麼拚命，手指還是完全沒有動靜。

再度開始移動後，尤吉歐的眼睛馬上看見了強烈的白色光芒。

天花板變得比之前更高了。看起來應該至少有二十梅爾。在遙遠上方呈現圓弧狀的大理石屋頂上，以豐富的色彩畫著創世三女神以及她們的隨從。支撐屋頂的圓柱上有無數的雕像，而設置在左右牆壁上的大窗戶則有大量的索魯斯光線注入。這種莊嚴的景象的確很適合「靈光大迴廊」這個名稱。

兩名少女又拖著尤吉歐與桐人往前走了五梅爾左右，然後便停下腳步。右腳被拋出去的尤吉歐身體轉了半圈，而這也讓他終於可以看見大迴廊的全貌。

應該是使用了聖堂整層空間的緣故吧，這裡寬敞到有點嚇人。由顏色深淺不同的石頭組合起來的地板，角落的部分已經因為白光而看不清楚。從入口到最深處的牆壁為止都鋪著深紅絨毯，盡頭還有一扇看起來像是巨人在使用的大門。通往上層的樓梯應該是在那扇門後面。

除此之外——還有幾名穿著鎧甲的騎士屹立在大門前面的迴廊中心部位，而且還散發出任何人都不許通過的氣勢。尤吉歐看見在等間隔下排了四個人，而他們前方還站了另一名騎士。

後面四個人身上的白銀閃亮鎧甲以及十字開孔頭盔都跟穿戴在艾爾多利耶身上的一樣。另外也有跟艾爾多利耶相同的大型直劍插在地板上，騎士的手則是重疊並且放在柄頭。

前面的騎士身上的鎧甲與後面四個人的造型完全不同。鎧甲整體閃爍優美的淡紫色光輝，裝甲也比較輕薄，腰部則是吊著強調刺突技能的細劍。雖然可以說是輕裝，但散發出來的鬥氣絕非後面四個人所能比擬。即使看不見猛禽翅膀狀的頭盔深處，也能感覺底下一定是一名不輸給迪索爾巴德的剛強戰士。

對想要朝最上層前進的人來說，這五名整合騎士應該是難以跨越的巨大障壁。但是目前對尤吉歐的生命構成最大威脅的，卻是站在眼前的這兩個小孩子。

里涅爾和費賽爾挺直穿著簡樸修道服的身體與五名騎士對峙著。

「──站在那裡的應該是副騎士長，法那提歐．辛賽西斯．滋閣下吧。」

里涅爾率先用開朗的聲音這麼說道。

「竟然派出『天穿劍』法那提歐閣下，看來元老真的是慌了手腳。還是說，慌張的人其實是法那提歐閣下本身呢？這樣下去的話，副騎士長的寶座會被『金木樨』閣下奪走對吧？」

緊張的沉默持續了幾秒鐘後，紫色的騎士才用帶著金屬質且略顯尖銳的聲音打破了寂靜。

雖然是整合騎士特有的毫無人類氣息的聲音，但尤吉歐卻能從中感覺到相當明確的焦躁情緒。

「……只是見習生的小孩子，為什麼跑到騎士光榮的戰場上來？」

「啊哈，笑死人了！」

費賽爾馬上毫不客氣地叫了回去：

「就是因為在戰鬥中還重視什麼名譽和身分，能夠以一擋百的整合騎士才會連續輸了兩次。不過你們可以放心了，為了不讓騎士大人繼續丟臉，我們已經把入侵者抓過來了！」

「接下來我們就要砍下入侵者的首級，你們要看個仔細然後向最高司祭大人報告喲。我想重視名譽的整合騎士大人應該不會搶走我們的功勞才對啦。」

即使面對五名擁有超人實力的整合騎士，里涅爾與費賽爾還是毫不示弱，兩人的膽量讓身陷於喪命危機當中的尤吉歐也感到瞠目結舌。

不對——好像有點不太對勁。

孩子們小小背部散發出來的感情，應該是憎惡吧……？

躺在地板上的尤吉歐把力氣灌注在唯一能動的眼睛上，拚命凝視著里涅爾她們。但就算是這樣好了，她們兩個人究竟有什麼好憎恨的呢？連在違抗公理教會與最高司祭亞多米尼史特蕾達的大罪人尤吉歐與桐人面前，她們也只有表現出單純的好奇心而已啊。

因為里涅爾與費賽爾以憎恨與輕蔑的眼神瞪著整合騎士們，而五名騎士則是不耐煩地回看著兩名小孩子，另外抱著疑問的尤吉歐也一直往上看著兩個孩子——

所以當黑衣人影無聲出現在孩子身後之前，在場的所有人都沒有察覺到他的動作。

應該和尤吉歐一樣中了毒的桐人，就像狩獵中的豹一樣靠近兩名少女身後，然後右手握住費賽爾，左手握住里涅爾掛在腰間的毒劍劍柄。隨即用連續動作拔出短劍並且在小孩們外露的左臂上劃出一道淺淺的傷痕。

當小孩們茫然轉過頭來時，雙手握住短劍的桐人已經用力往後一跳並且順利著地了。

里涅爾與費賽爾稚嫩的臉龐上立刻出現驚愕的表情。

「為什麼……」

「能動……」

麻痺毒立刻發揮出效果，當兩個小孩子說到這裡時，就已經隨著輕微的聲音倒在地板上了。

這時換成桐人挺起身體。用左手同時握住兩把毒劍，朝里涅爾走過去後用右手在她修道服的懷裡摸索。他隨即拿出一個足有指尖大小，裡面裝有橙色液體的小瓶子。

桐人彈開蓋子後便將小瓶靠近鼻子，像是確定了什麼事情般點了點頭後才走到尤吉歐身邊。尤吉歐只能相信靠到唇邊並且流進嘴裡的液體是解毒劑並把它喝了進去。感覺不出味道應該可以算是好事吧。

臉上露出某種嚴厲表情的桐人保持著跪姿，以極細微的聲音呢喃著：

「幾分鐘內麻痺就會退去了。嘴巴能動之後，馬上在不被騎士們注意到的情況下詠唱武裝完全支配術的術式。準備好後就保持那樣的狀態等我的訊號。」

桐人這麼說完後就站了起來，再次移動到兩名少女身邊。他用高亢的聲音對著站在遠處的五名整合騎士大叫：

「劍士桐人以及劍士尤吉歐，對於方才只能橫躺著與各位見面一事道歉！但在下依然有個不情之請，希望能給予在下二人雪恥之時間！之後定當與諸位放手一戰，不知諸位意下如何！」

地位應該相當高的紫色騎士馬上以光明正大的態度回答：

「吾是整合騎士第二位，法那提歐・辛賽西斯・滋！罪人啊，吾之神器『天穿劍』不帶有一抹憐憫，汝若有任何想闡明之事，就在此劍尚未出鞘前將其結束吧！」

桐人聽到這裡，隨即低頭看著兩名倒在身邊的少女，然後用騎士們也能聽見的音量說道：

「——看見我能動之後，妳們一定覺得很不可思議吧？」

聽見剛才自己說過的話被桐人搶走之後，里涅爾眼裡立刻浮現悔恨的感情。

「妳們兩個剛才就說溜嘴了。妳們說所有修道士與修道女都被命令不能離開房間。而聖堂裡頭不可能出現違抗命令的人。這樣的話，能夠不遵守命令的妳們就一定不是真正的修道女見習生了。」

可能是解藥讓身體的感覺開始恢復過來了吧，雖然四肢已經到處有刺痛的感覺，但尤吉歐卻幾乎沒有意識到痛楚。他終於了解伙伴臉上的表情是什麼意思了。

桐人——正感到異常憤怒。

但是他生氣的對象似乎也不是那兩個小孩子。因為他往下看著里涅爾與費賽爾的眼睛裡帶著相當沉痛的感情。

「而且妳們腰上的劍鞘是用南方的『紅玉橡』所製成。那是接觸到『魯貝利魯毒鋼』製成的劍也不會腐爛的唯一素材。一般的修道女見習生不可能有這種東西。所以在妳們靠近之前，我就已經先詠唱毒素分解術了。不過需要一點時間才能完成分解。劍法快並不代表有實力……也就是說，妳們兩個太愚蠢了，就算死在這裡也不足為奇。」

對兩名少女冷冷說完後，桐人便高舉起左手上的兩把毒劍。

接著兩把劍就帶著綠色閃光從他毫不猶豫揮落的手上飛出去。喀喀兩聲鈍重的聲音過後，劍已經插在里涅爾與費賽爾眼前的地板上了。

「不過我不會殺掉妳們。但是我要妳們仔細看看，妳們瞧不起的整合騎士究竟有多強。」

桐人說到這裡便轉過身子，往前走了幾步。

黑劍「鏘」的一聲離開劍鞘，桐人緩緩將它轉了一圈後才在面前擺出戰鬥姿勢。

「——久等了，騎士法那提歐！劍士桐人要上了！」

這實在太亂來了……

尤吉歐雖然想對伙伴的背部這麼說道，但嘴唇只有輕輕動了一下而已。雖然感覺已經漸漸恢復，但還沒辦法發出聲音來。

桐人之前就從學院的圖書館裡借過武器名鑑之類的書籍，「紅玉橡」和「魯貝利魯毒鋼」的知識應該就是從那裡來的吧。桐人雖然發揮了敏銳的洞察力從里涅爾她們設下的陷阱裡脫身，卻也因為這兩名小孩子的緣故而必須在毫無對策的情況下衝入險境。因為他必須正面挑戰五名整合騎士，而且其中一名還是身居副騎士長之位的強敵。事先說好的詠唱完全支配術之後再衝進大迴廊的作戰現在當然已經無效了。

平常的話，桐人一定二話不說就會拖著尤吉歐逃跑，然後拚命試著創造出有利的情況。之所以沒這麼做，就是因為他也不是維持平常心的桐人了。尤吉歐感覺只要仔細一看，就能從他穿著黑衣的背部發現藍白色的火焰，目前就是這樣濃烈的憤怒在驅使著他。

就算是修劍學院裡頭的教官，和現在的桐人對峙也會被他的氣勢壓倒吧。但對方不愧是整合騎士的第二把交椅，只見名為法那提歐的紫色騎士以堂堂正正的態度握住了左腰的細劍。一陣輕脆的聲音過後，尤吉歐眼裡便看見了像是劍身直接發光般的炫目光芒。

背後的四名整合騎士也用整齊的動作，跟著法那提歐反轉直立在地面上的大劍並擺出戰鬥姿勢。膨脹的劍氣像是要把往前猛衝的桐人壓回去般讓迴廊的空氣產生了震動。

即使在這種緊迫的狀態下，還是顯得相當平靜的法那提歐從頭盔底下發出了幽幽的聲音：

「罪人桐人啊，你似乎想和我進行一對一的決鬥……可惜的是，我們接到只要你們來到這座迴廊就要不擇手段結束你們生命的嚴格命令——因此你必須先跟經過我嚴格訓練的『四旋劍』戰鬥才行！」

高聲說完後，法那提歐便喊出「System call」這句起句，然後開始高速詠唱複雜的神聖術。那應該……不對，一定是武裝完全支配術。這時就只能使用同樣的術式與其對抗，或者在詠唱結束前先發動攻擊了。

而桐人選擇的是後者。他用足以讓鞋底鉚釘發出火花的速度往法那提歐衝去，並且將大劍高舉過頭部。

但就在這個時候，法那提歐身後的四個人當中，站在左端的騎士也開始展開突擊了。他雙手所持的大劍隨著沉重的呼聲朝著桐人橫掃過去。

桐人改變劍勢的方向，從正上方往下砍來擋住騎士的攻擊。一陣快要衝破耳膜的撞擊聲過後，雙方便因為各自彈開而拉開了一段距離。

相對於拚命把巨劍拉回來的騎士，桐人的下一招來得相當快。他一著地就已經進入追擊態勢，接下來就只要衝進敵人懷裡給他致命的一擊——

「…………！」

——尤吉歐才剛有了這樣的確信，就又屏住了呼吸。第二名騎士不知道什麼時候已經衝了過來，從桐人左側砍出用盡全身力道的水平斬擊。

桐人停下腳步，換成以左上方的砍擊來彈回敵人的劍。和剛才同樣的金屬撞擊聲與大量的火花過後，兩人之間已經拉開了四梅爾左右的距離。

第二名騎士的身體也已經完全失去平衡。不過這也是理所當然的事，以那樣的巨劍砍出渾身一擊，被反彈回來之後，就算膂力再強也很難站穩腳步。值得稱讚的反而是桐人用最小動作彈開敵人的劍，然後柔軟地吸收反作用力來迅速展開下一波攻擊的技巧。

但是……

才剛浮現「不會吧」的想法時，尤吉歐就看見第三名騎士朝向落地的桐人攻去。尤吉歐這時硬把快被第三次劍與劍撞擊吸引過去的目光拉了回來。

「——！」

接著立刻咬緊牙根。桐人和第三名騎士揮劍互擊的瞬間，第四名騎士已經開始往前衝了。

他們為什麼能這麼準確地預測出桐人的動作呢。最後施展出來的斬擊終於讓桐人來不及反應。雖然拚命擋了下來，但是力量卻輸給對方，可以看見黑衣的身體在空中晃動了起來。

——原來如此。

雖然有點太遲了，但尤吉歐終於注意到四名騎士的企圖。

騎士們的攻擊全都是從左到右的水平斬。用劍接下來的話，大概都會彈往固定的方向。接下來的騎士就看準該處繼續使出水平斬。再加上超出突刺或垂直斬的攻擊距離以及長大的劍身，就算被預測出大概的行動，還是能持續把桐人籠罩在有效的斬擊範圍之內。

說起來整合騎士應該不懂二連擊以上的祕奧義，但這就跟「由集團使出的連續技」一樣。他們果然和只追求劍招美感的央都劍士不同，是在黑暗領域裡累積了實戰經驗的真正戰士。

但是騎士們的連攜戰法也絕不是萬能。

——快點發現啊，桐人。只要注意到這一點就有方法可以對應了！

想大叫的尤吉歐喉嚨裡，只能發出沙啞的呻吟。他的舌頭終於慢慢能動了。為了能快點開始詠唱的尤吉歐一邊拚命動著嘴巴來活動僵硬的肌肉，一邊在心裡對伙伴大叫著「快點發現啊，桐人。」——

接下第四名騎士的劍後，桐人終於無法順利著地而把一隻手撐在地上。

重整態勢後再次衝過來的第一名騎士，手裡的長劍已經隨著風聲再次攻了過來。

桐人馬上把上半身往後倒去，準備直接鑽過劍的下方。他接觸到劍身的一撮黑色瀏海立刻四處飛散。

沒錯——只要知道攻過來的是水平斬，就不需要用劍擋住，只要從上面或是底下閃避過去就可以了。

但迴避動作必須和反擊結合在一起才行。只是往後倒的話，就必須經過一次呼吸……不對，必須花上一次呼吸以上的時間才能進入下一個行動。

而從桐人左側攻過來的第二名騎士完全沒有放過這個空隙的打算。他把原本擺出橫斬姿勢的劍迅速移到上段，然後用盡全身力氣垂直砍下。

「危……！」

尤吉歐無視喉嚨銳利的疼痛感，直接想叫出「危險啊」。但是卻根本來不及。正當他感覺桐人已經避不開攻擊而忍不住把眼睛移開的瞬間——

桐人右側剛揮完劍的第一名騎士，身體忽然晃動了一下。

桐人不是單純往後躺下去而已。他不知道什麼時候已經用雙腳夾住騎士的腳，然後把他往自己的方向拉過來。

第二名騎士這時已經沒辦法停下揮出的斬擊，大劍的劍刃直接深深砍進伙伴的背部。當大吃一驚的騎士準備把劍拉回來時，從下方伸出來的黑色閃光已經往他身上襲去。

站起身的刺擊正確貫穿騎士的上臂後，桐人隨即又用力把第二名騎士朝著急忙趕過來的第三名騎士推去。第三名騎士當然不可能用劍橫掃自己的同伴，於是便停下攻擊。

法那提歐稱為「四旋劍」的集團連續攻擊終於停下來了。

桐人立刻趁著這個空檔往前猛衝。他看都不看第四名騎士一眼，打算直接攻擊正在詠唱完全支配術的法那提歐。

千萬要趕上啊——！

尤吉歐拚命祈禱著。

「Enhance……！」

法那提歐這麼大叫著。

「嗚喔喔喔喔！」

大聲怒吼的桐人從遙遠處便高舉起長劍並且往下揮落。一般來說這種距離應該不可能擊中對方，但劍身卻隨即發出黃綠色光芒。這是艾恩葛朗特流祕奧義「音速衝擊」。雖然和「垂直斬」同屬單發的縱斬，但具備了能一瞬間縮短一倍距離以上的衝刺力。

拖著光帶的桐人像猛獸般往前跳去，而法那提歐則是把細劍的劍尖對準了他。但是不論擺出什麼樣的動作，都沒辦法用那樣纖細的武器擋下祕奧義的攻擊才對。從基家斯西達創造出來的長劍具備了超過神器藍薔薇之劍的重量。再加上桐人可以稱為神速的斬擊，就算三把細劍加起來也會被砍斷。

當黑衣劍士來到跳躍的頂點，開始把劍往前揮去的瞬間——

騎士手上的細劍忽然發出了亮光。

不對，正確來說應該是整把劍身都發出藍白光芒，然後以異常的速度往前延伸。

纖細的光線無聲地貫穿了桐人的左腹，直接伸展到空中，被大迴廊的屋頂吸進去後引起了小小的爆炸。這全是在極短暫的時間裡發生的事情。

腹部被貫穿的衝擊打亂了桐人祕奧義的軌道，結果只是掠過法那提歐頭盔上的翅膀裝飾，接著威力便在空中散開了。

由於傷口幾乎沒有血液流出，所以看起來天命似乎沒有減少，但桐人一著地後馬上就一隻腳跪到了地上。仔細一看之下，才發現他上衣被轟開的小洞周圍有一縷輕煙飄起。

那是火焰系的攻擊嗎？但是從法那提歐的劍施放出來的，分明是帶著藍色的炫目白光。尤吉歐從來沒有見過那種顏色的火焰。

這時法那提歐又以優美到令人憎恨的動作轉向桐人，然後把細劍劍尖對準蹲在地上的他。沙的一聲細微聲響過後，光線再度迸發而出。如果桐人沒有在快被擊中前往左邊跳開，他的右腳應該已經被光線貫穿了吧。千鈞一髮之際避開的光線直接轟中大理石地板，也再次引起了一陣小小的爆炸。光線變淡之後，地板只剩下燒成鮮紅且熔化的孔洞。

「怎麼……可能……！」

尤吉歐過了一陣子後才發現自己的嘴裡發出了顫抖又沙啞的聲音。

聖堂使用的建材有著純白的色彩與平滑光亮的表面，是跟把央都聖托利亞分成十字型的「不朽之壁」相同的最高級大理石。不論多麼高溫的火焰應該都沒辦法把它熔化。最好的證明就是，即使迪索爾巴德的「熾焰弓」產生出來的火焰，也只能燒燬鋪在地面上的絨毯而已。

也就是說，如果法那提歐的完全支配術是火焰系的攻擊，那麼它的攻擊力就遠超過迪索爾巴德的技能。而承受這種攻擊的桐人，天命很有可能已經快歸零了。

心頭完全籠罩在恐怖寒氣之下的尤吉歐，看見眼前的桐人絕對不停留在同一個地方，不斷地朝不規則的方向跳去。而法那提歐的劍也持續發出光線來追著他的身影，持續在地板上燒灼出洞穴來。

那個技巧最恐怖的是，不需要任何蓄力、突刺的預備動作就能發射光線。至少從尤吉歐的位置就看不出隨意比過去的細劍什麼時候要發出光線。雖然「霜鱗鞭」和它一樣擁有相當寬廣的攻擊範圍，但相比之下已經算是溫和多了。

法那提歐以輕鬆且像跳舞般的順暢動作持續追著桐人。之所以能躲過第四、五、六擊，應該是因為桐人擁有經過嚴格鍛鍊的身體能力以及充滿野性的第六感吧。

但是第七次施放出來的光線終於結束了這致命的追趕遊戲。

一邊焚燒空氣一邊往前延伸的光線直接在空中貫穿了桐人右腳腳背，讓他失去平衡一肩跌落地面。雖然他立刻準備起身，但法那提歐的劍尖已經穩穩對準了黑髮稍微往下的地方。

「桐…………」

當尤吉歐想繼續叫出「人」時，才發現喉嚨與嘴巴的麻痺終於逐漸消失。這樣的話，應該就可以發出讓術式成立的清晰聲音了。

這時尤吉歐吞下悲鳴，開始在腹部用力，以騎士們聽不見但能傳達給創世神得知的音量詠唱著術式。

「System call……」

桐人應該能自己處理這樣的危機才對。這樣的話，尤吉歐唯一應該做的就只有按照他所說的詠唱完全支配術，並且讓它保持在隨時都可以發動的狀態。

將必殺的劍筆直對準桐人之後，法那提歐像是要吊人胃口般沉默了一陣子，然後才用低沉的聲音表示：

「……對於我喜歡在這種情況下說些廢話的壞習慣，騎士長已經抱怨了一百年了……但我總覺得屈服在我『天穿劍』威光下的人只能露出這種茫然的表情實在太可憐了。你一定也在想如此輕易地把自己逼入絕境的技巧究竟是怎麼回事吧。」

曾幾何時，法那提歐手下的四名騎士也已經完成治療，只見他們單手拿著大劍，遠遠站在桐人身後。雖然這樣就更難脫身，但同時也可能讓法那提歐多說些話。尤吉歐為了不唸錯字而讓詠唱泡湯，只能集中所有精神拚命組合著術式。

「你們雖然是罪人，但既然生活在央都，就應該知道鏡子這種東西吧。」

法那提歐忽然提出毫不相關的問題，讓承受著痛楚的桐人臉上露出了納悶的表情。

鏡子。

尤吉歐當然曾經看過那種東西。盧利特村的自宅裡雖然沒有，但學院上級修劍士宿舍的個人房間裡倒是有一面小小的鏡子。雖然這不可思議的物品能映照出比水面與金屬板還要清晰的影像，但一直不太喜歡自己柔弱外表的尤吉歐一向不怎麼注意它。

法那提歐依然擺著只要桐人一動就能用光線擊中他的姿勢，然後用聽不出感情的聲音繼續說道：

「它是把熔化的銀覆蓋在玻璃板上的高價物品，所以生活在央都之外的居民很少有機會能看見……那個道具幾乎能夠完全反彈索魯斯的光線。你知道嗎……被反射的光線照射中的地方會比其他場所還要溫暖兩倍——在距今約一百三十年前，我們的最高司祭猊下從聖托利亞收集了許多銀幣與銀飾品，然後命令玻璃工匠們製造出一千面大鏡子。那應該是為了無詠唱攻擊術……也就是『兵器』的實驗。在聖堂前庭排成半圓的一千面鏡子，把盛夏索魯斯的光線集中在一點後產生了純白的火焰。這火焰在短短幾分鐘當中就熔化了足足有一個人高的岩塊。」

兵器……白色火焰……？

尤吉歐完全無法理解法那提歐所說的話。但他直覺地了解到最高司祭的企圖應該是和為了確定蘇生術而讓小孩們互相殘殺差不多恐怖。

「——最後最高司祭大人判斷要把它用在戰爭上實在太費功夫了。但她又說放棄所有成果未免過於浪費，所以便施神技把一千面大鏡子融合並加以鍛鍊，最後就造出一把劍來。而那就是這把神器『天穿劍』。罪人啊，你知道嗎？貫穿你腹部與腳的正是陽神索魯斯的神光！」

聽見整合騎士略帶驕傲的聲音後，尤吉歐因為太過於驚訝而差點搞砸了即將完成的術式。

用一千面鏡子反射出來的索魯斯光線——那就是那道白光的真面目嗎？

如果是用熱素的攻擊還能用凍素來加以對抗。但要怎麼做才能抵擋光線的攻擊呢？說起來，尤吉歐所知道的以光素為力量來源的術式幾乎都沒有直接的攻擊力。如果是產生幻惑效果的光線還能夠用暗屬性術將其抵消，但那種強力的光線應該能夠輕易貫穿十幾二十個暗素吧。

即使心中籠罩著難以忍受的焦躁感，尤吉歐的嘴巴還是半自動地詠唱著術式，現在終於來到最後一行了。接下來就只要詠唱「Enhance armament」這句結句，就能夠發動隱藏在藍薔薇之劍裡的力量。但是還得等待桐人的信號才行。

法那提歐似乎已經說完想說的話，於是便微微伸出對準桐人頭部的劍。

「桐人啊，你理解我的劍是用什麼力量消除你的天命了嗎？那麼在死前悔悟自己的罪過，衷心皈依三女神，請求祂們的饒恕吧。這樣淨化的靈光將洗淨你的罪孽，把你的靈魂引導至天界。那麼——再見了，年輕又愚蠢的罪人。」

天穿劍發出刺眼的光芒，宣告死亡的光線準備迸發出來貫穿桐人的心臟。

「Discharge！」

這個瞬間，尤吉歐的耳朵聽見了這樣的叫聲。

桐人在法那提歐的劍發光前，兩手「啪！」的一聲合了起來，然後筆直往前伸去。出現在他手掌上的，是一面銀色的板子。

不對。那不是普通的金屬板。正方形的平板，表面清晰地映照出背對尤吉歐的法那提歐的頭盔。

在桐人的雙掌合在一起前，尤吉歐的眼睛已經看見它們各自握著顏色不同的兩種素因。右手上的光是鋼素。那是能夠發射飛針，或是製作些小道具的金屬系素因。而左手上握著的是晶素。它是能夠製造難以發現的障壁或者杯子的玻璃系素因。把這兩種素因重疊在一起，製作出來的就是——

鏡子。

帶著超高熱的光線槍命中桐人用術式製作出來的鏡子，瞬間就從銀色變成橙色。

由素因生成的道具天命原本就相當少。即使是外表看起來一樣的小刀，由礦石鍛造而成的物品可以保存數十年以上，而從鋼素變成的東西在幾小時後就會用盡天命而消失無蹤。當然那面鏡子也不例外，它應該沒有反彈天穿劍光線的耐久力才對。

結果正如尤吉歐一瞬間所想的一樣，鏡子只在空中存在了十分之一秒左右。熔解玻璃與金屬後形成的液體啪唰一聲往外飛散，光線也在保持八成亮度的情況下繼續朝桐人射去。

但是桐人沒有浪費這硬擠出來的一點空檔。他成功地把身體稍微往左方傾斜，結果光線只燒到黑髮與一部分臉頰就往後方飛去了。

而由鏡子承受下來的兩成光線——

則是在銳利的角度下反射回去，直接攻擊了法那提歐的頭盔。

雖然是出乎意料之外的情況，但法那提歐不愧是整合騎士排名第二的實力者，只見他用比桐人還要快的反應速度把脖子往右靠試著躲開光線。但是頭盔往左右兩邊延伸的翅膀狀裝飾還是被擊中了。左側面的裝飾被光線射穿後，連同上面的釦環也一起消滅——下一個瞬間，前後分開的頭盔便掉落到地面上。

尤吉歐的眼光立刻被飛散到空中的豐富髮量吸引過去。

那是和桐人的頭髮同樣濃厚的黑色。但是光亮度卻遠勝過桐人。應該是經過細心保養的波浪狀長髮在透過大窗的陽光照射下發出明亮的光輝。

搞什麼，那傢伙明明是騎士——

尤吉歐馬上有了這樣的想法，而他視線前方的法那提歐立刻舉起左手遮住自己的臉。

然後大叫著：

「你這傢伙……看見了吧！」

與戴著頭盔時那種金屬質且扭曲的聲音完全不同，現在發出的是優美且有彈性的聲音。

是女人——！

過於驚訝的尤吉歐差點就搞砸了已經處於待機狀態的術式。他急忙緊閉起嘴唇，保持精神的集中。但還是有一半的意識被騎士法那提歐的背影吸引了過去。

說起來她的身高只跟桐人差不多，注意到這一點後，就能發現她從背部到腰部的線條的確十分纖細。但之前卻一直認為她是男性。

之前就已經遭遇過愛麗絲‧辛賽西斯‧薩提以及里涅爾、費賽爾這兩個小女孩騎士，所以早就知道整合騎士當中應該有一定數量的女性。說起來呢，在學院裡學習的練士就有將近半數是像緹潔與羅妮耶那樣的少女。有許多整合騎士都是從這些人裡被製造出來的，所以排名第二的整合騎士是女性也不是什麼奇怪的事。

當尤吉歐考慮起那自己為什麼會這麼驚訝時，才發現法那提歐至今為止的口氣以及舉止都特別地男性化。

這樣的話，法那提歐現在之所以會從全身散發出怒氣——應該不是因為被看見真面目，而是因為被發現是女性的緣故囉？

單腳跪地的桐人也像是忘記臉頰燒傷所造成的痛楚般，臉上露出了驚訝的表情。

法那提歐從左手手指間的縫隙瞪著桐人，然後再次開口說道：

「罪人，就連你這傢伙……也露出那種表情嗎？連反抗教會的大逆不道之徒，在知道我是

女人的瞬間就沒辦法全力和我作戰了嗎？」

即使是硬擠出來般的呻吟，聽起來還是像名樂手演奏弦樂器時一樣優美。

「我不是人類……是從天界被召喚到人界的整合騎士……但像你這樣的男性，在知道我是女人的瞬間，就露出那種輕蔑的表情！不只是我的同輩……連統領暗黑騎士這種邪惡化身的將領也是一樣！」

——這妳就錯了，我和桐人沒有看輕妳。

在腦袋裡這麼回答完後，尤吉歐便忽然想起。

不論是薩卡利亞的衛兵時代，或者是在學院裡學習的時候，自己就和許多女性劍士對戰過了。裡頭也有幾名劍法優於尤吉歐的劍士，當然自己也曾敗在她們手下。但在這所有的對戰當中，尤吉歐都不曾因為對方是女性而放水，只要對方是高手，不論性別為何，自己都會抱持著尊敬之意。

但是——如果不是點到為止，或者是初擊勝負的比賽，而是賭上生命的真正戰鬥呢？自己真的能毫不猶豫地消除對方的天命嗎……？

在從未思考過的問題困擾下，尤吉歐不由得屏住呼吸，就在這個瞬間——

跪在地板上的桐人忽然像一陣風般往前衝出。

他使出了相當普通，絕對不是什麼祕奧義的右上方斬擊。但劍的速度卻快到連尤吉歐的眼睛都看不清楚。心情紛亂的法那提歐能夠擋下這一招，尤吉歐認為真的可以算是奇蹟。鏘！一聲貫穿耳膜的撞擊聲在迴廊上響起，爆出的火花一瞬間照亮了兩個人的臉。

法那提歐雖然利用細劍的劍鍔附近漂亮地擋下攻擊，但還是沒辦法抵消桐人的來勢，只能往後退了幾步。逼迫對方與自己持劍相抵的桐人完全沒有放鬆力道，依然使勁壓著女性騎士纖細的身體。穿戴紫色護足的法那提歐膝蓋開始慢慢地往下彎。

桐人忽然就用低沉的聲音說道：

「原來如此，所以妳才會用那把劍和那種招式嗎？這樣就能夠不被發現自己是女性……我沒說錯吧，法那提歐大小姐。」

「你……你這傢伙！」

發出近似悲鳴的聲音之後，法那提歐隨即慢慢把劍推了回來。

把不自覺地被兩個人吸引過去的視線拉回來後，尤吉歐便發現站在周圍的四名騎士也露出了稍微有些動搖的氣氛。雖然這只是尤吉歐的猜測，但他們裡面可能也有人不知道法那提歐的真面目吧。至於在尤吉歐右側陷入麻痺狀態的兩名少女就不知道是否清楚了。

在騎士們的凝視下，桐人和法那提歐用盡全身的力氣推擠著。以體重與劍的重量來判斷的話，明顯是桐人占優勢。但方才挽回過劣勢的法那提歐，也用那兩條纖細手臂不可能發出的膂力與桐人抗衡著。

桐人這時再次從緊咬的牙關中擠出聲音來說道：

「……話先說在前面，我剛才之所以會嚇一跳。是因為頭盔壞掉的瞬間妳的劍氣就忽然變弱了。其實妳才是最在意自己身為女性的人……所以才會把臉與劍技隱藏起來吧。」

「少……少囉嗦！我一定要殺了你……！」

「我也有此打算。就算妳是女人，我也沒有打算放水，因為我之前已經輸給女性劍士很多次了！」

就尤吉歐所知，桐人的確多次在先擊勝負的比賽裡輸給隨侍的索爾緹莉娜學姊。但是他的話似乎指的不是練習或者比賽，而是實際和女性劍士進行認真的比試並且落敗……

這時候桐人忽然伸出右腳往法那提歐的腳掃去。法那提歐的上半身晃動了一下，兩把劍便爆出火花並且分開。桐人馬上又用單手把黑劍刺出。

但整合騎士立刻快速移動右手，以變成生物般的細劍從側面彈開黑劍。錯開刺擊軌道的同時法那提歐也恢復了平衡，於是便往後退了一步來拉開距離。

但桐人的下一記攻擊也來得相當快。他利用刺擊的速度，像是要衝撞過去般闖進對方懷裡，並藉此來保持近距離。對於擁有不用準備動作就能發射光線的法那提歐而言，只有在遠距離才能發揮自己的優勢。

於是兩人就在幾乎貼身的距離下展開了一段超高速的攻防戰。

最讓尤吉歐感到驚訝的，是法那提歐在桐人令人看不清楚的連續攻擊下能夠不後退半步就做出對應的表現。她自在地操縱細劍擋開不斷從上下左右攻去的黑色劍刃，只要發現一點空隙就立刻以兩三道連續刺擊展開反攻。雖然兩個人都沒有使用祕奧義，不過那是因為根本沒有時間擺出起手式的緣故。

人界的所有傳統流派都只有單發劍技，似乎連成為整合騎士已久的迪索爾巴德都不知道有連續技。這樣的話，法那提歐應該就是憑自己的努力創造出連續劍技才對。而她這麼做的理由，應該也和剛才與桐人的對話有關。

為了不讓敵人靠近自己身邊的天穿劍光線。以及在無法使用完全支配術的情況下，即使第一道攻擊被擋下來，也能藉由第二、三道攻擊來擊退敵人的連續技。

也就是說女騎士法那提歐害怕和敵人近身作戰，導致對方發現自己在鎧甲下方的祕密。

但是，這是為什麼呢……？為什麼她如此想要隱藏自己的性別？

即使心頭被這個新出現的問題所盤據，尤吉歐還是無法把視線從戰鬥中的兩個人身上移開。這時法那提歐手下的四名騎士也跟他一樣，只見他們同時放下手中的大劍，動也不動地注視著眼前的激鬥。

這真的是——

筆墨難以形容的精彩戰鬥。

雙方在如此靠近的距離下幾乎都沒有移動腳步，只是用身體動作與格擋就把宛如紛飛細雨般的斬擊與突刺解決掉了。那種模樣就像兩人周圍不斷有流星出現、爆炸並且消失一樣。就連鋼鐵與鋼鐵互擊的撞擊聲，聽起來都像是某種壯麗的打擊樂演奏。

桐人蒼白激昂的臉上露出淒絕的笑容，就像跟黑劍合為一體般快速使出不同的招式。雖然是為了不讓敵人施展索魯斯的光線才會進行近身戰，但現在的他純粹只是沉浸在能盡情發揮一身劍技的喜悅當中。

但是法那提歐應該沒有陪對方這麼耗下去的理由才對。只要讓其中一名部下從後面攻擊桐人，然後趁機拉開距離再次施放光線，桐人這次就真的沒有防禦的手段了。

但是拖著黑色長髮的整合騎士似乎執著於用細劍的直接攻擊來分出勝負。就連尤吉歐也猜測不出她這麼做的理由。是對桐人挑釁的憤怒？還是騎士的自尊不允許她往後退？又或者是她也在這場連續技的極限對戰裡發現到什麼了呢？

從尤吉歐的位置只能看見法那提歐的背部，所以完全不清楚她的臉上究竟浮現出什麼樣的表情。

從剛才的一些對話裡可以推測出，法那提歐以整合騎士的身分替教會服務至少已經有一百三十年或者更長的一段歲月了。對於才剛滿十九歲的尤吉歐來說，那是一段難以想像的漫長時間。

雖然不知道她是從幾年前開始想隱藏自己的性別，不過至少可以確定那樣的連續劍技不是十年、二十年的修練就能獨自創造出來的。桐人現在之所以能夠持續和法那提歐對戰，是因為他本身也懂得艾恩葛朗特流這種極為稀有的連續技。如果是其他劍士，可能還沒靠近劍的攻擊範圍就已經倒地了。

所以對鍛鍊連續劍技已久的法那提歐來說，桐人應該是第一個能夠讓她盡情使出全力的對手吧。

從艾爾多利耶與迪索爾巴德的戰鬥方式來看，就能知道即使是整合騎士，也相當重視每一擊的美觀以及雄壯程度。因此法那提歐應該不可能在騎士的練習裡使出連續技才對。在漫長的單獨練習當中，她都只能藉由想像來描繪出自己之外的連續技劍士，而現在終於有桐人這個活生生的對手出現在她眼前了。

看著兩者如同超人般的激戰，尤吉歐的全身不知不覺間就起了雞皮疙瘩，而且眼睛也滲出淚水。

自從從桐人身上學會艾恩葛朗特流以來，一直在腦袋裡描繪的終極之戰現在就出現在自己的眼前。那不是持續追求外表美感而形成的劍招，只有不斷專注於擊倒敵人，才能獲得這種擁有淒絕之美的結果。

法那提歐的五連突刺與桐人的五連斬連續碰撞在一起，兩人最後又隨著巨大的吼叫聲揮落手裡的劍。

「嘿啊啊啊！」

「喝啊啊啊啊！」

劍碰撞在一起後產生的衝擊波讓趴在遠處的尤吉歐都感覺到熱氣。桐人和法那提歐的黑色頭髮劇烈飄動，劍身發出尖銳的聲音並且撞在一起後，兩人的位置便交換了過來。

這時終於看見法那提歐真面目的尤吉歐一瞬間屏住了呼吸。

法那提歐清麗的容貌讓人覺得如果童話裡頭的聖女真的存在，大概就是長這個樣子吧。她那彷彿加了大量牛奶般的紅茶色光滑肌膚，無論怎麼看都只有二十五、六歲左右。弓型的眉毛與長睫毛雖然都是黑色，但眼珠卻是接近金色的茶褐色。應該是東域出身的她，鼻梁不算是太高，下巴的線條則顯得圓潤，但也因此而產生更加柔和的美感。另外她還有著淡紅色的櫻唇。

女性騎士的臉上已經看不見剛才那種殺氣騰騰的憤怒。取而代之的，是包含著某種痛苦的覺悟。

「原來如此——」

在雙劍相抵的情況下，法那提歐用悅耳的聲音低聲說道：

「罪人啊，你似乎和之前跟我戰鬥過的對手有點不同。看見我可憎的面相後，就沒有男人還能像你這樣認真地對我出招了。」

「可憎嗎——這樣的話，妳又是為了誰保養頭髮，並且塗上口紅呢？」

面對桐人依然挑釁意味十足的問題，法那提歐只是稍微露出苦笑，然後便平靜地回答：

「期待心儀的男性能夠要求我提供劍技與首級數量之外事物已經有一百多年……鐵面下的我已經因為自己的心意煩惱許久，現在新加入的女騎士又能夠大方展現遠優於我的容貌。不想輸給她的話，當然會化一下妝吧。」

比法那提歐還要漂亮，而且實力也比她強的女騎士。

尤吉歐一邊對塔上還有這樣的敵人感到戰慄，一邊發現自己其實知道符合這個條件的騎士是什麼人。不戴頭盔，而且近年剛成為騎士，又能用神速的一擊打倒尤吉歐的——愛麗絲·辛賽西斯·薩提。

桐人聽見法那提歐的話之後應該也會有什麼感想才對，但他看起來卻完全不像那回事，只是繼續逼問對方：

「——對妳來說，最重要的事情究竟是什麼？如果整合騎士是只遵從最高司祭命令的存在，那麼就不需要一顆會為戀愛、嫉妒而煩惱的心吧。雖然不知道那個男人是誰，但妳既然能夠單戀那個傢伙一百年……那就代表妳也是人類，和我一樣是普通的人類。我之所以要戰鬥，就是為了打倒教會和最高司祭，讓像妳這樣的人能夠談戀愛和過著一般人的生活啊！」

這些話讓尤吉歐也感到驚訝不已。他從不知道平常總是表現出一副漫不經心模樣的桐人，心裡竟然有這樣的想法。但尤吉歐同時也注意到，伙伴的話裡還帶著某種矛盾又痛苦的感情。

法那提歐的臉也瞬間扭曲了一下。

看見她光滑的眉間一瞬間出現深邃的峽谷後，尤吉歐原本以為她也會和艾爾多利耶一樣出現「敬神模組（Piety module）」掉落的情形，但排名第二的騎士的變化也就僅止於此。

「……小孩啊，你不明白若是教會失去威嚴，這個世界會掉進什麼樣的地獄當中……逐漸增強的黑暗領域軍隊就潛伏在盡頭山脈後面。嗯……我承認你的確很強。而且似乎也不是元老長所說的那種黑暗的爪牙、邪惡的入侵者。但你依然是相當危險的存在。不只是你的劍，連你說的話都足以讓教會與騎士產生動搖……在我們整合騎士守護人界以及其人民的最大任務之前，我的戀愛……根本不值一哂。」

當法那提歐像是揮別猶豫，以嚴厲的表情這麼宣告時，交叉在兩人之間的天穿劍與黑劍依然不停發出快要到界限般的摩擦聲。只要有哪一方稍微放鬆力道，一定馬上就會被彈飛出去。

不對，在互抵的這段期間，兩把劍的天命應該也在持續減少。繼續這樣下去的話，應該是天穿劍會先耗盡天命吧。如果神器的等級相同，通常較粗與較重的一邊會具備較多的天命。

法那提歐當然不可能沒有注意到這一點。當然她也知道只要自己的劍在力道上輸給對方，桐人一定就會趁著那個空檔無情地把自己砍倒在地。

「所以——就算捨棄騎士的自尊，我也一定要打倒你。盡量嘲笑用下流技巧獲勝的我吧。

因為你的確有這樣的權利。」

靜靜地這麼說完後，法那提歐接著又大叫：

「祕藏在天穿劍裡的光芒啊，現在就從枷鎖裡解放出來吧！Release recollection——！」

這個術式是——記憶解放術！

銀色的劍身發出比之前更加強烈的光芒。

下一刻——

劍尖隨著「咻啪！」的聲音發射出幾條放射狀的光線。

尤吉歐第一時間產生了「障眼法」的想法。她可能是想暫時奪走桐人的視力，等他失去平衡才發動攻擊。

但當天穿劍往四面八方發射出來的其中一道光線射中尤吉歐身旁的地板，並且在大理石上燒出深深的孔洞後，尤吉歐就知道自己的判斷完全錯了。

那不是什麼幻術——那些全部都是致命的光線！

在內心大叫著「桐人！」的尤吉歐忍不住撐起上半身。定眼一看之下，發現從至近距離發射出來的光線正貫穿了桐人的右臂。而且還不只是這樣而已，他的左肩和右側大腿都已經能看見遭到貫穿的痕跡。

這時承受超高熱光線的不只是桐人一個人而已。

天穿劍的主人法那提歐的腹部、肩膀以及雙腳的裝甲上也出現了醜陋的孔洞。傷口的深度甚至在桐人之上。但就算是這樣，她清麗臉龐上浮現的堅定表情還是沒有絲毫動搖。

整合騎士法那提歐．辛賽西斯．滋決定犧牲自己的天命跟桐人一起同歸於盡。

前最高司祭卡迪娜爾的話這時又重新浮現在尤吉歐腦海裡。她說「Release recollection」式句能夠喚醒武器的所有記憶，解放其狂暴的力量。這種力量傷敵也傷己，甚至可能讓自己也跟著喪命。

解放的天穿劍最初的四方齊射已經讓至近距離的兩個人受到了致命傷，而且也給圍在遠處的四人不小的傷害。大迴廊各種莊嚴的裝飾全部被燒燬，看起來相當昂貴的玻璃窗也一扇一扇碎裂。雖然飛向尤吉歐以及附近地板上兩名麻痺少女的光線不多，但這樣下去的話還是會被直接擊中。

不論施放出多少光芒，這把由千面大鏡子變化而成的神器都沒有沉默下來的樣子。劍尖幾乎每一秒鐘都會發光，然後任意射出短短的光線。雖然有半數朝著沒有任何人在的半空中飛去，燒燬了不少牆壁、柱子以及屋頂，但往下方發射的另一半光束，當然就有不少數量往處身於發射點旁邊的兩人身上招呼。

桐人依然沒有放開互抵的劍，只是死命把脖子往後仰來避開可能貫穿額頭的光線。光線雖然也射向法那提歐的臉，但這名整合騎士卻是一動也不動。掠過臉頰的光線在她光滑無瑕的肌膚上燒出紅黑色的傷痕，髮量相當豐富的黑髮也瞬間被燒掉了不少。

「妳這個……大笨蛋！」

桐人拚命地大叫著。同時他的嘴裡也噴出大量的血沫。就算桐人的天命再多，在承受那麼多光線之後，不用想也能知道數值一定已經快要歸零了。但是黑衣劍士還是頑強地拒絕倒下，甚至還把劍一滑，用黑劍的側腹蓋住天穿劍發射出光線的劍尖。

雖然可以創造出短暫的空檔，但朝著桐人與法那提歐飛去的光線就全部都被黑劍接收了。

就是現在——只有現在了！

雖然桐人沒有做出訊號，但尤吉歐的理性與直覺同時感覺到那個瞬間已經來臨。

法那提歐就不用提了，就連她手下的四名騎士都忙著用大劍來擋開光束，所以根本沒有心思去注意另一名罪人。即使尤吉歐的完全支配術在發動的瞬間有很大的空隙，現在也沒有任何人能夠阻止得了他。

他以猛烈的速度跳了起來，然後一口氣拔出一直握在肚子下方的藍薔薇之劍。

「Enhance…………」

在空中換成反手握劍，然後將左手靠在劍柄，貫注全身的力道把它插在大理石地板上。

「——armament！」

淡藍色劍身有一半深深插進地板當中。

一瞬間，立刻有純白的冰霜隨著尖銳的「啪嘰——！」聲覆蓋整片大理石地板。

如同水晶般的霜柱不斷往上突起，結凍的衝擊波以猛烈的速度往前延伸。

發動大約五秒鐘後，範圍將近十梅爾的衝擊波已經吞沒了桐人、法那提歐以及四名騎士的腳邊。

這時四名騎士終於注意到這樣的變異。他們迅速移動包裹在頭盔下的臉來看著尤吉歐。

但是已經來不及了。

尤吉歐一邊貫注雙手所有的力道，一邊高聲叫著：

「藍薔薇——綻放吧！」

四名騎士、法那提歐以及桐人腳邊瞬間長出無數的淡藍色冰霜蔓藤。

它們每一根大概都只有小指頭那麼粗。但是全都長著銳利的尖刺，然後藉此緊緊地刺進獵物的腳裡。

「唔喔……」

「這……這是？」

每個騎士都大叫了起來。這時已經有好幾根冰霜蔓藤從腳部爬上他們的腰部與腹部了。雖然到這個時候還是有人試著用大劍來砍斷蔓藤，但剛碰到蔓藤的瞬間就被重重纏繞住，然後被往地面拖去。

胸部、頭部以及指尖都被蔓藤覆蓋的騎士只能變成無法動彈的冰雕。一邊發出嘰嘰的尖銳聲一邊固執纏上獵物的藤蔓最後又發出更為清澈的鈴聲，接著開出無數深藍色的大薔薇花。

當然這些花也全是寒冷的冰塊。雖然堅硬透明的花瓣裡不可能產生花蜜與香氣，但是薔薇們卻開始噴灑出白色的凍氣。整座迴廊的空氣立刻籠罩在閃閃發亮的濃厚靄氣當中。凍氣的源頭——就是冰雕化騎士的天命。

減少的速度雖然相當緩慢，但是被冰薔薇從全身吸走天命的期間，這些人根本沒有突破束縛的力量。說起來這原本就不是用來殺傷敵人的術式。尤吉歐的術式，就只是為了完成讓整合騎士愛麗絲停止動作這個唯一的目的。

四名騎士雖然再也無法動彈，但率領他們的整合騎士法那提歐一看見突破腳邊冰霜往上蔓延的藤蔓，似乎就了解這個技能的性質，於是便準備朝空中跳去。

但是知道尤吉歐術式性質的桐人在反應上還是快了一步。比法那提歐先一步高高跳起的桐人，竟然直接把女騎士的肩鎧當成踏台來往更高處跳去。他一邊灑出鮮血一邊往後空翻，最後成功躲開了蔓藤。

代替他被壓往地面的法那提歐就在單腳跪地的情況下被蔓藤纏住全身。

「咕……！」

可能是沒辦法繼續集中精神了吧，從天穿劍劍尖往四處發射的光線在切斷幾條藤蔓後就沉默了下來。遭受慘不忍睹損傷的紫色鎧甲漸漸被纖細藤蔓纏住，然後被包裹在厚重的冰層之下。

從腳邊不斷綻放的藍色薔薇裡，最後一朵直接就驕傲地開在法那提歐臉頰的傷口上。排名第二的整合騎士與她的神器終於完全停止動作。

即使身受重傷，還是不停用後空翻逃離冰霜蔓藤糾纏的桐人，最後終於著地失敗而重重落在尤吉歐身邊。

「咕噗……」

他先從喉嚨裡發出像是嗆到的聲音，接著便吐出大量鮮血。看見鮮血馬上凍成鮮紅色的霜後，尤吉歐就忍不住大叫了起來：

「桐人……等一下，我馬上就用治癒術……！」

「不行，別停下術式！」

臉上完全失去血氣，但雙眼還是炯炯有神的桐人搖了搖頭。

「光是這樣還沒辦法打倒那傢伙……」

嘴角流出血絲的桐人以黑劍當成拐杖撐起滿身瘡痍的身體。

他用左手迅速擦拭嘴角，然後閉起眼睛來調整呼吸，最後猛然張開雙眼並高舉起黑劍。

「System……call！」

肉體狀況早已突破極限的桐人，在擠出最後一絲力氣念出起句後，接下來詠唱術式的速度竟然也相當快速。

雖然每一句間都參雜著喉嚨卡著血的呼吸聲，有時還會從嘴角噴出鮮紅色的飛沫，但桐人還是正確地唸著超過十行的術式。

近看之下就能發現，刻在桐人身體上的無數傷痕實在是令人慘不忍睹。經過鍛鍊的肉體多處被天穿劍的光芒貫穿，傷口也整個燒成焦黑。唯一還算好的就是沒有流太多血，但有許多傷口明顯已經傷及內臟。這段期間裡，桐人天命減少的速度應該以比被冰薔薇抓住的騎士們還要快，不馬上救治的話一定會有生命危險。

但是尤吉歐為了維持藍薔薇之劍的完全支配術，根本沒辦法把手離開劍柄。如果桐人可以自己使用治癒術的話，尤吉歐至少還會安心一點，但是以惡鬼般表情持續詠唱術式的伙伴似乎沒有這麼做的打算。

其實不用這麼著急，抓住騎士們的冰霜牢籠不會這麼容易被突破——

這麼想的尤吉歐再次把視線移回前方的整合騎士身上，下一個瞬間。

一道白光從滿開的冰薔薇當中迸出，直接擊中了牆壁。尤吉歐因為過於驚訝而發出了短短的呻吟聲。

「咦……」

光線的來源當然是全身被重重冰蔓藤纏住，應該已經完全無法動彈的騎士法那提歐。

武裝完全支配術不是詠唱完術式後就能夠盡情使用。使用者必須要發揮高度的精神集中力，才能操縱加強攻擊力的武器。所以這時候尤吉歐必須緊握住插在地上的劍柄，不停描繪出冰薔薇到處綻放的模樣，才能夠繼續困住騎士們。

騎士法那提歐在完全支配天穿劍之後就施放過好幾次光線，然後和桐人進行超高速的攻防戰，最後又解除限制使出光線亂射的大技，讓自己也受到了致命的傷害。所以尤吉歐便一直認為——她應該無法集中精神，天穿劍也解除了支配狀態才對。

但是……

全身覆蓋在冰塊之下的法那提歐，高舉細劍的右臂已經隨著啪嘰、啪嘰的破碎聲緩緩動了起來。瞪大雙眼的尤吉歐，清楚地看見從騎士纖細身體上升起鬥氣的幻影。

「嗚……！」

尤吉歐只得咬緊嘴唇，貫注更多力量到雙手握住的劍柄上。在他內心描繪的影像誘導下，法那提歐周圍又出現了將近十根新的蔓藤。蔓藤像鞭子一樣擊中法那提歐的右臂，然後不留空隙地緊緊纏住，讓她不得不停止動作。

但這也不過維持了短短一秒鐘的時間而已。

整合騎士像是不在意深陷入肉裡的冰刺般，硬是把右手倒了下去。將近半數的藍色蔓藤因此碎裂並且往四處飛散。

這時尤吉歐的背部已經被比冰霜還要寒冷的惡寒所包圍。

——她真的是人嗎？

桐人一邊咳血一邊高速詠唱的氣力已經相當驚人，但女性騎士堅毅的程度還在他之上。全身早已因為光線的無差別攻擊而傷痕累累，再經過冰薔薇無情地吸取天命後還是沒有倒下——甚至還只用右臂的力量就扯斷讓手下四名騎士無法動彈的冰霜鎖鏈。

尤吉歐帶著恐懼心，凝視著握在騎士右手上的天穿劍緩緩改變角度，最後將對準尤吉歐等人的模樣。

到底是什麼樣的意念給予法那提歐這樣的力量呢？

是整合騎士守護法律的義務感，還是持續愛慕某個男性一百年的單戀之心，又或者是她剛才所說的那些話……？

法那提歐表示公理教會失去力量的話，人界就會遭受黑暗領域大軍的蹂躪。

這樣的話，她就是為了守護人界的一般人民——這些被高等貴族當成家畜一樣輕視、侮辱與搾取的對象而挺身作戰了。

但這是絕對不可能的事。整合騎士只是亞多米尼史特蕾達的爪牙，就是他們把年幼的愛麗絲帶走，才會害她被奪走記憶並且變成另一個人。他們是自己憎恨的敵人。尤吉歐就是對他們做出這樣的結論，才會帶著不惜殺掉他們的決心爬上中央聖堂。

事到如今——怎麼可能還要他接受整合騎士其實是正義之士的觀念呢。

「你們……你們這些傢伙絕對不是正義的一方！」

尤吉歐用低沉的聲音大叫，然後從心底掏出所有的敵意來貫注在藍薔薇之劍上。

法那提歐周圍再次出現數根藤蔓，其尖端變成銳利的尖刺後就不斷刺入騎士的右臂當中。

「停下來……給我停下來啊！」

心裡面明明籠罩著壓倒性的憎惡感，但是卻有液體開始從尤吉歐雙眼流出。不過他實在無法承認那是淚水。即使被尤吉歐的憤怒與憎惡實體化後形成的冰霜尖刺貫穿，卻還是魯直地移動右臂，自己怎麼能被這樣的法那提歐感動呢。

整合騎士的手臂已經是殘破不堪。折斷的荊棘把她手刺成像劍山一樣，滴落的大量鮮血也已經凍成紅色冰柱。

但是她還是沒有停下手臂，只見原本垂直的天穿劍緩緩改變成水平角度，銳利的劍尖終於對準了尤吉歐與桐人。

尤吉歐用溢出眼淚的眼睛看見銀色劍身發出前所未見的炫目光芒。

那應該是法那提歐把剩餘的天命燃燒殆盡後所發出的強光。宛如陽神索魯斯降臨到這座大迴廊般的純白光輝，讓尤吉歐瞇起溼濡的雙眼。

——贏不了。現在的自己，贏不了這個人。

尤吉歐一邊眺望著白光照射下瞬間融解的冰薔薇們，一邊默默呼出一口氣。

但他還是沒有在此乖乖閉上眼睛，等待死亡光線降臨到自己身上的打算。他無論如何都無法接受以這樣的形式屈服在法那提歐的「正義」之下。

至少再綻放最後一朵薔薇來展現自己的尊嚴。當他下定決心，準備從心底深處擠出最後一絲憎恨的殘渣時……

身旁不知道什麼時候已經結束詠唱的桐人忽然小聲地呢喃道：

「尤吉歐，光靠憎恨是贏不了那個傢伙的。」

「咦……」

轉過脖子的尤吉歐，馬上看見伙伴滲血的嘴唇露出些許笑容並繼續說：

「你不是只靠著憎恨整合騎士之心才來到這裡的吧？是因為想奪回愛麗絲，想再見她一面……是因為你愛著愛麗絲，才會到這裡來的吧？這些心情絕對不輸給那個傢伙的正義。我也是一樣……我想要守護這個世界的人民，不論是你、愛麗絲、甚至是那個傢伙。所以現在絕不能輸給她……尤吉歐，你說對吧？」

即使生命已有如風中殘燭，桐人的聲音依然相當平穩。這位充滿謎團的黑衣劍士再次微笑並且點了點頭，接著就把臉面向前方。

天穿劍最大，也是最後的光線應該就是在這個瞬間發射出來的吧。

把之前發射的光線全加起來也完全無法比擬的巨大光束槍。索魯斯神在創世時代為了擊退闇神貝庫達而投出來的天之靈光，像是要燒盡一切般朝兩個人攻去。

桐人完全張開的黑色眼珠因為湧出壓倒性的意志力而顯得閃閃發光。在這絕望的狀況當中，他詠唱最後一句術式的聲音卻帶著堅定不移的決心。

「Enhance armament！」

筆直朝向前方的黑劍劍身忽然震動了起來。

接著從劍身所有地方湧出數道暗影。

像是要吸收所有光線的漆黑奔流不停扭動、旋轉、糾纏。它們馬上變成足有雙臂環抱的巨大長槍，然後不停往前突進。

定眼一看之下，就能發現只有尖銳的前端帶著黑曜石般的光輝，看來它是變成堅硬的實體了。尤吉歐知道自己曾經看過這樣的質感。那是兩年多之前，自己每天都揮動斧頭砍著的巨樹。也就是黑劍原來的模樣「惡魔之樹」——基家斯西達。

了解這一切的瞬間，尤吉歐便知道桐人發動的是什麼樣的完全支配術了。

他利用術式喚醒了黑劍沉睡的記憶，讓它過去引以為傲的姿態，歷經數百年都拒絕被砍倒的巨樹出現在這個地方。當然形狀與大小都跟當時不一樣了，但本質卻沒有什麼不同。

堅硬、銳利，以及壓倒性的重量。

讓它的存在本身就足以成為究極的最大武器。

尤吉歐的心跳愈來愈快。緊接著——

漆黑的大槍前端與索魯斯的光束大槍接觸了。炸裂的衝擊波讓整座大迴廊……甚至連整座中央聖堂都產生巨大的震動。

似乎連那樣的巨樹都抵擋不住超乎想像的高熱與高密度的光線，只見黑色大槍的去勢停了下來。但是桐人手邊的黑劍還是繼續噴出無數的黑影，繼續拚命想把大槍往前推。

法那提歐握在手裡的天穿劍似乎也完全沒有後退的意思。狂暴的光線奔流也不停增加力量，讓覆蓋在騎士身上的冰薔薇全都因為高溫而完全融化了。這時包覆騎士右臂的護手甚至被燒得通紅，並且開始冒出白煙。

就這樣，光與暗在大迴廊中央劇烈抗衡了好一陣子。

但是如此超乎常理的攻擊力撞在一起，當然不可能完全抵消或者消滅。一定會有一方擊退另一邊，然後把敵人破壞殆盡。

而這場勝負——應該是桐人居於劣勢。

基家斯西達再怎麼堅硬，也只是擁有實體的大樹。就像實體在經過不斷地砍伐後終於被砍倒一樣，只要施加它無法承受的力量，就能讓它受損甚至消失。

但是天穿劍的光芒卻是純粹的熱量聚合體。面對沒有實體的攻擊力，要怎麼樣才能夠破壞它呢？

要說到對抗手段的話，大概就是像桐人剛才那樣用鏡子把它反彈回去，不然就是以超越藍薔薇之劍所產生的絕對凍氣來與它抵消，總之就是需要足以與其對抗的特性。但是基家斯西達就只有異常堅硬以及沉重這兩點特性而已──

不對，其實它還有另一項特性。

就是貪婪地吸收索魯斯的光芒，並且將它變成自己的力量。

突然間，法那提歐的光之長槍被撕裂成數千條細流。

突破均衡而再次往前猛衝的，是桐人的黑色巨樹。

雖然它的前端已經燒成刺眼的鮮紅色，但還是不屈於光線的壓力，直接把光線貫穿、撕碎，然後繼續朝源頭衝去。

被撕裂成放射狀的光線刺穿了大迴廊的各個地方，在融解冰蔓藤的同時也引起了無數的小爆炸。被綁在地板上的四名騎士也依序被轟飛到天空。

即使看見猛然迫近的漆黑大槍，整合騎士法那提歐依然沒有移動腳步。她美麗的臉上似乎沒有任何憤怒或是憎恨了。她緩緩閉上眼睛，嘴角稍微動了一下。雖然那裡應該帶著她的某種感情，但是尤吉歐卻無法看出她的心意。

巨樹的尖銳前端終於來到光線的源頭，與天穿劍銳利的劍尖產生衝突。

白銀細劍先是彎曲然後被彈飛，在空中發出亮光並且不停地旋轉。

緊接著騎士自身也被撞得以恐怖的速度飛上天空。

她一邊灑下紫色的鎧甲碎片一邊衝上天花板，隨著巨大的聲音把以創世神話為題材的壁畫撞了個粉碎。

不過落下時倒是相當緩慢。法那提歐隨著無數大理石碎片掉下來的身體，就像拖著一條線般落到大迴廊深處的大門前並發出沉重的聲音。就這樣，排名第二的整合騎士再也沒有站起來了。

漆黑大槍的實體忽然變淡，然後變成像黑色河流般被桐人手裡的黑劍吸回去。一看之下，才發現劍已經跟過去與萊歐斯對戰時一樣變大了一些，但吸完所有的黑影後就恢復成原來的大小了。

尤吉歐再次往前走去，然後默默地凝視著激戰的痕跡。

原本光滑無瑕的大理石地板與牆壁，已經到處都出現熔化與破碎的痕跡，只能用慘不忍睹來形容。尤其是影子與光束大槍互相推擠的中央地板部分更是出現又寬又深的鴻溝，就算直接穿透到下一層也一點都不奇怪。

除了在場的人之外，應該不會有人相信只有兩個人，而且還是兩天前依然是修劍學院學生的劍士就把中央聖堂第五十層的「靈光大迴廊」破壞到這種程度。

——但是我們真的辦到了。

尤吉歐在內心這麼呢喃著。公理教會整合騎士從人類世界開始時就存在了，他們一直以絕對的權威支配著世界，而我們和五名騎士作戰並且贏得了勝利。

這麼一來，如果從艾爾多利耶開始算起的話，我們已經擊退了九名整合騎士。根據卡迪娜爾的情報，駐守在聖堂內的騎士大概只有十二、三人。也就是說，只要再打倒幾名騎士……

就在尤吉歐猛然咬緊牙根的時候……

旁邊的桐人也跟著雙腳跪到地上。黑劍也從右手落下並發出沉重的聲音。

尤吉歐急忙把雙手從插在地板上的藍薔薇之劍柄頭移開，然後撐住伙伴往旁邊倒去的上半身。

「桐人！」

抱住的身體重量實在太輕，讓尤吉歐直接感受到他喪失的血液與天命有多麼龐大。他的皮膚比大理石還要白，閉上的眼睛也沒有張開的跡象。尤吉歐迅速地觀察他的全身，然後把左手放在看起來最嚴重的側腹部傷口上。

「System call！Generate luminous element！」

生成的三道光素聚集在傷口處，接著尤吉歐又利用術式把它們變成治癒之力。等炭化的傷口開始癒合他才把手移開，接著在左肩施行同樣的處置。要生成得消費大量空間神聖力的光素原本需要「聖花珠」這樣的觸媒，但現在藍薔薇之劍吸收五名騎士的天命已經變成神聖力飄盪在四周，所以就不需要觸媒了。

主要傷口癒合後桐人的天命應該就不會持續減少了，但尤吉歐能使用的光素系神聖術沒辦法恢復已經喪失一大部分的天命。他毫不猶豫地用左手握住桐人的右手，然後詠唱新的術式：

「System call－Transfer human unit durability self to left－」

這次換尤吉歐全身包圍在藍色光粒之下，而光粒馬上就集中到左手上並且流入桐人的身體當中。這個能夠讓天命在人與人之間移動的術式雖然簡單，但是效果卻相當大。

回想起來，不論是對上迪索爾巴德還是這次的戰役，都只有桐人受重傷，而尤吉歐的天命幾乎沒有減少。這時候如果不輸入天命到連自己都快昏倒的程度，就沒辦法還桐人的人情了。

尤吉歐雖然這麼想，但身體終於感覺有一半天命流進桐人體內時，他已經微微張開眼睛，用左手抓住尤吉歐的手，然後親自把尤吉歐的手移開。

「……謝謝你，尤吉歐。我不要緊了。」

「別逞強，你的傷勢這麼嚴重，很可能會有外表看不見的傷口啊。」

「跟被哥布林砍中的時候比起來已經好多了，說起來我比較擔心那個傢伙……」

黑色眼珠移往前方後，終於在迴廊的另一側發現倒在地上的騎士法那提歐，這時尤吉歐忍不住咬緊了嘴唇。

「……桐人……那傢伙……想殺了你啊……」

當他這麼說的同時，耳朵深處又浮現桐人在發動完全支配術前說過的話。於是他便低下頭來，以呢喃般的聲音繼續說：

「光靠憎恨無法獲勝……桐人剛才是這麼說的對吧？或許是這樣沒錯。因為那個整合騎士不是因為個人的怨恨或者憎惡這種單純的理由與我們作戰……但是……但是我還是沒辦法饒恕教會和整合騎士。他們不但實力堅強，還有那樣的志向……既然有心要守護在人界生活的人民，為什麼不更善加利用他們的能力呢……」

不知道該如何說下去的尤吉歐停了下來。但是搖搖晃晃站起身子的桐人撿起掉在地上的黑劍後，隨即像是能夠了解尤吉歐的心意般點了點頭。

「那些傢伙應該也感到很迷惑吧。只要遇見那個叫騎士長的傢伙，應該就能夠稍微明白這方面的事情了……尤吉歐，你的完全支配術太厲害了。都是靠你才能贏過那些騎士。所以沒有必要憎恨身為人類的法那提歐與『四旋劍』的幾名騎士了……」

「人類……嗯……說得也是。這是我在戰鬥的時候唯一了解的事。正因為她是人類，所以才能那麼強。」

尤吉歐低聲說完後，桐人也輕笑了一下，接著又回答：「正是如此。」

「那些傢伙說自己代表絕對的善，但對你來說他們應該是絕對的惡吧。不過我們和他們都是活生生的人類。而人類是沒辦法決定什麼絕對的善惡，我想一定是這樣沒錯。」

這些話像是在說給他自己聽一樣，但尤吉歐忽然也有了自己的想法。

——桐人。在面對剛才讓你那麼生氣的最高司祭亞多米尼史特蕾達……公理教會，甚至是整個世界的絕對支配者時，你也能這麼想嗎？

但是在他這麼問之前，桐人已經朝倒在大門前的法那提歐走去。

往前走了五六步之後他忽然又回過頭來，從懷裡拿出小小的瓶子。

「哎呀，差點忘了。你用這東西幫那兩個孩子解毒吧。不過在讓她們喝解藥前先把毒劍折斷，然後確認一下還有沒有什麼奇怪的東西。」

想著「這麼說連我也忘了」的尤吉歐接過桐人丟過來的小瓶子，然後向他點了點頭。

尤吉歐站了起來，從地板上拔出藍薔薇之劍並轉過身子後，馬上看見依然處於麻痺狀態而躺在地板上的少女騎士費賽爾與里涅爾。這時覆蓋在周圍的冰霜已經完全消失，看來她們沒有受到冰蔓藤或是光線的傷害。

當少女們的眼神和走過去的尤吉歐對上時，馬上像在鬧彆扭般移開唯一還能動的眼珠。

雖然和法那提歐的情況不太一樣，但看起來也沒辦法和她們互相理解了，這麼想的尤吉歐一邊把嘆息吞了下去一邊彎下身子，然後用雙手拔起插在兩人鼻子前面的兩把毒劍。接著把兩把劍一起拋向空中，當它們一邊旋轉一邊落下時，便用藍薔薇之劍橫掃過去。

兩柄短劍一起遭到破壞，在掉落在地板上前就耗光天命變成光粒消失了。把愛劍收回劍鞘裡後，尤吉歐便在兩人身邊蹲了下來，他先說了聲「抱歉」，接著從修道衣上方確認兩人是否帶著其他武器。

最後又拔開小瓶子的瓶蓋，把還剩下七成左右的液體分別注入費賽爾與里涅爾口中。這樣她們應該也會跟尤吉歐一樣，在不到十分鐘的時間裡就能從麻痺狀態當中恢復過來了。

雖然可以直接丟下她們不管，但想著這時候桐人會說些什麼的尤吉歐考慮了一下後就開口說道：

「……依妳們兩個人的個性，一定會認為法那提歐小姐和桐人都是因為有神器與武裝完全支配術才會那麼強吧……不過並不是這樣。跟武器或劍技無關……那兩個人本來就很強了，因為他們都有顆堅強的心，所以受了那麼重的傷還是能繼續戰鬥，然後也能使用強力的術式。妳們兩個的確很會殺人。但是殺人和獲勝是兩回事。雖然我也是到今天才終於注意到這一點……」

由於費賽爾她們依然沒有移回視線，所以尤吉歐也不知道她們究竟有沒有把自己的話聽進去。說起來，他原本就不太會應付小孩子了。

但在看過剛才那場戰役之後，她們兩個人一定也會有自己的想法才對。只要想到費賽爾與里涅爾那種天真無邪的對話，就會想要相信她們兩個人也不是絕對邪惡的存在。尤吉歐最後又說了聲「再見」，然後便轉過身子追上往前走的桐人。

在遭受明顯破壞的迴廊上移動時，他迅速地看了一下左右兩邊，藉此確認法那提歐手下四騎士的狀態。

被失控的光線槍牽連的四個人似乎都受了重傷，目前都還倒在地板上。但他們不愧是整合騎士，倒是還沒有看見有天命全損的人出現。由於出血不多，應該不久之後就能活動了吧。

但是和只是被小爆炸波及的他們不同，法那提歐是承受暗影大槍突進的所有威力才倒下來，光是看見擴散在她周圍的一大灘血，就能知道她已經處於何時喪生都不奇怪的狀況當中。

尤吉歐來到單腳跪在騎士身邊的桐人附近後便停下腳步，一邊屏住呼吸一邊越過伙伴的身子看著法那提歐。

近距離一看之下，就能發現法那提歐全身的傷痕真是讓人慘不忍睹。身體和雙腳被熱線貫穿了四個孔洞，右臂除了遭到冰蔓藤撕裂之外還被天穿劍最後攻擊的餘波燒焦，可以說找不到沒有受傷的地方。

但是最慘的還是受到基家斯西達直擊的上腹部。上面出現足有一個大人拳頭那麼大的深邃傷口，目前不斷有鮮血從裡面溢出。眼睛緊閉的臉就像是鎧甲的顏色印了上去般變成了淡淡的藍紫色，而且看不出有任何的生命跡象。

桐人正把雙手放在法那提歐腹部，試著用神聖術替她療傷。之所以沒有打開史提西亞之窗，應該是因為看了天命數值也沒有意義的緣故吧。當他發現尤吉歐靠近後，頭抬也不抬地就用急迫的口氣說：

「快來幫忙，血停不下來啊。」

「嗯……嗯嗯。」

尤吉歐點了點頭，在另一邊跪了下來，同樣把手放在傷口上。詠唱跟剛才治療桐人一樣的光素系治癒術之後，感覺從傷口流出來的血似乎少了一點，但距離完全止血還有很長的一段距離。

即使兩個人繼續治療下去，也只是會耗盡周圍的神聖術而再也無法生成光素而已。雖然把兩個人的天命轉移過去的話，法那提歐的天命就能夠暫時恢復，但沒辦法止血的狀態下就算這麼做也只是白白浪費天命。除了傳說中的靈藥之外，就只有出現強大的神聖術者，使用比兩個人還要強力的回復術才能解救這種狀況下的她了。

默默看了一眼桐人咬緊嘴唇的臉，接著又猶豫了一會兒後，尤吉歐才說道：

「沒用的桐人，她流太多血了。」

桐人低著頭沉默了一陣子，然後才用沙啞的聲音回答：

「我知道……但是，只要不放棄思考，應該……就能想到什麼方法才對。尤吉歐也幫忙想一想，拜託了。」

他臉上的表情，跟兩天前無法事先防止襲擊隨侍練士緹潔與羅妮耶的惡意時一樣充滿了無力感，尤吉歐也因此而感到心痛。

但是尤吉歐知道，再怎麼想都沒有辦法喚回眼前即將逝去的生命了。雖然一瞬間也考慮過讓倒在後面的四名騎士恢復，然後再讓他們幫忙治療，但怎麼看法那提歐的生命都沒辦法撐到那個時候。只要桐人或尤吉歐停止治癒術，幾秒鐘後法那提歐的天命就會永遠喪失了吧。而且就算繼續施術——幾分鐘之後也得面臨同樣的結果。

這時尤吉歐下定決心，以自己最真誠的聲音告訴伙伴：

「桐人。你在準備逃離地下監獄時，曾經跟我說過今後要有打倒所有敵人的覺悟才能繼續前進對吧？剛才你也是在這樣的覺悟下和那個人戰鬥的吧？你是在不知道誰死誰生的覺悟下使出那個術式的吧？至少這個人……法那提歐小姐她沒有任何猶豫。我想……她當時露出的是賭上所有生命的表情。桐人你應該也知道才對……現在要是擔心敵人而未盡全力的話根本不可能獲勝。」

面對武器不是木劍而是真劍的對手就是這樣的情況。當尤吉歐用劍砍飛溫貝爾的手臂時，不但雙手發抖、右眼劇痛而且胸口還有結凍般的恐懼，當然他也因此而了解了這一點。

尤吉歐認為這名黑髮的伙伴應該很早之前——從在盧利特村南方森林相遇的時候就已經明

白這件事了。

聽見尤吉歐的聲音後，桐人只是咬緊了牙根，並且不停搖著頭。

「我知道……我當然知道。我和這個人是盡全力在對戰……那是一場誰獲勝都不奇怪的慘烈戰役。但是……這個人死掉的話就會消失了！她活了一百多年……在這漫長的時間裡有了迷惑、戀愛以及痛苦的感情，我怎麼可以把這樣的靈魂消滅呢……因為我……我就算是死了……」

「咦……？」

就算是死了——死了又怎麼樣呢？每個人在耗盡天命時，靈魂就會被召回生命之神史提西亞身邊，然後從人界消失。雖然桐人充滿謎團，但只要是人類，就沒辦法逃離這樣的命運。

尤吉歐一瞬間感到疑惑的心情，馬上就被忽然把頭朝正上方抬起並且大叫的桐人打斷。

「騎士長！你聽見了嗎！你的副官要死掉了！還是什麼元老長的也沒關係！聽見的話就下來救救她啊！」

遙遠的屋頂讓吼聲形成些許回音，然後就消失無蹤。但不死心的桐人還是繼續大叫：

「誰都可以……一定還有整合騎士在吧！快來救你們的同伴！不論是司祭還是修道士……拜託來個人好嗎！」

兩人抬頭往上看的前方，就只有遭受重大損壞的三女神像默默地回望著他們。別說有任何人出現了，甚至連一陣微風都沒有。

把視線移回來後，馬上能看見法那提歐的頭髮以及肌膚都慢慢失去原本的色彩。剩下來的天命大概只有一百或者五十——當尤吉歐想告訴桐人「讓我們默禱送整合騎士副騎士長法那提歐．辛賽西斯．滋離開人界」時，桐人依然不放棄地大叫著：

「拜託……來個人啊！看見的話就幫個忙！對了……快來啊，卡迪娜爾！卡迪娜……」

桐人忽然像是喉嚨卡住了般靜了下來。

抬起視線看著桐人的尤吉歐嚇了一跳，因為伙伴臉上的表情瞬間從驚愕變成猶豫，然後又像下了某種決心一樣。

「喂……喂……你是怎麼了？」

但是桐人沒有回答，只是把右手伸進穿著黑色上衣的胸口。

他抓出來的是——在纖細鍊子上搖晃的小小銅製短劍。

「桐人——！那是！」

尤吉歐反射性大叫了起來。

尤吉歐脖子上也掛了同樣的短劍。他當然記得那是離開大圖書館前，被流放的上任最高司祭卡迪娜爾給他們的短劍。雖然沒有任何攻擊力，但是被刺中的人和卡迪娜爾之間會出現一條暫時的通道。尤吉歐的劍是要用在愛麗絲，而桐人的則是用在亞多米尼史特蕾達身上，這算是卡迪娜爾交給他們的王牌。

「不行啊，桐人！卡迪娜爾小姐說沒有多餘的短劍了……你那把是要在對亞多米尼史特蕾達時使用的……」

「我知道……」

桐人用相當痛苦的聲音呻吟著：

「但是只要使用它的話就能解救法那提歐……明明有救她的方法卻不使用……對我來說，人類的生命都一樣重要啊！」

以雖然痛苦但是又下定決心的表情凝視著短劍一陣子後——桐人便把握在右手上的短劍刺進法那提歐唯一沒有受傷的左手。

短劍包含鍊子在內的所有部分立刻發出炫目的光芒。

還來不及呼吸，短劍就分解成幾道紫色光帶。仔細一看之下，就能發現光帶上充滿了跟史提西亞之窗相同的神聖文字列。極細的文字列一邊分解一邊滑過空中，然後被法那提歐身體的各個部分吸收進去。

當短劍完全消失時，整合騎士全身已經包裹在紫光之中。因為驚人現象而瞠目結舌的尤吉歐，這時才發現上腹部的傷口已經不再出血了。

「桐人——」

尤吉歐原本想說血已經止住了，但馬上就被不知道從哪裡傳出來的聲音給打斷。

「唉……真拿你這傢伙沒辦法。」

桐人的臉霎時抬了起來。

「卡迪娜爾……是妳嗎？」

「沒時間了，別問這種無謂的問題。」

這種聲音可愛，內容卻相當辛辣的說話方式，無疑是來自於在大圖書館裡遇到的前最高司祭卡迪娜爾。

「卡迪娜爾……抱歉，我……」

卡迪娜爾馬上冷冷地打斷了準備用苦澀聲音說些什麼的桐人。

「事到如今也不用道歉了。看見你們戰鬥的情形時……我就想到事情可能會變成這樣。情況我都了解了，我會治療法那提歐．辛賽西斯．滋。但要完全治好她需要一點時間，所以她就交給我吧。」

當聲音這麼宣布，覆蓋在法那提歐身上的紫色光線就變得更加強烈。尤吉歐忍不住就閉起了眼睛。當他再度睜開眼時，整合騎士的身影——驚人的是包含地上的一大灘血——就已經完全消失了。

這時空中還能看見有一些神聖文字的斷片飄浮著。卡迪娜爾傳過來的聲音就像配合著這些文字的閃爍般，慢慢變得愈來愈小。

「蟲子可能已經發現這裡，所以我就長話短說了。從狀況來判斷，亞多米尼史特蕾達現在很有可能處於非覺醒狀態。你們要快一點……剩下沒多少整合騎士了……」

尤吉歐感覺和大圖書館之間的透明通道正急速關閉當中。當卡迪娜爾的聲音愈來愈遠，氣息也幾乎快消失時，空中的光粒又開始閃爍，然後隨著某種物體掉了下來。發出清脆聲音後滾落在大理石地板上的，是兩個小小的玻璃瓶。

桐人先是像虛脫一樣凝視著琉璃色的瓶子，最後才伸出手臂同時把它們拿了起來。他接著又抬起頭，用指尖捏著一個玻璃瓶並且遞給伙伴。

桐人一邊把瓶子放在尤吉歐手掌上，一邊低聲呢喃著：

「……抱歉，尤吉歐。我一時亂了方寸。」

「別這麼說……這沒什麼好道歉的。只是有點嚇了一跳。」

尤吉歐微笑著說完後，桐人才終於輕輕笑了起來。他有些搖搖晃晃地站起身子，然後用手指彈開瓶子的瓶蓋。

「難得有這樣的禮物，我們就別客氣了吧。」

尤吉歐也跟著伙伴打開瓶蓋，一口氣把裡面的液體喝光。老實說那像沒加砂糖的西拉魯水般的酸味實在不怎麼好喝，尤吉歐也因此而繃起臉來，但卻有種長時間戰鬥的疲憊意識被冷水沖洗掉的爽快感。兩人減少一半的天命似乎也急速恢復，而殘留在桐人四肢上的傷口也迅速痊癒了。

「太厲害了……幹嘛只送兩個，怎麼不多送一點給我們呢？」

尤吉歐忍不住這麼說完後，桐人便苦笑著聳了聳肩。

「把這麼高優先度的東西檔案……術式化並傳送過來應該要花很多時間吧。應該說，虧她能在那麼短的時間裡……嗚哇！」

桐人忽然發出奇怪的叫聲並且跳了起來，尤吉歐只能啞然看著自己的伙伴。

「你……你是怎麼了？」

「尤……尤吉歐……不要動，不對，不要看地下。」

「啥？」

聽別人這麼說後反而會想往下看才是人之常情。反射性看向自己腳邊的尤吉歐發現不知道什麼時候出現的東西後立刻發出悲鳴：

「咿咿！」

長度大概有十五限左右吧。從分成纖細體節的平板胴體上長出無數細細的腳，而且前半部已經踏在尤吉歐的鞋子上。看起來像頭部的球形前端部分有十個以上的小小紅色眼睛排成一列，兩側還長出兩根針狀的恐怖長角，目前左右兩根角正各自晃動著。這應該是——某種蟲子吧，但是牠的奇怪外型只能夠用醜惡來形容。雖然盧利特村南方森林也有許多昆蟲，但是從來沒有看過長成這副德性的蟲子。

尤吉歐因為過於恐懼而僵在現場，而怪蟲則是用角繼續探測周圍三秒鐘之後，便緩緩地想從鞋子爬到褲子上，結果尤吉歐當然再次發出了悲鳴。

「咿……！」

用力跺了一下腳後，蟲子隨即從背部掉到地板上，但是馬上又轉過身子來在尤吉歐腳邊到處爬。受不了再度被牠爬到腳上的尤吉歐只能不斷地垂直跳躍，結果在不知道第幾次的著地時就發生了慘劇。

在啪嚓的尖銳聲響後，腳底馬上有一種黏糊糊的觸感，原來是尤吉歐右腳的鞋子把蟲子踩扁了。

鮮橘色的液體往四方飛濺，散發出一股刺激性的異臭。看見斷成多截的腳還在不停跳動後，尤吉歐忽然有種快要昏倒的感覺，這時他只能告訴自己不能倒下並且為了求助於桐人而抬起頭來。

結果信任的伙伴不知道什麼時候已經跑到三梅爾外的地方，然後繼續一點一點往後退去。

「喂……喂喂！別丟下我啊！」

以沙啞的聲音指責對方後，桐人立刻鐵青著一張臉並且迅速搖著頭說：

「抱歉，我不太喜歡蟲子。」

「我也很討厭蟲子啊！」

「像這種蟲子，通常死掉一隻後就會有十隻左右聚集過來耶。」

「別嚇唬人好嗎！」

下定決心要緊抱住伙伴，讓他和自己同生共死的尤吉歐沉下腰部準備往想要逃走的桐人撲去，結果腳下出現的紫色光芒又讓他再次僵住了。

畏畏縮縮地往下看去後，恐怖的殘骸正變成光粒而往上蒸發。不到數秒鐘的時間黏液和蟲殼等殘骸就消失地無影無蹤，尤吉歐這才安心地從肚子底部呼出長長一口氣。

桐人似乎從遠方確認蟲子已經消滅，這個時候才走了回來，用故作嚴肅的聲音說：

「……原來如此。剛才的蟲子就是亞多米尼史特蕾達為了搜索卡迪娜爾而放出來的使魔嗎？一定是因為發現圖書館通路的緣故……」

「…………」

尤吉歐用帶著恨意的眼神往上瞪了桐人一眼後，才無奈地表示同意。

「那……這座塔裡還有很多像剛才那種傢伙在到處跑囉？但是之前怎麼都沒看見？」

「當我們從玫瑰園逃進圖書館的時候，門外不是傳來喀沙喀沙的聲音嗎？牠們平常一定躲得相當隱密，不過我可不想把牠們找出來。倒是……卡迪娜爾剛才說了很奇怪的話……她好像說……亞多米尼史特蕾達尚未覺醒之類的……」

「嗯嗯，好像是這樣……也就是說她還在睡囉？現在是大白天耶？」

尤吉歐的問題讓桐人摸了好一陣子下巴，然後才用自己也沒什麼把握的模樣回答：

「卡迪娜爾說亞多米尼史特蕾達和整合騎士雖然活了數百年，但也得付出許多代償。尤其是亞多米尼史特蕾達更是幾乎一整天都躺在床上……如果是這樣的話，要怎麼控制剛才的蟲子和整合騎士呢……」

保持低頭的姿勢又考慮了幾秒鐘後，桐人才一邊搔著瀏海深處一邊回答自己的問題：

「算了，反正只要爬上去就能知道了。先別管這個了——尤吉歐，你可以看一下我的背後嗎？」

「什……什麼？」

桐人隨即在啞然的尤吉歐面前轉過身子。雖然在摸不著頭腦的情況下看了一眼他的背部，但只發現黑色上衣的布料因為多次戰鬥而有了相當的耗損，除此之外就沒什麼特別的地方了。

「沒有……什麼奇怪的啊……」

「怎麼說呢……有沒有什麼奇怪的小蟲貼在上面？像是蜘蛛之類的。」

「沒有啊。」

「這樣啊，那就好。那麼——就讓我們繼續後半戰吧！」

桐人說完直接就朝著迴廊北端的大門走去，而尤吉歐則急忙跟在他身後。

「喂，剛才那是怎麼回事！」

「沒有啦。」

「這樣很讓人在意耶，那你也看一下我背後！」

「都說沒事了。」

尤吉歐一邊和桐人進行著自從離開盧利特村後就不知道重複過幾次的拌嘴，一邊在心裡呢喃了一遍真正想問的事情。

平常總是那麼冷靜的你，在身為敵人的法那提歐臨死前為什麼會那麼慌亂——還有，「我就算死了……」這句話應該還有後續才對——

桐人，你……到底是什麼人……？

在比身高高出數倍的大門前停下腳步的黑衣劍士，一舉起雙手就用力把門往左右兩邊推開。下一個瞬間，冷風馬上吹了進來，讓尤吉歐稍微把臉別開了去。

3

一路從大迴廊南側樓梯爬上來的桐人與尤吉歐，打開大門後就發現內部的空間與樓梯大廳同樣寬廣。而且形狀也同樣是長方形，深處的牆壁上有一整排細長的窗戶，可以從那裡看見深藍色的北方天空。

但是交互鑲著黑白石頭的地板上——卻看不見最重要的，通往第五十一層的大樓梯。

即使在大廳裡再怎麼尋找，還是找不到任何梯子或是繩子。尤吉歐只在平滑地板的中央部分看見一個奇妙的圓形凹陷，至於往上爬的通路則是完全沒有頭緒。

「沒……沒有樓梯耶。」

茫然這麼呢喃完後，跟在桐人後面踏進微暗大廳的尤吉歐馬上因為脖子感覺到吹拂過的冷空氣而縮起肩膀。伙伴可能也注意到這個現象了吧，只見他們兩個人同時抬頭往上看去。

「……什……」

「那是什麼啊……」

然後兩人同時啞口無言。

上面竟然沒有天花板。與大廳同樣的空間……不對，應該說垂直的空洞就這樣無限延伸到視線看不見的地方。上頭籠罩在一片深藍色的陰暗當中，讓人根本無法推測它究竟有多高。

從遙遠的高度慢慢把視線拉回來之後，馬上就能發現這並不是一個完全掏空的空間。應該是第五十一層之後的各個樓層都有相當高的壁面，而且壁面上還設有比兩人身後那扇還要小的門，門前還有細長的露臺延伸到打通的空間當中。

也就是說——只要能到達那個露臺就能入侵下一個樓層了。

尤吉歐下意識中伸出右手，並且試著跳了兩下。

「……怎麼可能碰得到啦……」

他混雜著嘆息這麼低聲說道。連最近的露臺都位在比背後「靈光大迴廊」的天花板還要高的位置，怎麼看都至少有二十梅爾以上的高度。

同樣在身邊抬頭往上看的桐人，只能用脫力的聲音問道：

「那個……還是跟你確認一下，應該沒有能飛的神聖術吧？」

「沒有啦。」

尤吉歐馬上無情地這麼回答。

「因為在空中飛翔是整合騎士的特權啊。而且連他們也不是用術式，而是搭乘飛龍……」

「那……這裡的人要怎麼到五十一層以上的樓層？」

「誰知道……」

兩人一起陷入謎團當中。雖然不想這麼做，但還是有回到大迴廊去詢問法那提歐倒在地上的部下該怎麼上去的方法——剛想到這裡……

「喂，有東西下來囉。」

桐人忽然用緊張的聲音呢喃著。

「咦？」

尤吉歐聽見後便再次抬頭往打通的空間看去。

這時的確可以看見有某種東西靠近。黑影直接掠過排成一列往外突出的露臺邊緣緩緩降了下來。和桐人同時往後飛退的尤吉歐一邊按住劍柄，一邊凝視著接近的黑影。

那是一個正圓形物體。直徑大約有兩梅爾左右。每當經過細長窗戶射進來的藍色光線，圓形邊緣就會發出亮光，從它會發出亮光這一點來看，就能知道它大概是鐵製的圓盤。但是這種東西為什麼會在這個沒有任何支柱的空間緩緩降下呢？

以一定速度移動的圓盤通過兩層樓上方的露臺時，尤吉歐的耳朵就能聽見咻咻的奇妙聲音。同時脖子也再次感覺到有冷空氣流過。

尤吉歐沒有逃，也沒有拔劍，只是呆呆地站在原地，看著圓盤經過頭上的露臺降到兩人眼前的模樣。當圓盤接近到數梅爾上空的時候，尤吉歐才發現圓盤下部中央部分有個小孔，從該處噴出的猛烈空氣正是謎樣聲音與氣流的原因。

但是光靠風力真的可以讓這麼大的鐵製圓盤浮在空中嗎——當他感到疑惑時，咻咻的聲音已經愈來愈大，金屬盤落下的速度也愈來愈緩慢，最後輕輕震動了一下就完整地嵌在地板上的圓形凹陷處。

圓盤上面磨得像鏡子一樣光滑。邊緣還圍了一圈施有精緻圖案的銀製扶手。中央部分有一根長一梅爾，寬十五限左右的玻璃圓筒——另外還有一名少女靜靜站在那裡，並且把雙手放在圓筒的半球狀頂端。

「…………！」

尤吉歐一邊往後退了一步，一邊在握住劍柄的右手上加重了力道。擔心是新整合騎士的他已經繃緊自己的神經。

但是馬上又注意到少女的腰上以及背後都沒有攜帶任何武器。而且連服裝也是不太適合戰鬥的簡樸黑色長裙。另外身上還圍了一條從胸口垂到膝蓋下方的白色圍裙，而圍裙摺邊上的縷空編織可能是她身上唯一的裝飾，其他就看不到任何飾品了。

帶點灰色的茶色頭髮在眉毛以及肩膀上方切齊，蒼白的臉上也找不太出什麼特徵。臉龐雖然端正，但是卻沒有任何表情。年紀雖然看起來自己還小一點，不過尤吉歐對於這樣的目測沒什麼自信。

試著要辨明少女究竟是什麼人的尤吉歐原本想看她的眼睛，但是卻被她伏下的睫毛遮住，結果連她眼珠子的顏色都看不見。少女即使圓盤停下來也完全不看向兩人，只是把手從不可思議的圓筒上移開並整齊地放在圍裙上，深深低下頭後才首次開口表示：

「讓您久等了，請問要到幾樓呢？」

那是只具有最小限度的抑揚頓挫，但是聽不出任何感情的聲音。不過至少沒有任何敵意，所以尤吉歐便默默地把手從劍上移開。他隨即又在腦袋裡重複了一遍少女說的話。

「問我們要到幾樓……難道妳願意帶我們到上面的樓層去嗎？」

半信半疑地問完後，少女就再次垂下剛移回來的頭部。

「是的，請您說出想去的樓層。」

「但一時之間也不知道……」

尤吉歐原本認為聖堂裡出現在自己面前的一定全是敵人，於是便頓時不知道該怎麼回答而吞吞吐吐了起來。結果旁邊不知道在想些什麼桐人已經用悠閒的口氣表示：

「那個，我們是入侵聖堂的罪人……搭這台電……不對，搭這塊圓盤真的沒關係嗎？」

結果少女稍微歪了一下脖子，然後馬上移回原位並且回答：

「我的工作就是移動這台升降盤，除此之外就沒有其他命令了。」

「這樣啊，那我們就不客氣囉。」

才剛輕鬆地說完，桐人就迅速朝著圓盤走去，尤吉歐只能趕緊對他說道：

「喂喂，真的沒關係嗎？」

「因為除此之外就沒有到上面去的方法啦。」

「是這樣沒錯啦……」

尤吉歐雖然覺得才剛被兩名小孩子騎士所騙，虧你還能這樣毫無戒心地搭上這東西，但兩個人確實不知道要怎麼操縱這個圓盤。而且就算是陷阱，只要跳到某處的露臺上應該就能度過難關，心裡做出這樣的決定後，尤吉歐也跟著伙伴往前走去。

兩人從纖細扶手的開口走上圓盤後，桐人便用好奇的眼光看著玻璃圓筒並對少女說：

「那先帶我們去圓盤能到的最高樓層。」

「了解了，那麼我們將直達八十層的『雲上庭園』。請小心不要把身體探出扶手之外。」

少女馬上這麼回答，接著又行了個禮，然後把雙手放在圓筒上方。吸了一口氣後——

「System call。Generate aerial element。」

突然的術式詠唱讓尤吉歐以為對方要發動攻擊而嚇了一跳，但似乎不是這個樣子。因為閃爍綠色光芒的風素是出現在透明圓筒的內部。但看見它的數量後，尤吉歐馬上又嚇了一跳。因為風素竟然多達十個——能夠同時生成這麼多的素因，可見施術者的等級相當高。

少女放在玻璃圓筒上的纖細手指裡，右手的拇指、食指與中指筆直往上豎起後，嘴裡又接著低聲說出：

「Burst element。」

瞬間有三個風素隨著綠色閃光爆發，腳下傳出了「轟！」的一聲巨響。接著搭載三個人的金屬圓盤便像被透明之手拉起來一樣往上升起。

「原來如此！是這樣驅動的啊。」

聽見桐人佩服的聲音後，尤吉歐終於也了解圓盤能夠上下移動的原理了。藉由在貫穿圓盤的玻璃圓筒裡解放風素，讓爆炸產生的旋風往下方噴出來抬起三人的身體以及圓盤本身加起來的重量。

實際看見之後就能知道是很簡單的原理，但圓盤上升的狀況相當平順，讓人完全感覺不出是由風素爆炸所推動。開始上升時多少有點被人往下壓的感覺，但除此之外可以說沒有任何的晃動。

五十樓的地板馬上被遠遠拋在下方，尤吉歐這才感覺到這塊小圓盤正爬上聖堂第八十層，也就是連雲都到不了的高度。他在褲子上擦乾手掌上的汗水，然後緊緊握住扶手。

但是旁邊的桐人卻像是曾經搭過類似的工具般露出滿不在乎的表情，他先是對圓盤的構造發出了感嘆的聲音，最後興趣又轉移到操縱圓盤的人類身上，只見他對著少女問道：

「妳從事這份工作多久了？」

依然低著頭的少女用感到有些不可思議的聲音回答：

「我從事這份天職有一百零七年了。」

「一百……」

尤吉歐完全忘記腳底下的空間，只是瞪大自己的眼睛。然後代替桐人吞吞吐吐地問道：

「一……一百零七年……妳是說這段期間妳一直在操縱這塊圓盤嗎？」

「也不是一直……中午還是有休息與用餐的時間，當然晚上也有就寢時間。」

「呃……我不是這個意思……」

——不對。

事情就如這少女所說的。她應該和整合騎士一樣被凍結了天命，然後把可以算是永遠的時間都花在這一塊圓盤上面。

尤吉歐認為，跟把無限的時間都花在戰鬥上的整合騎士比起來，這實在是相當殘酷、孤獨且荒涼的命運。

金屬盤緩緩地持續上升。少女把所有感情隱藏在伏下的睫毛底下，等風素一用完就立刻解放新的風素。從以前到現在，她不知道已經重複過幾次解放風素的「Burst」術式了，尤吉歐雖然試著想像了一下，但那當然早已經超出想像所能及的範圍。

「妳的名字是……？」

桐人忽然這麼問道。

少女考慮了目前為止最長的一段時間後才這麼回答：

「我已經忘記自己的名字了……現在大家都稱呼我『升降員』。升降員……就是我現在的名字。」

這下子就連桐人都不知道該怎麼回答她才好。尤吉歐默默數著通過的露臺，當數量超過二十時，忽然有一股自己應該要說些什麼的衝動讓他開口說話了：

「……那個……我們要去打倒公理教會的偉大人物，就是賦予妳這份天命的人。」

「這樣啊。」

少女的回答到這裡就結束了。但是尤吉歐又繼續說出應該不會有任何效果的話來：

「如果……教會消失，妳也從這份天職裡被解放出來的話，妳有什麼打算呢……？」

「……解放……？」

用懷疑的口氣重複了一遍後，名為升降員的少女在圓盤通過五個露臺的時間裡都保持著沉默。

稍微瞄了一眼上空的尤吉歐，發現上方不知道什麼時候已經漸漸出現灰色的天花板。那應該就是聖堂第八十層的底部了吧。接下來他們終於要正式踏入公理教會的核心部了。

「我的世界……就只有這道升降洞而已。」

少女忽然丟出這麼一句話。

「因此……就算要我決定新的天職，我也不知道該怎麼辦……但是，我倒是有一件想做的事情……」

少女抬起一直低垂的頭來，看向右側牆壁上的細長窗戶——以及窗戶外面清澈的北方天空。

「……我想用這台升降盤……自由地飛翔在那片天空當中……」

少女首次露出來的眼珠是宛如盛夏蒼穹般深邃的藍色。

在最後的風素快要消失前，圓盤終於來到第三十座露臺，而它也馬上就停下動作。

移動圓盤的少女把雙手從圓筒上移開後直接整齊地貼在圍裙上，然後深深地一鞠躬。

「久等了，這裡是第八十層的『雲上庭園』。」

「謝謝妳……」

尤吉歐與桐人也向她行了個禮，然後從圓盤移動到露臺上。

這時少女不再抬起頭來，只是輕輕點了個頭，便任由風素減弱的圓盤往下降去。寒風般的噴射聲逐漸遠去後，封鎖永恆時間的鋼鐵小世界便消失在藍色暗影當中。

尤吉歐忘我地呼出長長一口氣來。

「……我還以為之前伐木手的工作已經是世界第一看不到終點的天職了……」

剛這麼低聲說完，桐人便抬起眉毛看向尤吉歐。

「和那個女孩的天職比起來，上了年紀揮不動斧頭就能引退已經很不錯了……」

「卡迪娜爾說就算用術式凍結天命的自然減少，也沒辦法防止靈魂老化。還說記憶會一點一點被侵蝕，最後完全崩壞。」

用低沉的聲音回答完後，桐人像是要停止思緒般迅速轉換身體的方向，直接背對那條深邃的垂直穴道。

「公理教會所做的事完全錯了，所以我們才會為了打倒亞多米尼史特蕾達來到這裡。但事情不是這樣就結束了，尤吉歐。真正的難題是在打倒她之後……」

「咦……？打倒亞多米尼史特蕾達後，不是把一切交給卡迪娜爾小姐就可以了嗎？」

尤吉歐一這麼問，桐人便動起嘴唇似乎想回答些什麼，但總是相當果決的他這時黑色眼珠卻浮現猶豫的神情，而且還低下頭去。

「桐人……？」

「……沒有啦，之後的事情就等奪回愛麗絲後再說吧。現在不是分心的時候了。」

「是沒錯啦……」

像是要從尤吉歐感到疑惑的視線下逃開一樣，桐人快步在露臺上走了起來。有些無法接受的尤吉歐雖然趕忙追了上去，但一看見聳立在短短露臺終點的那扇大門，從身體底部湧上來的

緊張感馬上就把些微的疑惑吹散了。

從五十樓聚集了多達五人的整合騎士來看，就能知道指揮如何排除入侵者的人——大概就是法那提歐所說的「元老長」，應該無論如何都想在那裡阻止兩個人吧。實際上，兩個人能擊退騎士們的猛攻而獲得艱苦的勝利也的確算是奇蹟了。

既然突破那條防衛線，爬到如此接近最上層的地方來了，元老長也差不多要投入最強戰力了才對。比如說一打開這扇門，就有包含「騎士長」在內的所有整合騎士、司祭與修道士等高階神聖術者在等待著他們——這確實是很有可能發生的事。

但是既然沒有其他迂迴的路徑，就只能從正面突破所有的障礙了。

如果是我和桐人的話，應該能辦得到才對。

尤吉歐確實和身邊的同伴交換了一下眼神並且互相點了點頭。然後同時伸出手來，各自用自己的手掌用力推開左右的門。

一陣沉重的聲音過後，石門便慢慢地往左右兩邊打開。

「…………！」

五感立刻被展現在眼前的色彩、潺潺流水聲以及甘甜香味掩沒，讓尤吉歐一瞬間感到有些頭暈目眩。

這裡絕對是高塔內部。因為遠方可以看見與下層同樣的白色大理石壁。

但是廣大的地面卻不再跟之前一樣是由石頭鋪設而成。取而代之的是看起來相當柔軟的茂盛草皮。草皮的各處還能看見各種顏色的聖花盛開，看來香味的來源就是這些花朵了。

令人驚訝的是稍遠處還有一條漂亮的小溪流過，可以看見它的水面正發出閃閃光芒。從兩人站立的門前有一條貫穿草皮的羊腸煉瓦道路，在經過小溪上方的木橋後還是繼續往前延伸。

小溪後方似乎是一座略高的山丘。小路就這樣蜿蜒在花朵四處綻放的斜面上。視線順著道路往前看去的尤吉歐，發現在山丘頂端長著一棵樹。

那棵樹並不是很高大。除了細長的樹枝與深綠色的樹葉之外，還能看見上面長著十字形的橙色小花。從設置在遙遠天花板附近的窗戶照射下來的索魯斯光線剛好投射在樹上，讓無數的小花發出黃金般的光芒。

纖細的樹幹在陽光照射下也發出光滑的亮光——而樹幹附近則有更加炫目的金色閃光——

「啊…………」

尤吉歐沒有意識到自己嘴裡發出小小的呼喊聲。

一看見那名把背靠在樹幹上，閉起眼睛席地而坐的少女，尤吉歐所有的思考就停頓下來了。

少女全身都包裹在金黃色光芒之下，看起來宛如樹葉透下來的柔和日光所產生的幻影。她的上半身與雙臂都穿戴著華麗且炫目的黃金鎧甲，白色長裙上也縫著金色絲線，連擦得晶亮的白色皮靴都在陽光照射下灑出無垢的光線。

但是發出最清澈光芒的，還是那一頭濃密的長髮。彷彿熔解黃金後鑄成的長直髮從擁有完美弧形的小小頭部垂至腰部附近，形成一道發出神聖光芒的瀑布。

遙遠的過去，幾乎每天都能看見的光輝。當時不懂它的尊貴與脆弱，甚至還曾經因為惡作劇而拉扯，或者把樹枝綁在這樣的頭髮上。

這黃金光輝原本是友情、憧憬以及淡淡愛戀的象徵，但某一天之後卻變成代表尤吉歐的軟弱、醜惡與膽小。而現在，應該再也看不見的光芒就在伸手可及的地方。

「愛……愛麗……絲……」

尤吉歐依然沒有注意到嘴裡發出零星的沙啞聲音，只是踏著虛浮的腳步往前走去。

他搖搖晃晃地走在煉瓦小路上。不論是聖花清爽的芳香還是輕快的水聲都沒辦法打動尤吉歐的意識。只有緊握胸襟的溼濡手掌傳出的熱量，以及像在布料下方不停跳動的短劍觸感讓尤吉歐感覺自己還在這個世界裡。

他走過小溪上的橋後，直接往上坡爬去。這時距離山丘頂端只剩下不到二十梅爾的距離。

抬頭一看之後，發現已經能清楚看見少女微微往下的臉龐。通透的白色肌膚上沒有浮現任何表情。她只是靜靜地閉著眼睛，用心感受著陽光的溫暖與聖花的芳香。

——她睡著了嗎？

只要繼續靠近，稍微用短劍刺一下整齊握在膝蓋上方的指尖……就能夠結束這一切了嗎？

當尤吉歐這麼想的瞬間。

愛麗絲的右手無聲地舉了起來，尤吉歐隨即感覺心臟急劇跳動並停下腳步。

嬌豔的嘴唇動了起來，接著便聽見相當令人懷念的聲音。

「請再等一下。難得天氣這麼好，我想讓這孩子再多曬一點太陽。」

有著金色睫毛的眼瞼緩緩往上抬起。

世界上獨一無二的藍色眼珠筆直地看著尤吉歐的眼睛。

尤吉歐浮現愛麗絲即將射出柔和視線，嘴角也會露出微笑的預感。

但是清澈眼珠的藍已經不再是過去那種溫柔的天空色了。現在的藍已經變得跟不論受到多少陽光照射都無法融解的萬年冰山一樣。被判斷對方是入侵者的冷冽視線射穿之後，尤吉歐的腳再也無法往前半步。

果然還是得跟她一戰。

就算失去記憶，她也絕對是盧利特村的愛麗絲·滋貝魯庫本人。但為了把她變回原狀，自己只能對這樣的她拔出腰間的長劍。不管這會是場多麼難以接受的戰役，自己還是非得這麼做不可。

兩天前被用劍鞘打中臉頰時，尤吉歐就已經親身體驗過整合騎士愛麗絲·辛賽西斯·薩提的實力了。雖說是事出突然，但尤吉歐的眼睛確實無法追上那一擊的速度。擁有那種實力的騎士，要封住她的行動又不能讓她受傷簡直可以說比登天還難。

她絕對不是保留實力還能取勝的對手。

——但是，我真能對那頭金髮揮下手裡的長劍嗎？

其實別說是拔劍了，尤吉歐根本連一步都沒辦法前進。

站在內心忽然出現糾葛而無法前進的尤吉歐背後，桐人忽然用有些沙啞，但是極為堅定的聲音說道：

「尤吉歐，你別跟愛麗絲戰鬥。只要考慮如何用卡迪娜爾的短劍刺中她就好。我一定會挺身擋住她的攻擊。」

「但……但是……」

「只能這麼做了，戰鬥拖得愈久對我們就愈不利。我會直接擋下愛麗絲的第一道攻擊並把她纏住，到時你就立刻使用短劍。知道了嗎？」

「…………」

尤吉歐用力咬著嘴唇。跟迪索爾巴德、法那提歐作戰時，最後都還是由桐人承受了他們所有的攻擊。說起來，如果不是因為尤吉歐個人的感情問題，他們也不會做出挑戰公理教會這種有勇無謀的行為。

「抱歉……」

感到相當愧疚的尤吉歐一這麼低聲說道，桐人便用較為正常的聲音回答他：

「不用跟我道歉，我馬上會加倍跟你討回這個人情。不過……這件事到時候再說吧……」

「……？怎麼了嗎？」

「沒有啦……現在看起來，她似乎沒有攜帶武器。而且她剛才說的……『這孩子』指的到底是誰……？」

聽見桐人這麼說，尤吉歐便朝著坐在山丘上的愛麗絲看去。結果再次閉上眼睛，微微低下頭來的她，腰間的確看不見在修劍學院初次相遇時掛在上面的金色劍鞘。

「說不定因為在休息，所以沒有帶劍出來……如果是這樣就太好了。」

用完全不敢相信會有這種事情的口氣說完後，桐人隨即用左手撫摸黑劍的劍柄。

「雖然對愛麗絲不好意思，但我們沒時間等她曬完太陽了。現在衝上去的話，不管她有沒有劍都沒有詠唱完全支配術的時間。老實說，如果能不用那個就能讓事情結束的話就太好了。」

「說得也是……我的完全支配術不會讓劍耗費太多的天命，所以今天應該還可以再用個兩次……」

「真是可靠。不過我只剩一次就是極限了。因為愛麗絲之後還有什麼騎士長之類的在。

那……要上囉。」

輕輕點一下頭後，桐人便往前走了一步。

下定決心的尤吉歐也跟在他身後。

他們離開繞著山丘的煉瓦道路，朝著山丘頂端直線前進。踩著草皮的鞋子發出沙沙的聲音。

當兩人爬到一半時，愛麗絲便輕巧地站了起來。半張的眼瞼底下那雙看不出任何感情的冰冷眼睛一直往下看著兩人。

兩個人霎時有種視線裡帶著某種術式的感覺，只覺得兩腳愈來愈是沉重。愛麗絲怎麼看都沒有攜帶武器，但尤吉歐卻覺得雙腳拒絕繼續靠近她。光是臉頰被擊中一次，身體就已經牢牢記住那種恐怖的感覺了嗎？但是這時連走在前面的桐人，腳步似乎也失去了原來的力量。

「……你們竟然真的爬到這個地方來了。」

愛麗絲清澈的聲音再度晃動著空氣。

「我判斷你們就算逃出地下監牢，光靠在玫瑰園裡待機的艾爾多利耶應該也能夠解決掉你們。但是你們不但打敗他，甚至連攜帶神器的迪索爾巴德閣下與法那提歐閣下都被你們擊倒，最後還來到這座『雲上庭園』。」

她弓形的眉毛微微皺了起來。粉紅色嘴唇發出的聲音也帶著一點憂慮：

「到底是什麼給了你們這樣的力量？你們為什麼要做出這種撼動人界和平的行為？你們難道不知道，每傷害一個整合騎士，就會對對抗暗之勢力的實力造成很大的傷害嗎？」

——這全都是為了妳啊。

尤吉歐在心裡這麼大叫著。但他知道這些話對眼前的整合騎士愛麗絲來說一點意義都沒有。所以尤吉歐只能咬緊牙關，拚命驅動自己的腳往前走。

「看來——還是只能用劍逼你們吐實嗎？好吧……如果這就是你們的希望。」

以嘆氣般的口吻說完後，愛麗絲便把右手放到身邊的樹幹上。

但妳根本沒有劍吧——

尤吉歐剛這麼想，而桐人也說出「不會吧」的時候。

下一個瞬間，山丘上的小樹便隨著剎那的閃光消失了。

「————！」

一會兒後就飄出一陣濃密、甘甜又清爽的香味，然後隨即完全消失。

不知不覺間，愛麗絲的右手上已經握著那把曾經看過的纖細長劍。它不只是劍鞘，就連劍鍔以及柄頭都是由閃亮的黃金打造。另外劍鍔上還刻有十字形的花朵圖樣。

尤吉歐無法馬上理解發生了什麼事。

樹消失後劍就出現了。也就是說，那棵樹變化成劍了嗎？但是愛麗絲沒有詠唱任何術式。

不論只是單純的幻術，或者是超高等的物質轉換神聖術，都不可能在沒有詠唱式句的情況下實現剛才的現象。

不對，如果說那棵樹也是按照愛麗絲描繪出來的影像變化而成——那也就表示——

早一步做出這種結論的桐人馬上發出低沉的呻吟：

「糟糕，這下不妙了……難道說那把劍已經是完全支配狀態了嗎？」

愛麗絲從高處睥睨著底下僵住的兩個人，然後用雙手水平舉起手裡的劍。

隨著鏘一聲拔出的劍身有著比劍鞘還深的黃色，反射著索魯斯的光線發出炫目的亮光。

下一個瞬間，桐人猛然向前衝去。雖然不清楚愛麗絲的劍有什麼樣的力量，但他應該是想在對方發動支配術之前就先展開近身戰吧。扯斷一堆雜草的他，不到十步就已經跑完山丘的八成距離。

而尤吉歐也握住胸口的鍊子，死命追上伙伴。桐人似乎沒有打算拔刀。正如他剛才所說的，他準備用身體來擋住愛麗絲的初擊。就算能因此封住她的行動，應該也撐不了太久才對。這樣的話，尤吉歐就一定得確實完成趁這段空檔用短劍刺中她的任務了。

即使看見迫近的黑衣劍士，愛麗絲的表情還是完全沒有改變。她只是輕鬆地揮了一下右手的劍。

桐人根本還沒進入她斬擊的範圍之內。難道是像迪索爾巴德或者法那提歐那樣的遠距離型攻擊術嗎？這樣第一擊就算能讓桐人停止前進，尤吉歐應該還是可以靠近到能用短劍刺中她的距離才對。

浮現這種想法的尤吉歐，立刻改變跟桐人同樣的角度繼續往前跑去。

愛麗絲的右手迅速往前一揮。

黃金劍的刀身——竟然消失了。

「！」

正確來說應該不算消失。它應該是分解開來了。劍變成了難以計數的小碎片，以黃金旋風的型態朝桐人攻去。

「咕啊！」

在無數光芒包圍下的桐人，只能發出悲鳴並且被打倒在地上。

為了活用伙伴創造的唯一機會，尤吉歐只能咬緊牙關繼續往前衝。

但是襲擊桐人的黃金旋風不是就此停住。它們一邊發出宛如寒風般的沙沙聲，一邊在空中改變方向朝左飛去，然後直接從側面包圍尤吉歐。

那不是站穩腳步就能抵抗的衝擊。尤吉歐就像被巨人的手掌打飛出去一樣，也跟著往右側倒下。

直徑連一限都不到的小碎片，卻有著極為恐怖的重量。被打到草皮上的尤吉歐的整條左臂都因為在黃金旋風包圍自己時用來護住臉孔而感覺到燙傷般的痛楚，必須很努力才能壓下想發出悲鳴並且在地上打滾的衝動。

輕鬆就擋住兩人突擊的無數黃金碎片在天空中畫出一道弧型並且回到愛麗絲身邊。但是沒有變回劍的形狀，而是直接保持碎片的模樣飄浮在騎士周圍。

仔細一看之下，才發現小碎片全是由更小的菱形重疊成十字架的形狀。它們和刻在劍鍔上的圖案相同——也就是跟山丘上那棵樹的花朵有著同樣的外型。

「——竟然沒拔刀就衝過來，你們是在愚弄我嗎？」

依然沒有表現出任何感情的愛麗絲靜靜地斥責兩人：

「剛才的攻擊，我因為當成是警告所以手下留情了。但是接下來就要消除你們的天命。為了你們之前打倒的騎士，快點拿出所有的實力來吧。」

——手下留情了？

那還能發揮出這樣的威力……？

打從心裡感到戰慄的尤吉歐，視線前方無數的黃金花這時又一起發出鏘的一聲。凝眼一看之後，才發現剛才相當光滑的四枚花瓣前端，現在已經變得比細劍的尖端還要銳利了。如果被那種東西擊中，就不可能像剛才那樣只是跌倒在地而已。到時候不只會皮開肉綻，甚至連骨頭都可能被砍斷。

強烈的恐懼感變成足以讓手腳麻痺一樣的冷水吞噬了尤吉歐。

就算只有一片黃金花，要是被擊中要害也會損失大量的天命。但現在愛麗絲身邊那些宛如華麗吹雪的黃金小碎片至少有兩三百片。當然不可用劍把它們全部彈開，而且也很難躲避這些能高速在空中自由移動的花瓣暴風。也就是說愛麗絲擁有的是——難以置信的完美且萬能的完全支配術——

沒錯，真的是難以置信。

使用神器的完全支配術的確是相當強力的技巧，但它依然有其界限。這種術式的本質是把變成武器的存在原本擁有的「記憶」，也就是擷取熱、冷、堅硬、速度等要素後轉變成攻擊力，特別強化某方面的能力之後，該能力之外的性能也會更加劣化。

副騎士長法那提歐的完全支配術靠著凝聚光線而強化了單點的貫穿力，但也因為強化過頭而被桐人用創造出來的小鏡子彈了回去。

雖然不清楚應該是愛麗絲神器源頭的小樹過去是怎麼樣的存在，但是把內含的力量分割成那麼多小碎片——也就是說追求命中率的話，每片花瓣的攻擊力應該就會變小才對。但是剛才不滿一限的一枚小碎片，就讓尤吉歐感覺到宛如巨人拳頭的威力，這實在是太不合常理了。

如果開著那種橙色花朵的小樹能夠引起那樣的現象，就代表它的優先度應該凌駕於桐人黑劍源頭的「惡魔之樹」基家斯西達才對……

倒在左前方的桐人似乎一瞬間就跟尤吉歐有同樣的想法，所以抬起來的側臉也因為驚訝與恐懼而變得鐵青。

但是不知道放棄兩個字怎麼寫的伙伴，依然用炯炯有神的眼睛瞄了尤吉歐一下，然後無聲地動著嘴唇。

——開始「詠唱」吧。

要用正攻法突破那道花瓣暴風的確是不可能的事。這樣就只能用藍薔薇之劍的完全支配術抓住使用者了。剛才愛麗絲曾配合花瓣的動作揮動只有劍柄的長劍。也就是說，持有者的意志並不是操縱花瓣集合的唯一要素。

尤吉歐維持狼狽倒地的姿勢，悄悄把左手放到藍薔薇之劍的劍柄上，然後用幾乎不成聲音的音量開始詠唱完全支配術。雖然要是被愛麗絲發覺而遭受攻擊就萬事休矣，但桐人應該會想辦法防止這一點才對。

結果正如尤吉歐所預料，當他開始詠唱時桐人就大動作地站起身來，然後鼓起聲音叫道：

「在下為對光榮的整合騎士做出如此失敬的行為道歉！修劍士桐人，再次請求與騎士愛麗絲進行一場光明正大的劍術比試！」

桐人把右拳放在胸口並且行了個禮，接著便握住左腰上的劍柄。發出鏗鏘一聲尖銳的聲音後被拔出來的黑劍劍刃，像是要把騎士身邊的黃金光芒劈成兩半般被舉了起來。

愛麗絲用彷彿能看透一切的藍色眼睛凝視著黑衣劍士，眨了一下眼睛後才回答：

「──好吧，就讓我用劍來試試看你們的心究竟有多邪惡。」

接著馬上揮動右手的劍柄。結果飄浮在周圍的無數黃金花便發出細浪般的聲音並且聚集在愛麗絲手邊，最後在被握住的劍柄前方留下些許空隙後排成一列。下一個瞬間，小碎片就隨著鏗鏘的金屬聲變回黃金長劍。

愛麗絲以優美的動作把劍擺在中段，然後往前走了幾步，這時把劍擺在下段的桐人又繼續說道：

「只要交手的話就一定會有一方倒下，但在那之前希望妳能告訴我一件事。愛麗絲閣下的神器，應該是來自於剛才山丘上那棵樹，但為什麼那樣的小樹會有如此巨大的力量呢？」

雖然很明顯是為了拖延時間的問題，但桐人應該也是真心想得知黃金劍完全支配術的謎底吧。當然尤吉歐也相當在意這件事。所以他便一邊詠唱一邊豎起耳朵傾聽。

愛麗絲前進了三步就不再往前。沉默一陣子後，她的嘴唇才輕輕動了起來：

「雖然告訴接下來即將喪命的你也沒有用……但就當成你在前往天界途中的慰藉吧。我的神器叫作『金木樨之劍』。正如名字所表示的，它是來自於一棵沒有什麼特別的金木樨樹。」

金木樨，那是秋天會開出橙色小花的小型樹木。雖然盧利特村附近完全沒有野生的金木樨樹，不過倒是曾經在央都看過幾次。它不像基家斯西達這樣，是全世界只有一棵的稀少種。

「沒錯，它的確就像你說的，只是一棵普通的小樹。唯一特別的就是它的年齡——現在中央聖堂的所在地，在遙遠上古時代是創世神史提西亞賜給人類的『初始之地』。小小村莊的中央有一道甜美的湧泉，而岸邊則長著一棵金木樨……創世紀的第一章就有這樣的敘述。而那棵樹正是我配劍的原形。聽好了，這把金木樨劍是人界森羅萬象當中最古老的存在。」

「妳……妳說什麼……」

相對於感到愕然的桐人，愛麗絲只是面無表情地繼續說道：

「這把劍是神明創下的樹木轉生後的模樣。屬性是『永劫不朽』。光是飛散的一片花瓣，都有穿石開地之能……就像你剛才親身體驗過的那樣。這下子，你知道自己對抗的是如何強大的力量了吧？」

「……嗯，很清楚了。」

桐人不再用咬文嚼字的說法，直接就這麼回答：

「原來如此，是神明最先設置的不可破壞物體嗎……真是的，怎麼不斷有恐怖的東西跑出來啊……不過就算是這樣，我也不會因此而退縮。」

雖然擁有同種類的原型，但黑劍的優先度應該完全比不上金木樨之劍吧，不過桐人還是緩緩將它舉到上段，接著大叫：

「那麼，整合騎士愛麗絲……讓我們一決勝負吧！」

黑衣劍士往地面一踢，接著便呼一聲往前衝出。只見他用完全看不出是爬坡的速度，衝向站在山丘上的愛麗絲。

桐人應該是認為，就算愛麗絲的劍再怎麼厲害，只要進入接近戰並且使出連續技就能夠占到優勢了吧。剛才的戰鬥裡法那提歐之所以能夠對應高速的連擊，完全是因為她個人的因素而自行研發出連續技的緣故，這在整合騎士裡應該也是相當特殊的例子。

正如桐人以及尤吉歐所預測的，愛麗絲只是一成不變地把劍舉到頭上來迎擊桐人的上段斬。這樣的動作無法擋下連在上段之後的中段攻擊。

桐人化成黑色雷光往下揮落的劍和金木樨之劍產生撞擊並且爆出藍白色火花。

但是第二擊卻沒有馬上出現。

因為愛麗絲的劍幾乎一動也不動，但往下砍的桐人卻像是用小樹枝砍中大岩石般整個往後彈，身體也因此而失去了平衡。

「嗚喔……」

一腳踩在斜坡上的桐人立刻狼狽地退了兩三步，愛麗絲則用行雲流水般的步伐追了上去。

她的左手連指尖都伸得筆直。身體整個拉開，黃金劍也直挺挺地舉在身後。雖然和艾恩葛朗特流比起來算是不適合實戰的古老劍招，但搭配她流動的金髮與裙子後，看起來就像一幅畫般的優美。

「嘿咿！」

劍隨著她的吼叫畫出大大的半圓形並且砍了下來。攻擊的速度只能用恐怖來形容。但是動作實在太誇張了。

身體恢復平衡的桐人氣定神閒地把劍擺到左邊。

兩柄劍碰在一起並發出「鏘嗯——」的巨響。

這次像陀螺般被轟飛的依然是桐人。他必須把手撐在草皮上才能免於跌倒，但已經滑落到山丘的下端了。

到了這個時候，尤吉歐終於了解眼前發生的事態。

一擊的重量實在相差太大了。

黑劍在為數眾多的神器裡優先度已經算高，而且桐人也用艾恩葛朗特流的連續技打倒過數名整合騎士，但愛麗絲的金木樨之劍大概擁有高出黑劍數倍的重量。用那樣的速度來揮動這樣的一把劍，別說彈開了，想要擋下攻擊根本是難上加難。

不對，還不只是這樣而已。在第一回合的交手裡就能知道，連桐人發動攻擊時黑劍都反而被彈回來。這樣根本沒辦法與之對抗。

了解這個事實的桐人雖然很快站了起來，但卻露出戰慄的表情並且繼續往後退了幾步。而愛麗絲則是用流暢的動作追了上去。

接下來桐人便陷入了可能是這兩年來首次如此狼狽的戰鬥。

愛麗絲不停以跳舞般典雅的動作使出斬擊。桐人雖然拚了命擋住攻擊，但每次都因此而被轟飛出去。如果能用身體動作閃開攻勢的話，或許就有反擊的機會。但愛麗絲揮劍的動作雖然大，速度與準度卻都相當精妙，讓人根本不可能漂亮地避開斬擊。

即使感到戰慄還是完成詠唱的尤吉歐，立刻追上不停移動的兩個人。事到如今，只能在桐人盡全力擋下攻擊時發動武裝完全支配術了。

不過五次的攻防，桐人就已經被逼到西側的牆邊。這時他已經貼著厚厚的大理石，再也無處可逃了。

愛麗絲一臉輕鬆地把劍尖對準陷入絕境的敵人，接著開口說道：

「原來如此。你是第二個能夠擋下我這麼多斬擊的人。應該是帶著相當的覺悟與信念才爬到這裡來的吧。但是……依然不足以撼動教會。我不能讓你們擾亂人界的和平。」

黃金騎士優美的站姿可以說沒有任何空隙。就算尤吉歐在她背後發動術式，她應該也能瞬時做出反應吧。

桐人──快說點話。只要創造出一點空隙就可以了。

尤吉歐一邊跑一邊拚命地這麼祈求著，但是伙伴卻只是把背部貼在大理石上，然後雙眼炯炯有神地看著愛麗絲，似乎沒有開口說話的打算。

「那麼——受死吧。」

金木樨之劍畫出圓弧形，然後筆直朝天豎了起來。

一瞬的寂靜後——

黃金光線發出撕裂空氣的咻咻聲。

將雙眼瞪到最大的桐人，右手忽然以看不見的速度動了起來。

尖銳的金屬聲。以及一道火花出現了。

桐人沒有抵擋而是帶開這記攻擊。他讓兩把劍在最小的角度下接觸，將愛麗絲無比沉重的一擊稍微錯開了。

金木樨之劍隨著沉重衝擊所貫穿的——是桐人頭部左邊一限左右的光滑大理石石壁。他被砍斷的頭髮立刻在空中飛散並且消失。

接著桐人便往愛麗絲撲去。他用左手按住騎士的右手，以右臂纏住對方的左臂。這時連之前完全沒有任何反應的愛麗絲也稍微動了一下臉頰。

——就是現在。

「Enhance armament！」

尤吉歐隨著大叫把藍薔薇之劍插在腳邊的草皮上。

四周圍瞬間因為結凍而變白。冰霜像猛烈的波浪般往前延伸，最後吞噬十梅爾之外的桐人與愛麗絲。

接下來就有無數的冰蔓藤一起從兩人腳邊升起。藍色透明的它們變成鎖鏈，重重捆綁住緊密貼在一起的兩個人。桐人的黑色服裝與愛麗絲的白色鎧甲迅速被厚厚的冰塊覆蓋。

桐人——愛麗絲，抱歉了！

尤吉歐雖然在心中這麼大叫，但還是繼續生出冰蔓藤。感覺就算纏上再多的蔓藤，都不足以阻止那個騎士愛麗絲。

一面發出嗶嘰嗶嘰的堅硬聲音一面纏到兩人身上的蔓藤，最後變成一根粗大的冰柱。

如同水晶原石般擁有數個平面的透明柱體，在內部關了兩名劍士的情況下靜靜地發出光芒。目前只有愛麗絲的右手以及貫穿石壁的金木樨之劍還在冰柱外。藍色冰塊當中，愛麗絲凍住的臉露出稍微驚訝的表情，而桐人則是散發出必死的決心。

只要用短劍刺中那條手臂，一切就結束了。

尤吉歐的手離開藍薔薇之劍並站了起來。雖然手離開劍之後完全支配術就會解除，但粗大的冰柱得經過數十分鐘才會自然融化。尤吉歐以右手用力握住懷中的短劍，然後往前走了一兩步——

當他踏出第三步時，一道金色光芒也在這時候炸了開來。

「啊…………」

驚訝的尤吉歐看見愛麗絲刺進牆裡的劍分裂成無數花瓣。

黃金的花瓣暴風一邊奏出沙沙的莊重和音一邊包圍住冰柱。

尤吉歐只能呆呆看著十字形小刀像龍捲風般旋轉著刨開冰塊的模樣。跳進那道漩渦裡的話，尤吉歐走不到半步就會一命歸西。

花瓣暴風將冰塊刨到只剩下一點厚度時隨即飛到上空。

接著冰柱就隨著清脆的破裂聲崩塌了。

愛麗絲用左手把抱住自己的桐人塞給尤吉歐，拍落頭髮上的碎冰用依然冰冷的口氣說道：

「——你們不是希望用劍技來一決勝負嗎？雖然還算有點意思……但是一點冰塊怎麼可能擋住我的花呢。我等一下就會和你對戰了，現在還是先乖乖到旁邊去等著吧。」

她說完便伸出右手，而飄在上空的花瓣也瞬間聚集過來，準備變回劍的形狀——

「Enhance armament！」

發出大叫的人是桐人。

他不知道何時詠唱完了完全支配術，這時開始有幾道黑影從他雙手握住的黑劍冒出來。

他的目標不是愛麗絲本人——

而是快要凝聚起來的金木樨之劍。

「咦……！」

這是愛麗絲第一次發出驚訝的聲音。

黑暗奔流吹散無數的花瓣，讓愛麗絲的控制產生了混亂。

在快要震破耳膜的轟然巨響之下，混雜著漆黑與黃金色的暴風到處肆虐著。它們互相糾結、旋轉，然後撞上愛麗絲背後的大理石壁。

「尤吉歐——！」

桐人大叫著。

沒錯。這就是最後的機會了。

尤吉歐抽出懷裡的短劍，用力往地面一踢。

距離愛麗絲只有短短的八梅爾。

七梅爾。

六梅爾。

這個時候。竟然發生了誰也沒預料到的事故。

兩把神器的完全支配術融合之後產生的異常力量奔流撞擊中央聖堂的牆壁後，讓它產生了無數的裂痕。

巨大的大理石——原本以為和「不朽之壁」同樣無法破壞的白色石牆就這樣隨著撼動天地的爆破聲崩塌了。

四角形的石頭不斷被往外側推去，出現的缺口也愈來愈大。

這時尤吉歐只能呆呆望著外面的藍天以及白色的雲海。

接著尤吉歐的背部忽然被一陣旋風擊中，讓他整個人撲倒在草地上。原來是塔內的空氣被牆壁上的洞穴吸了出去。而在洞穴旁邊的兩個人根本無法抵抗這股氣流。

糾纏在一起的黑衣劍士和黃金騎士被吸往塔外的景象深深烙印在尤吉歐的眼簾當中。

「嗚哇啊啊啊啊啊！」

尤吉歐大叫並且往牆壁上的洞爬去。

怎麼辦——是要用神聖術作出繩子——不對，還是用藍薔薇之劍的冰把他們兩個人——

但是根本沒有時間讓他實行這些思考。

應該往外側落下的大理石石塊，簡直就像時間倒轉般從塔外聚集起來，然後再度重新構成牆壁。

在轟然的沉重聲響下，洞穴變得愈來愈小——

「啊啊啊啊啊！」

最後洞穴就在發出悲鳴並且死命衝過去的尤吉歐眼前消失，看起來就像什麼事情都沒發生過一樣。

他忘我地用拳頭不停捶著牆壁。

但即使皮膚破裂、鮮血四濺，重組後便恢復完美外觀的牆壁還是沒有任何動靜。

「桐人——————！愛麗絲——————！」

光滑的白色大理石冷冷把尤吉歐的吼叫聲反彈了回來。

（Alicization rising　完）

後記

謝謝您閱讀本作《Sword Art Online刀劍神域12 Alicization rising》。從「beginning」「running」「turning」到現在，Alicization篇也已經來到第四冊，差不多是該快要看到終點的時候了……但桐人和尤吉歐好像還是一直在爬喔……不過中央聖堂和艾恩葛朗特一樣有一百層，所以要爬上去一定不是件容易的事情。下一集應該就會爬到最頂層了，就請各位再陪他們兩個人爬一會兒樓梯吧！

「rising」這個副標題當然是有「往上爬」的意思，不過爬樓梯的正確用法似乎不是「rise」而是「go up」的樣子。在考神聖語……不對，是考英文的時候可別弄錯囉。go up the stairs才是正確的「爬樓梯」！

第1集出版的時間是二〇〇九年四月，而第12集發售的時間是二〇一三年四月，所以SAO系列已經連載了整整四年的時間。在本作裡面，成為故事起點的SAO營運時間是設定在二〇二二年十一月，這樣的話Alicization篇應該是二〇二六年的六月，所以已經過了三年七個月的時間。（另外桐人又在地底世界過了兩年的時間……）

這段時間裡，桐人與亞絲娜等人在現實世界以及假想世界裡累積了各種經驗，而且也因此有所成長，至於身為作者的我有什麼改變嗎？老實說還真是一點實感也沒有呢。我自己的生活環境就像被亞多米尼史特蕾達大人固定住了一樣，可以說一成不變到有點嚇人的地步。連我用來寫作的筆電都沒有換過！（雖然不斷敲打鍵盤已經讓上面的塗漆脫落了。）

這就是說我害怕有所變化，同時也覺得改變是件相當麻煩的事情吧。實際上，只要想到還得備份和轉移檔案，想換新電腦的心情就會消失不見了，而且我騎自行車的路線甚至是轉彎的角落也完全沒有變過……但我覺得要是不偶爾接觸新的世界，腦袋裡所能想出的故事就會愈來愈貧乏，所以我決定今年要做各式各樣的改變。首先要換台新筆電……但是貼螢幕保護貼真的很麻煩耶………

長時間照顧這樣的我的責任編輯三木先生、土屋先生，每次都在緊湊行程中幫忙完成精緻插圖的ａｂｅｃ老師，還有長期支持ＳＡＯ系列的各位讀者，第五年也要請你們多多指教了！

二〇一三年二月某日　　川原　礫

國家圖書館出版品預行編目資料

Sword Art Online刀劍神域. 12, Alicization rising / 川原礫作 ; 周庭旭譯.
——初版. —— 臺北市：臺灣角川,2014.02
面； 公分——(Kadokawa fantastic novels) ——

譯自：ソードアート・オンライン. 12, アリシゼーション・ライジング
ISBN 978-986-325-785-1（平裝）

861.57 102026239

Kadokawa
Fantastic
Novels

Sword Art Online刀劍神域 12
Alicization rising

（原著名：ソードアート・オンライン 12 アリシゼーション・ライジング）

2014年2月4日 初版第1刷發行
2022年11月24日 初版第14刷發行

作　者：川原 礫
插　畫：abec
日版設計：BEE-PEE
譯　者：周庭旭

發行人：岩崎剛人
總編輯：蔡佩芬
副總編輯：朱哲成
美術設計：李思穎
印　務：李明修（主任）、張加恩（主任）、張凱棋

發行所：台灣角川股份有限公司
地　址：104台北市中山區松江路223號3樓
電　話：（02）2515-3000
傳　真：（02）2515-0033
網　址：www.kadokawa.com.tw
劃撥帳戶：台灣角川股份有限公司
劃撥帳號：19487412
法律顧問：有澤法律事務所
製　版：尚騰印刷事業有限公司
ISBN：978-986-325-785-1